澄心清意

澄心文化

阅读致远

东大教授世界文学讲义

[日] 沼野充义
——编著——

严红君
——译——

越秀译丛

总策划：李贵苍
　　浙江越秀外国语学院外国语言文化研究院院长

主　编：许金龙
　　中国社会科学院外国文学研究所研究员
　　浙江越秀外国语学院大江健三郎研究中心主任

译　者：王宗杰
　　浙江越秀外国语学院东语学院院长

　　王　凤
　　浙江越秀外国语学院东语学院副教授

　　严红君
　　浙江越秀外国语学院东语学院副教授

　　李先瑞
　　浙江大学宁波理工学院外国语学院教授

　　石　俊
　　四川省成都市翻译协会会员

序言：文学给我们带来希望

2012年，我的第一部文学评论集《东大教授世界文学讲义1》的日文版由光文社出版了，很荣幸得到了广大读者的热烈欢迎。此后，又连续出版了日文版《东大教授世界文学讲义2》（2013年）、日文版《东大教授世界文学讲义3》（2015年）系列文学评论集，本书是这一系列的第四集。系列文学评论集每卷内容为主持人邀请五至六位嘉宾（作家、诗人、翻译家、文学研究者等），通过对话形式畅谈世界文学，为即将泛舟世界文学之海的读者引路导航。暂且不说是否能够成为优秀的引路者，多亏了才华横溢的各位嘉宾，公开进行的对话现场每每座无虚席，挤满了热情的读者。甚至于由此整理而成的评论集也洋溢着读者的热情。

毫不夸张地说，本书中五位嘉宾的魅力毫不逊色于以往的各位嘉宾。作家池泽夏树先生正在从事《日本文学全集》的个人编选工作，他纵观日本文学史，为我们梳理了各个时期的文学作品，同时教给了我们阅读的快乐与意义。小川洋子女士娓娓道来，给我们讲述了"故事的力量"，极具说服力。翻译家青山南先生给我们分享了他在翻译绘本和凯鲁亚克的《在路上》的乐趣和辛苦。翻译家岸本佐知子女士从幼时的读书体验谈起，讲述自己通过翻译尼科尔森·贝克走上译者道路的经历，谈吐生动风趣，一如岸本女士笔下的译文。本书还邀请了现代日本文学翻译家、《源氏物语》的外国研究者迈克尔·埃默里奇先生作为嘉宾，埃默里奇先生从《源氏物语》谈到川上弘美，再谈到同属于英语圈和日语圈的"幽灵"的故事，使我们大饱耳福（关于埃默里奇先生为什么被称为"幽灵"，请参阅本书。"幽灵"是一个非常帅气、躯体完整的人）。

　　本系列文学评论的第一次对话始于2009年，当时的嘉宾是利比·英雄先生。此后的六七年时间，日本乃至整个世界都发生了很大变化，坦率地说正朝着越来越糟糕的方向发展。无论是地震发生，还是天上下刀子，或是外星人入侵，作为一个除了文学之外什么都不会的无用之人遇到如此糟糕之事却无能为力，内心几乎是绝望的。但是，我知道无论发生什么，无论世界有多么糟糕，即使将被绝望吞噬，我也知道总会有一缕不可磨灭的希望之光依旧闪耀。我想听了几位嘉宾的谈话，大家想必也能领会晓悟吧。

　　我只想说："文学给我们带来希望（真心话）。"为什么这么说？答案就在书里，请大家阅读本书，也请阅读本书中提到的文学作品。本系列文学评论日文版标题一直以来冠以"文学构筑世界"之名,这次我把日文版改成了《8 岁到 80 岁的世界文学入门》。"8 岁到 80 岁"的说法最初是由德国作家凯斯特纳在他的作品中提出的,用来指代他广泛的读者群,我认为这句话用来表达我对本书的期望是再合适不过的,所以借用了它。读书和年龄无关,初高中的学生也好、老年人也罢,读书的人生才都刚刚开始,许多优秀的世界文学作品等待着我们去品读。请走近世界文学,并与之相遇。世界充满相遇,请珍惜如此美好的相遇。

本书中收录的五篇对谈内容和前面提到的三部文艺评论集一样,均由日本出版文化产业振兴财团(JPIC)与光文社共同主办,东京大学文学部现代文艺理论研究室协办的系列公开讲座整理而成。但是,评论集由于鄙人下笔缓慢,导致出版延迟,给各位相关人员,特别是各位嘉宾带来诸多麻烦,在此深表歉意!

最后,我要特别感谢多年来主办公开讲座的日本出版文化产业振兴财团的各位,以及全身心投入、满腔热情地推进此项工作的光文社的驹井稔先生、前嶋知明先生,还有责任编辑、后记笔录整理的今野哲男先生。除此之外,还有许多工作中相遇的,并给我帮助和鼓励的朋友,在此不能一一列举表示感谢,对此我深表歉意。但和大家相遇的每一天,都是无与伦比美好的每一天。最后,我想再说一次,世界充满了相遇。

沼野充义
2016 年 3 月 22 日

目录

特别篇

第一章 当下只有文学才能做到的事
——池泽夏树与沼野充义的对谈

重新审视日本文学

《日本文学全集》的新尝试 / 001

《日本文学全集》的编辑方针——丸谷才一、吉田健一的近代主义
和日本近代文学 / 003

阅读各个时代的文学作品，追寻日本文学的历史长河 / 007

古典新译关乎现代日本文学的创新 / 012

《古事记》——不可思议的作品 / 014

近现代文学部分作品的遴选 / 016

何谓日语的一贯性 / 019

文学类型划分的独特智慧 / 024

何谓"世界文学" / 028

翻译的日语、创作的日语 / 034

给读者推荐的小说 / 038

问答环节 / 043

系列访谈——"文学作品中的孩子"

第二章 人,总是需要故事的
——小川洋子与沼野充义的对谈

献给你心中的"孩子"

成人的孩子世界 / 049

阅读——从平面世界到立体世界 / 051

文学是多样的 / 057

找到自己应该写的东西 / 065

希望有更多的少年活跃在我的小说中 / 073

翻译与译者 / 078

人,总是需要故事的 / 085

给读者推荐的小说 / 089

问答环节 / 094

第三章　孩子和绘本翻译告诉我的事情
　　——青山南与沼野充义的对谈

献给你心中的"孩子"

绘本和翻译的乐趣 / 103

青春和外国文学同在 / 105

出版大国、翻译小国的美国——易读的陷阱 / 112

孩子和绘本翻译告诉我的事情 / 119

《在路上》——这就是美国 / 126

网络、文化传播、二次创作与版权 / 132

推荐给读者的三部小说 / 141

问答环节——在遣词用字中释放内心的坚硬 / 145

第四章　我的兴奋点在召唤
美国现代小说
　　——岸本佐知子与沼野充义的对谈

献给你心中的"孩子"

儿童文学中"我在意的那些" / 153

《胡萝卜须》与《学徒之神》 / 155

喜欢布罗迪根 / 164

纷至沓来的世界怪异短篇小说 / 173

决定翻译家岸本方向性的作品——尼科尔森·贝克的《夹层》 / 180

我眼中的美国现代小说 / 193

推荐给读者的三部小说 / 198

敬请期待《孩子的世界》/ 205

番外篇——"现代日本文学讲义"

第五章　外国人眼中的日本现代文学
——迈克尔·埃默里奇与沼野充义的对谈

文学与翻译的世界性 / 215

始于《源氏物语》/ 217

《源氏物语》——超越时间的世界文学 / 224

文部科学省不了解世界语言现状 / 232

不相信"文学进步"的男人 / 239

译者幽灵说 / 243

关于《真鹤》序言的译文 / 251

关于英语研究论文"日本文学"的日语翻译 / 258

2015 年的思考——以此文作为后记

"读书是一件有趣的事情" / 265

搞文学的人才有出场的机会 / 270

斯维特拉娜·阿列克谢耶维奇——2015 年诺贝尔文学奖获得者 / 272

"文明的误译"的问题 / 277

翻译有很多种类 / 279

特别篇

第一章
当下只有文学才能做到的事

——池泽夏树与沼野充义的对谈

重新审视日本文学
《日本文学全集》的新尝试

池泽夏树

生于1945年。小说家、诗人、翻译家。著书有《静物画》（芥川奖）、《自然母亲的乳房》（读卖文学奖）、《马西埃·吉尔倒台记》（谷崎润一郎奖）、《快乐的结局》（伊藤整文学奖）、《夏威夷游记》（JTB出版文化奖）、《运花小妹》（每日出版文化奖）、《美丽新世界》（艺术选奖文部科学大臣奖）、《语言流星群》（宫泽贤治奖）、《静静的大地》（司马辽太郎奖）、《世界文学解读》（亲鸾奖）、《古代妄想狂》（桑原武夫学艺奖）、《诗的抚慰》、《停靠在沙滩上的船》、《美丽岛屿：地理名胜古迹游》等。另有《古事记》、《小王子》等多部译著。2010年编辑的《池泽夏树　个人编辑　世界文学全集》（河出书房新社）获每日出版文化奖以及朝日奖。2014年11月开始陆续推出《池泽夏树　个人编辑　日本文学全集》。

《日本文学全集》的编辑方针
——丸谷才一、吉田健一的近代主义和日本近代文学

沼野：池泽先生不仅对日本文学、世界文学均有广泛涉猎，并且作为作家一直活跃在文坛第一线，我想这次对话的主题无论从哪个角度切入都毫无问题。今天首先想请您谈谈现在成为热门话题的河出书房新社出版发行的《日本文学全集》（《池泽夏树　个人编辑　日本文学全集》，2014年11月开始发行第一卷《古事记》池泽夏树译）。众所周知，由池泽先生担纲主编的《世界文学全集》（《池泽夏树　个人编辑　世界文学全集》，2011年）已由河出书房新社出版发行。全集第一辑和第二辑各十二卷，后又追加第三辑六卷，共三十卷。而本次的《日本文学全集》一开始就被定为三十卷。但是，在《世界文学全集》编辑伊始，大家认为在此之前已有世界文学全集出版，对该套作品并不看好。但尽管如此，《世界文学全集》却凭借其新颖独特的策划最终获得了成功。那么，今天在谈《世界文学全集》之前，想请您先谈谈《日本文学全集》的编辑方针。

池泽：河出书房在过去曾多次出版文学全集，因此在这方面积累了丰富的经验。时隔三十年之后，他们向我提议"再编辑一部世界文学全集怎么样？"当时我想"啊，这不行吧"，并未答应。但后来发生了一些事情，最终还是决定由我个人来编辑。于是，

我粗略整理了20世纪后半叶的文学作品,结果却出乎意料,效果非常好。第一辑和第二辑销量还不错,在即将完成第三十卷之际,河出书房又制订了一个新的计划。当时担任河出书房社长的若森繁男先生是一位很能干的人,他是销售员出身,在文学全集的营销方面有着丰富的经验。当他看到《世界文学全集》的销售成绩比想象中的要好,就在出版第二十卷时萌生了编纂《日本文学全集》的念头,并劝说我担任《日本文学全集》的编辑。但是,由于本人对日本文学并不熟悉,当时就婉言拒绝了,专心致志地把《世界文学全集》编辑完成。当时也请沼野先生翻译过其中的几卷(《池泽夏树 个人编辑 世界文学全集》第二辑第十册,沼野充义译,纳博科夫《赐物》)。

沼野:给您添麻烦了,把您的出版计划都打乱了。

池泽:大概也有这个原因吧。最后一卷出版已经是2011年的3月10日了。

沼野:碰巧了。那是个很特别的日子啊!

池泽:嗯,是大地震的前一天。那之后,我一直为震灾的事而忙碌,在那段时间我也考虑了许多。为什么自然灾害如此之多?为什么会发生如此多的地震和海啸?文明论也好日本人论也好,我们日本人到底是什么样的人呢?此后,右翼势力抬头,政治右倾化趋势亦日益严重。于是,我认为"这样下去日本很危险啊",

况且我回到日本也已经五年，也许编辑《日本文学全集》是了解日本人的最好方法吧？于是就答应了河出书房"试试看吧"。第二次世界大战结束至今，世界发生了怎样的变化？文学又是如何来表现这种变化的？这是《世界文学全集》的编辑基调。因此，《世界文学全集》聚焦于二战以后的作品，对于二战之前的作品很少涉及。另一方面，我尽量扩大作品的遴选范围，除德国、俄罗斯、英国、法国、美国、意大利等国家的文学作品以外，还增加了许多亚洲和拉丁美洲国家的文学作品。

而《日本文学全集》是围绕"我们日本人到底是怎样的人？"这个基调来编辑的。那么，要回答这个问题，当然需要追溯历史，从头开始。这就是我为什么选择日本文学史上较早的文学作品《古事记》《万叶集》作为开始的原因。另外，借鉴《世界文学全集》，也把《日本文学全集》定为三十卷。

沼野：刚才池泽先生说到"回到日本也已经五年"，对此我有点惊讶。我想对于普通的日本人来说是不会这么说的。我看了池泽先生的履历，您年轻时常住国外，去过希腊也去过法国。冲绳虽说也是日本，于东京来说已是边沿地区。现在您住在北海道，又远离首都东京。而且，池泽先生年轻时，恐怕对日本古典文学和传统并没有太多的共鸣，反而对外国文学应该有着更浓厚的兴趣。那么，这种与日本传统文学的距离感在编辑《日本文学全集》时起着怎样的作用呢？况且，从来，像日本文学全集如此规模宏大的学术著作都由国学权威专家和学者来编辑的。

池泽：说到古典，我只是粗略地阅读。至于近代文学方面，本人一直对明治以后的自然主义小说还有所谓的战后派抱有偏见，至于私小说之类的干脆忽略不读。如此一来，近现代文学的选择范围就变得狭窄了。因此，在近现代文学部分，我只选用了宫泽贤治、中岛敦以及吉田健一等人的作品。对于这样的选择虽然开始也不免担心，但随着工作的进展，发现这样的方针也未尝不可。

丸谷才一先生的去世是促使我编辑《日本文学全集》的理由之一。因为本次编选的分类在某种意义上就是丸谷理论的应用实践，如果他本人还在的话，那我应该不会去做这件事吧。

对于"文学究竟是什么"这个问题，丸谷先生在吉田健一的思想上做了思考。这样，遵循两位的正统派思想，修正明治以后有所偏离的日本文学，使其回归本来的面貌，成为了近现代文学部分的基本编辑方针。

沼野：我也赞同丸谷先生的近代主义文学观。我个人也一直认为日本的私小说，或者说自然主义的作品都没有多大意思。感觉这次池泽先生企划中遴选的作品强调了游戏性、虚构性的近代主义小说特点，这一点您和吉田健一先生可谓志趣相投啊！说到吉田健一，他在英语文学、欧洲文学方面修养非常深厚，非普通日本人之所及。他阅读了大量的外国文学作品，不仅翻译水平精湛，也具备文学评论家的素质——在这一点上，与池泽先生您也有共通之处。

池泽：丸谷先生的近代主义定义在重视传统的同时也很前卫，既都市化又很有趣、不沾庸俗之气。他最喜欢的小说家是乔伊斯,曾多次翻译乔伊斯的作品,也写了许多相关评论。

那么,丸谷先生的近代主义和日本近代文学的主流有何不同?哪里不同?吉田健一先生曾经指出:日本近代文学视19世纪的欧洲文学为正统文学,并专注于此,使之有过之而无不及,或者更加无聊。譬如有一位青年,他陷于青春的烦恼之中。那么,一旦他来到日本,就必须越诚实越好,完全不需要游戏的元素,古典教养不值一谈,只是一味地自虐地书写自己的愚蠢行为和内心世界。

大致意思就是:"文学再那样下去是不行的,我们应该回到18世纪以前,回到塞万提斯和拉伯雷时期的文学。"

沼野:因此,在阅读世界文学时,如何面对19世纪以前的古典文学,如何以古典为素材进行创作,这些都非常重要。

阅读各个时代的文学作品,追寻日本文学的历史长河

沼野:您刚才说《日本文学全集》与《世界文学全集》有着明显不同,那么,接下来想请您给大家谈谈《日本文学全集》的体系结构。首先,在遴选作品时,选择什么时代的作品这一点完全不同!《世界文学全集》以20世纪后半叶的作品为中心,非常贴近现代,都是现代人的必读作品。而《日本文学全集》可以说非常正统,从《古事记》开始,按照从古到今的时间顺序遴选作品。

这在以往出版的《世界文学全集》中也是一样的,第一卷是荷马的《伊利亚特》和《奥德赛》，或者更古老的苏美尔史诗《吉尔伽美什》。这些古代文学作品本来都很有趣——但对普通的读者来说却是枯燥难懂。因此，如果想要认真从第一卷开始循序渐进阅读，一开始就会很遭受挫折！这次您编辑的《日本文学全集》大致也是遵循时间的顺序来遴选作品的，乍一看似乎与以往的《世界文学全集》没有两样。那么，为什么这么安排呢？能说说您的想法吗？

池泽：遴选作品的重要一点是我没有从文学的发展和进步这个角度去考虑。就是说，并不是一开始是一些幼稚的、不成熟的作品，后来随着时间的流逝慢慢变成文辞洗练的优秀作品，而是按照时代发展变迁，去追寻各个时代日本人所创作的文学。最后，蓦然回首，你会发现拥有如此悠久文学史的国家也只有日本和中国了！

沼野：是啊！日本文学源远流长，这可以说是日本文学的特征之一。

池泽：希腊和拉丁的古典文学中途消失了，印度文学也是如此，而欧洲文学却起步较晚。如此看来，中国文学和日本文学的历史的确非常悠久。在日本，长期以来一直使用日语创作文学作品，这使得按年代选编文学作品成为了可能。因此，本次编辑的《日本文学全集》具有年代学的风格特征。

沼野：我们来看一下《日本文学全集》的构成，全集共三十卷，第一卷到十二卷是明治以前的古典文学。从第一卷池泽夏树新译的《古事记》开始，到最后第十二卷的松尾芭蕉（松浦寿辉选译）、与谢芜村（辻原登选）以及小林一茶（长谷川棹选）的作品，大部分作品都译成了现代日语，也有在原文上加上注释的。总之，两者都把重点放在古典的现代文新译上，这样的创意让人耳目一新！您是怎么想到的？

池泽：总之，我想降低门槛，希望有更多的读者阅读《日本文学全集》。阅读古典不是学习古文，我想牵着读者的手带他们进入古典文学的世界。这就是我要把古典翻译成现代文的初衷。

读者接触世界文学，感觉很有趣，可是要去阅读原文却绝非易事。对陀思妥耶夫斯基的小说再怎么满怀热情，也很难从零开始去学习俄语。但日本文学就不一样了。非常幸运，日本文学拥有大量的文白对照译本、古文参考书、辞典等资料，读者阅读时倘若对原文产生兴趣，距离感没有那么远。因此我认为，日本文学重要的是如何入门。

三岛由纪夫不主张把古典译成现代文，他把古典文学当作女神进行崇拜。而我恰恰相反，我不像三岛那样叩拜女神，而是想带着女神一起过日子，所以把女神华丽的和服换成了牛仔装，古文今译的提出也正是基于这样一种想法。

大约五十年前，我们的上一辈人，也就是我父母他们那个年代，河出书房出版的《古典文学全集》已经把古典文学翻译成了现代文。一开始我想借用这些现代文翻译就可以了，但河出书房那些年轻的编辑个个精力充沛、充满激情，他们提议让活跃在当代文坛的作家来翻译。我说："那可不容易啊，这是一个需要很多精力和时间的工作，现在有想要翻译日本古典文学的作家吗？"但是，年轻的编辑们很有胆量和魄力，他们鼓励我说："不试试怎么知道呢？"那么，请哪位作家来翻译呢？于是大家认真商量，仔细考虑哪个作家适合翻译哪部作品，然后诚惶诚恐拜托各位作家，竟然大家也都举手赞成。结果，就有了如此强大的翻译团队。

沼野：详细的安排请大家看这本小册子，第一卷开篇的《古事记》由池泽先生亲自执笔翻译。

池泽：我也是无奈而为之啊！我说："我的任务是监督文学全集的编纂，说到底只是一个指挥官而已。"但他们批评我说："作为指挥官如果不打头阵，你的士兵就不会跟着你。"

沼野：《古事记》的翻译似乎是最难的吧！是不是大家都不愿意翻译，没办法才自己翻译的？

池泽：那倒不是。我不偏好《源氏物语》那样平安时期的女性文学，也不擅长那样微妙的心理描写。我喜欢《古事记》《今昔物语》男性风格强烈的作品。

沼野：《古事记》文体简洁硬朗，确实是您的风格！

池泽：是啊！《古事记》是我最喜欢的古典文学。

沼野：就是说用了"池泽体"吧？

池泽：是的，上周做了最后一次校正。

沼野：初次出版定在（2014年）11月吧！
另外，《源氏物语》共三卷，由角田光代女士新译。《源氏物语》新译本定价高，是因为比其他几卷厚吗？《源氏物语》新译对于作家来说虽说是一生中难得的一次机会，但也是一项非常艰巨的任务，角田女士的确很有勇气啊！

池泽：是啊！角田女士答应下来，我在惊讶的同时也很感到欣喜。说起《源氏物语》的现代文译本，继与谢野晶子、谷崎润一郎以后，最近，濑户内寂听和田边圣子也翻译了《源氏物语》。

沼野：此外，还有林望先生的《谨译·源氏物语》等等，很多啊！

池泽：但是，这次机会难得，我想推出一部新的译本。于是，诚惶诚恐地拜托了角田女士，想不到她满口答应了下来。她说："也许是到了应该集中力量做这件事的时候了。"

沼野：角田女士是一位非常有人气的作家，一年大概能创作两部小说。如果翻译《源氏物语》，大概有两三年是不能写小说了，这对于角田女士的书迷来说或许是一种遗憾吧。但反过来，如果能读到角田女士翻译的现代文《源氏物语》，那也足以弥补遗憾了吧。

池泽：角田女士好像正在寻找合适的文体。

沼野：是吗？另外，翻译《伊势物语》的是川上弘美女士，《堤中纳言物语》是中岛京子女士，《土佐日记》是堀江敏幸先生，《更级日记》是江国香织女士，他们都是当今日本文坛炙手可热的知名作家，作为翻译人选和该作品相当契合。

池泽：是吧！

古典新译关乎现代日本文学的创新

沼野：其实，古典文学的现代文新译以前就有。例如，福永武彦、中村真一郎、石川淳、丸谷才一等作家，他们文学素养深厚，外语功底扎实，古典修养也不亚于古典文学专家。毋庸置疑，由他们来翻译古典文学，是最适合不过的。但是，话说回来，现在，在日本这种古典的修养正在慢慢消失。那么，我们年轻的作家们会怎样呢？他们对古典文学又有多少的亲近感呢？——我知道这么说很不礼貌。虽说古语同样是日本人使用的语言，但要正确理解又谈何容易！那么，我们这些年轻的作家能行吗？这是我的担心。

池泽：有参考书可以参考，一旦遇到难题，苦思冥想殚精竭虑之时，也可以借助参考书。这毕竟不是入学考试，不必只用原文和辞典翻译。反正有许多对译、注释以及研究书籍可供参考，只要在翻译的范畴之内，任何方法都可以尝试，话虽如此，也不主张脱离原作、超越翻译，变成自己创作的作品。

沼野：翻译毕竟不是电影、戏剧剧本的改编。

池泽：嗯，只要是翻译的范畴之内，怎么做都可以。古典新译工作是一项很辛苦的工作，我希望我们年轻的作家把它当作一种磨炼。与大江健三郎先生谈到过古典新译的目的是让年轻一代多多接触古典文学，他也很赞成。他说："也许我们年轻的作家可以通过这样的磨砺，突破自我，最终凤凰涅槃，成就崭新的自己。"诚然如他所说，磨炼是人生最宝贵的财富。

沼野：古典新译不仅仅可以使原文通俗易懂，也关乎现代日本文学的创新。从某种意义上来说，它是文学史上的一项宏伟计划！

池泽：真能起到如此作用那就好了！

沼野：另外，还有许多其他译者的名字。《枕草子》由酒井顺子女士翻译，《方丈记》由高桥源一郎先生翻译——这个有点意外。《徒然草》的译者内田树先生与其说是小说作家，还不如说是评论家随笔作家。如此安排乍一看有些意外，但仔细想来甚是有理。您这样安排，他们没有意见吗？

池泽：也有不愿意而拒绝的。但总的来说，比预想的要顺利。

沼野：此外，还有许多足够吸人眼球的配对。翻译《宇治拾遗物语》的是町田康先生，《发心集·日本灵异记》是伊藤比吕美女士，《能·狂言》是剧作家兼小说家冈田利规先生。还有，翻译井原西鹤《好色一代男》的是岛田雅彦，翻译上田秋成《雨月物语》的是圆城塔先生等等。光是如此配对，就足以引起大家的关注了。

那么，下面我们再回到《古事记》的翻译吧。池泽先生您是以怎样的姿态投入到这项翻译工作中的？

《古事记》——不可思议的作品

池泽：仔细阅读《古事记》，你会发现这是一部不可思议的作品。里面有海神、山神，还有日本武尊的冒险，更有众多天皇轮番出场。作品给人一种尽是神话和传说的印象，但其间又穿插着完全不同的歌谣和族谱。而且族谱数量庞大，光是神灵就有321位，普通人数目更多。族谱异常烦琐，着手这一部分时，我是以一种暗示读者可以跳过不看的心态来译的。《古事记》的开篇有这么一段话："方天地初发之时，于高天原成一神。其名，天之御中主神。次，高御产巢日神。次，神产巢日神。"以往这段话

是以日本汉字上标假名的形式呈现的，如"天之御中主神"（アメノミナカヌシノカミ）"高御产巢日神"（タカミムスヒノカミ）"神产巢日神"（カミムスヒノカミ）。很多读者看到这种形式就会丧失兴趣，但这次是用片假名书写，再用括号括起来的形式，我想这样方便读者阅读。例如，天之御中主神（アメノミナカヌシノカミ）。

那么，《古事记》为何如此重视族谱呢？其原因是当时以天皇为中心的日本社会体系是中央有朝廷，地方有豪族的形式，豪族和天皇以姻亲关系联系，形成等级体系，使集权统治成为可能。因此有实力的豪族在天皇政权初创阶段，企图与天皇接上关系，把自己的名字写入天皇世系图谱。所以，读者可以跳过这些，考虑到万一有人希望阅读，我的处理是尽量使其浅显易懂，便于读者理解。

另外，采用了脚注的方式，把一些必要的小知识用脚注在正文对应部分下面进行标注。比如，伊邪那岐和伊邪那美相互引诱，他们名字中的"伊邪"是"引诱"的词根。又如，须佐之男命的"须佐"在现代日语中是"厉害得让人恐怖"之意。同样，物品的名称也是如此，"鸣镝"指的是中间镂空的箭镞，射出去发出"嗖"的声音等等，这些都以脚注形式出现。

之所以这么处理，是因为正文只用名词和动词表达，文本节奏较快。谁和谁相遇，或相爱或相憎，或同床共寝或夺取或杀死等等，没有踌躇犹豫的余地，不用过多的形容词、副词、比喻来修饰，尽量保留原文的速度感。

沼野： 脚注是正文在上面，加注在同一页面的下面吗？

池泽： 是的，如果对注释没有兴趣，直接阅读正文即可。

沼野： 听说您花了很多时间在名字的翻译上。名字的表记，如您刚才所说，原则上使用汉字吗？

池泽： 第一次出现的名字用汉字书写，再在括号里用片假名标注读音，不使用上标假名。第二次出现时用汉字加上（上标）注音假名。一般不重要的人物只出现一次，重要的人物如果第三次出现时就使用缩略名。比如，把"日本武尊"缩略成"日本武"。如此尽量短小精练，以便读者辨识。《古事记》中的人物的名字如同俄罗斯人的名字，很长，因此在翻译时需下很大功夫。

沼野： 这个很有参考价值。俄罗斯人的名字除名和姓之外，还有父称，的确很长。这大概是俄罗斯文学很难入门的原因之一吧！这么说来，在名字的翻译上下些功夫的确很有必要。

近现代文学部分作品的遴选

沼野： 前面我们谈了《日本文学全集》的古典篇的十二卷。第十三卷开始您选用了夏目漱石、森鸥外、樋口一叶的作品，能给大家介绍一下这样安排的理由吗？

池泽：森鸥外的作品选用了《青年》，这部小说阅读原文就完全能懂。夏目漱石的作品选用了《三四郎》，同样没有问题。樋口的《青梅竹马》是用江户时代的仿古文，这个有点难，我就拜托川上未映子女士翻译了。

沼野：这样的安排真不错啊！森鸥外的作品有像《青年》那样通俗易懂的小说，也有像《舞姬》那样难以理解的小说，而《涩江抽斋》那样的史传，对于现代的年轻人而言是块"难啃的骨头"啊！

后面几卷选用的作品很显然具有池泽先生的风格。第十四卷是南方熊楠、柳田国男的民俗学作品。第十五卷是谷崎润一郎的，第十六卷是宫泽贤治和中岛敦，十七卷是堀辰雄、福永武彦和中村真一郎。

从选用的作品来看，就像是刚才您所说的，完全抛开了被视为明治以后日本近现代文学主流的自然主义文学的私小说，就是那种拘泥于"私"的文学。我认为这是"池泽版"《日本文学全集》的最大特征，的确也算得上是大胆之举！

池泽：这就是丸谷主义吧！但我没有完全无视其他要素的作品，我准备收集近现代作家的各类短篇小说，单独编成三卷。

沼野：后面的第十八卷是大冈升平的，第十九卷是石川淳、辻邦生、丸谷才一三位作家的作品。吉田健一是第二十卷，日野启三、开高健是第二十一卷。大江健三郎、中上健次、石牟礼道子、须贺敦子分别是一人一卷。说起来，可以理解大江健三郎和中上健次是一人一卷，但石牟礼女士和须贺女士也是一人一卷，对此我颇为意外。您对她们的评价颇高啊！

池泽：要说为什么这样安排，我只能说结果是最好的证明。

沼野：我很期待全集的出版。据说第三十卷是"为了日语"而编，那么，能够读到各种文体的日语吗？

池泽：是，从这一卷可以知道日语是怎样的语言，又经历了怎样的变迁。可以说是日本语论的典范和日本语论的集中体现。

沼野：难怪把《圣经》译文和《日本国宪法》序文也放到了第三十卷。

池泽：嗯，《马太福音》的一部分分别有文言文译本、口语体译本、"新共同"译本[①]，还有山浦玄嗣的气仙语译本，希望读者能够体验不同译本文体的差异。

沼野：气仙语是岩手地区的方言啊！

[①] "新共同"译本，圣经之一，1987年刊行。该译本是天主教三教派与新教教派共同推行的第二个译本，故称"新共同"译本。——编者注

池泽：岩手县的大船渡市、陆前高田市、住田町被称为气仙地区，该地区的语言叫气仙方言（宫城县的气仙沼不属于气仙地区）。山浦玄嗣是位天主教教徒，也是一位医生，还是一位博学的语言学家，他创造了气仙语的标准正字法。作为信徒，他读《圣经》。作为医生，他医治患者。患者哪里疼痛不舒服是生活的一部分，于是他们用自己的语言，也就是方言看病，同样山浦玄嗣也用方言问诊。《圣经》说的是心病、是烦恼，也是生活的一部分，那也应该使用生活语言吧。于是，他花了几十年时间，编纂了不逊色于《广辞苑》的《气仙语大辞典》（无明舍出版，2000 年）。此后他把四福音书全部译成了气仙语，并朗读刻成了光盘，听起来非常有趣。比如，马太"matai"在气仙语里读成"mateiyaa"，其音韵不同于标准音，这些也可以在第三十卷中看到。

沼野：对于使用所谓的方言来翻译这些东西，一部分人会有抵触情绪，一般来说很难做到。但在日本，文学作品中也有使用方言的尝试，井上厦的《吉里吉里人》就是一个很好的例子。这部小说讲的是东北地区的某个小镇，那里的人闹独立，并用自己的方言改写法律的故事。由此可见，日语中也有许多方言。

何谓日语的一贯性

沼野：在此，我想请池泽先生谈谈通过文学全集的编辑看到的日语是什么，以及对日本人来说日本文学到底是什么这两个问题。

首先，从日语这个问题谈起吧。对于现代人来说，用原文阅读古典文学有一定的难度。但是如果读了现代文的译本，对古典文学产生了兴趣，那么稍微学习一下，我想阅读是不成问题的，毕竟都是日语。但是，外国文学作品就不同了，读了陀思妥耶夫斯基的日文译本，对他的小说产生了兴趣，那么就用俄语来阅读吧！——可这并非易事。我想这是大多数人的想法吧。

但是，虽说同样是日语，但日本的语言和文学的历史却是异常的漫长。《古事记》时代至今已有1300年左右的历史，而《古事记》与《源氏物语》之间也相隔300年之久。经过如此漫长的时间，日语的确发生了很大的变化。可以推断《古事记》时代和《源氏物语》时代的日语辅音和元音与现代日语应该大相径庭。我想如果用那时的发音诵读原文，听起来应该就像外语吧。但无论经过多少时间，我们的语言——日语只有一个。也就是说，我们使用的日语，虽然经过了漫长的时间，但就其自身而言是不变的，是作为同一事物的存在。

池泽：对此我也有同感！日语的确在发生变化。但是，追本溯源探究其本质，日语还是日语。就拿"は（HA）行"的发音来说，以前是读"ふぁ（FA）行"，在那之前读"ぱ（PA）行"。"那个人鼻子很低（ANOHITO NO HANAHA HIKUI）"以前读成："ANOPITO NO PANAHA PIKUI"，虽然听起来发音有些不同，但毕竟都是日语，意思大致也能明白。至于二者之间有何微妙差别，我想学者们去研究就可以了。

那么，我想只剩下文学的表现问题了。刚才我们说《源氏物语》很难，那是因为没有人称代词，或者在场的人物关系都用敬语表示，所以很难理解。当然也有其他原因，比如，对于当时的生活背景我们并不了解等等。

那么，《今昔物语》怎么样呢？这个应该相当简单吧！《今昔物语》描写的是平民的生活，他们欲望简单、行动单纯。但场面却波澜壮阔十分有趣，而且篇幅简短，通俗易懂。读《今昔物语》，感觉与现在的日语没有不同。但如果非要找出不同之处，也不是没有。比如现代日语增加了许多外来语，还有些词汇变成了死语等，但总的说来没有变化。

沼野：无论经历怎样的历史变迁，这是我们自己的语言，这种想法从未改变。

池泽：日本是个岛国，它在一个距离大陆位置最佳的地方。在古代，人员、先进的技术、文化可以通过海上交通传到日本，但大规模的军队移动却难以实现。因此，凭借地理位置的优势，我们没有受到异族的统治和威胁，靠自己的力量经营着这个国家。我想这也是日本人性格形成的决定性因素。

日语是一种变化很小的语言。古代，虽然汉字大量传入日本，但对日语固有的语法并未产生多大影响。即使1945年美军来到日本，我们也没有被强制使用英语。在这个岛上，日本人只用日语。

沼野：这与文学的悠久历史也有关吧。可是，也有某些人对自己的语言没有自信，主张要把日本的官方语言改成其他语言。比如，在第二次世界大战战败以后，志贺直哉曾近似自虐地说："日语有其自身的缺陷，这些缺陷在一定程度上阻碍着文化的发展，还是把法语作为日本的官方语言吧。"而早在明治时代，森有礼就主张把日本的官方语言改成英语，但现实是日本一直保持着单一语言的现状。当然，今天日本人的英文水平在世界范围内绝称不上优秀，尤其是与印度、菲律宾、新加坡等将英语定为官方语言的亚洲国家相比。

日本相对稳定的语言环境是日语传承下来的原因，在此情况之下，池泽先生在编辑《日本文学全集》时，其方针与《世界文学全集》有很大不同吧？20世纪以后的世界文学，已经很难说某个作品一定属于某一个国家或者某一个语言。也就是说，出现了很多不知该归类到哪个国家的作家。因此，"这个作家是德国文学""这个作家是英国文学"这样以国别来区分文学的方法已经无法适应当今的世界文学了。于是，池泽版的《世界文学全集》闪亮登场了，它打破了以往固有的思维模式，强调了文学作品的越境性。

与此相对，这次《日本文学全集》所面临的问题与《世界文学全集》非常不同吧？或者说，日本文学有着超越单一性的复数性原理，其本身就隐藏着越境性和复数性的特征，您是这么认为的吗？

池泽：我不这么认为。我想日语还是日语，日本人还是日本人。

纵观日本文学史，我发现日本文学是"平和"的，这样是好也罢，坏也罢，总之，描写战争的文学很少。就说《平家物语》吧，虽有战争场面，但归根结底它是一部平家没落的悲剧史，并不是一部战争小说。

沼野：在《平家物语》这部作品中，始终贯穿着佛教的无常观！

池泽：的确如此。说到古代，其他国家在开国之初往往都有战记，讲述的是和异族发生冲突时产生的功勋卓著的英雄的故事。

在日本，没有一部作品描写与来自朝鲜半岛异民族作战并获胜的内容。那么，日本人之间，以及了解这个国家文化的人之间的战争就相对容易控制和平息。《平家物语》中有这样描写战争的场面，说是战争开始，某人自报姓名："呔！来将且听着……"如此这般，战争成为了一种礼仪。

古代与元军打仗亦是如此，碰到元兵，首先礼仪形式上是自报姓名，元兵一看马上就杀了他。对于元兵来说他们根本不清楚他在说什么，要干什么，这就是文化差异。而日本国内的战争因为语言相同，文化背景也相同，因此相对比较温和，没有大量的杀戮。我所知道的只有"岛原之乱"是例外的，"岛原之乱"中幕府把参加暴动的三万七千人全部杀死，连妇女儿童都不放过。这是因为在幕府看来，基督教徒属于异民族，如果日本被这些人变成基督教国家的话，他们无法预料自己会变成什么样。因此，这样的恐惧心促使幕府统治者把参加暴动的人一个不剩全部杀死，这在国内也属罕见。

文学类型划分的独特智慧

沼野：现在说的这个问题是根本性的问题！在日本，像欧洲、亚洲国家那样的英雄人物故事，或者说歌颂古代英雄的叙事诗的确没有吧。《古事记》中素盏呜尊的故事也许多多少少有英雄叙事诗的特征，但最终也只是一个神话故事，没有成为以英雄为主人公的叙事诗。因此，没有英雄叙事诗的确是日本文学的一大特征！

那么，日本有什么值得一提的东西呢？那就是关注自然美和四季的变迁，崇尚把价值放在被称为风雅、风流的优雅恋爱上的生活方式。因此，日本文学中没有庞大雄浑的英雄叙事诗，而那些短小简单、文笔细腻的抒情作品却得到了很大发展。比如，短歌就是日本文学的精髓！《源氏物语》虽然是一部规模宏大的文学巨作，但是支撑它的还是日本人独特的"物哀"审美意识，离英雄史诗还很遥远。

我觉得这点和现如今被多数人认为的"日本人不擅长打仗"这一特征有关系。在此，我略微谈一点有些令人感到微妙的政治性问题。日本与韩国、中国在对待历史问题上存在不同的态度，因此在全部的日本人中仍有一部分人对中国或韩国经历的"不幸的过去"这一历史问题持有强烈偏见。也就是说，在他们心中留有"日本是武士之国，而武士是野蛮且好战之人"的印象。大约在不久之前，韩国的某位知名俄罗斯文学研究者在一次采访时被问及对其邻国日本的文学的看法，他说："因为日本是武士之国，所以不可能有美丽的文学。"如此言论，让我惊愕不已。与其说这是恶意或偏见之言，不如说这也许是无知造成的。日本之所以有上述形象,可以说与其历史有莫大的关系,这让我感到很遗憾。我猜想这位韩国的俄罗斯文学研究者可能对日本文学的实际情况不太了解吧。实际上日本文学讨厌野蛮暴力,追求细节和局部、柔雅细腻。

池泽:的确,日本人看到自然风物,就会用心去感受。

沼野:但是,由于太过专注,有时也会成为弱点。

池泽:日本文学中,恋爱是永恒的主题。李白和杜甫不写恋爱诗歌,儒教的世界,君子不当谈论恋爱。但在日本,恋爱是件大事。日本文学中的恋爱,可以追溯到《古事记》。再加之日本人喜好观赏自然风物,情感与自然融为一体,诗歌便接连诞生,不断发展。从《万叶集》的朴实率真,到《新古今和歌集》的精雕细琢,无论在情感上还是技巧上都达到了和歌创作的极致。此外,更是发展出连歌和俳句,而所有的这些是历史长河赐给我们的礼物啊!

沼野:刚才谈到了诗歌的话题,在这里我稍微补充一下,在日本文学悠久的历史中,短歌的历史尤其漫长和稳定。"五七五七七"句式的短歌,在《万叶集》时代形成并固定下来,至今已有1300年的历史。这期间日语发生了很大变化,因此,对于《万叶集》中收集的短歌,现代人若不加学习的话,恐怕只会感觉是不知所云吧。但话说回来,现代人在读《万叶集》时,即使不清楚它的意思,也能感受到那是日语,因为语言的节奏和音韵是相同的。

还有一点,也是日本文学史上值得我们关注的另一个特征,就是一种新的诗歌体裁兴起、发展并没有使传统的诗歌消失,而是新旧体裁的诗歌共存共发展。比如,日本诗歌从短歌发展到俳谐,再发展到俳句,而最后短歌也没有因为俳句的出现而消亡。即使到了明治时代,受欧美文化的影响产生了近代诗,古老的定型诗也没有因此走向衰落,而是两者和谐并存,直至今日。

戏剧也是如此。从古时候的能剧、狂言、歌舞伎,到明治以后的新剧、现代先锋派话剧等,随着历史的变迁,时代的发展,戏剧种类呈现多样化发展趋势。但令人惊讶的是这些新戏剧并没有与旧戏剧产生冲突,而是新旧戏剧兼容并蓄、共存相生。纵观西方文学史,新旧样式、体裁的交替,往往呈现出矛盾和冲突,而历史也在这样不断交替中得到了发展。但在日本,新事物不会排斥旧事物,新旧事物和谐并存、互相促进。我想这就是日本特有的温和吧。

池泽:这也是日本人的一种从容吧,如此庞大的人群勤于文学,我想是一件很了不起的事情。当然,国外也有相同情况,但我一直认为日本民族是特别擅长文学的。那么,在日本,喜欢短歌的人大概有多少?

沼野:一般来说,如果喜欢短歌的人有一百万的话,那么喜欢俳句的人会比短歌多一位数,可以达到一千万。我不知道这个数字是怎么统计的，感觉有点夸张。但粗略估算一下，喜欢短歌和俳句的人加起来应该有数百万之多吧。这还是一个令人惊讶的数字，我想世界上找不出像日本这样的国家了吧！

池泽：说到和歌，我想到了一首《万叶集》中的短歌，这很好地回答了日语传承性这个问题。

君が行く海辺の宿に霧立たば吾が立ち嘆く息と知りませ

君行到海边，宿处雾弥漫，定是吾长叹，君知应早还。①

这是一首留守家中的妻子因挂念去新罗的丈夫而作的短歌。诗歌大意是：在旅途夜宿海边的时候，如果起了雾，请你相信——那是我寂寞时的叹息。诗歌表达了妻子思念丈夫的寂寞愁绪，凄凉的心境与大自然相融为一。

沼野：的确能够体会到诗中的意境！一些年轻的读者容易产生古典难懂且枯燥无味的想法，请这些读者也不要对古典文学敬而远之，试着去靠近它，如果凭感觉就能明白，那不是也很有趣吗？

---

① 中译译文引自杨烈译《万叶集》，湖南人民出版社 1984 年版。——编者注

何谓"世界文学"

沼野： 关于日本文学我们已经谈了很多,接下来我想把话题转移到《世界文学全集》。那么,我想问一下,相对于世界文学,日本现代文学处于怎样的地位?另外,用日语写小说的池泽先生又是如何面对世界文学的?

池泽： 在这次对话节目之前,沼野先生事先给了我对话的主题,是"关于如何让《日本文学全集》《世界文学全集》两个不同体系并行的日本式研究"。

例如,法语圈的国家有法国、瑞士、加拿大和北非一些国家等,并非只有法国才使用法语。日本是个岛国,对这方面的了解并不多吧。因此,在昭和初期编纂文学全集时,理所当然地认为使用法语的就只有法国,使用德语的就只有德国,把语言等同于国家。主要是因为当时的日本人很少与其他国家来往,没有碰到过一个国家的人使用其他国家语言的情况。

日本文学是在一个近乎封闭的、单一的语言环境中形成和发展的。日本人曾经努力学习别人的东西,但谁也没有想到不知什么时候其他国家的人开始吃日本寿司了。但是,寿司只是日本人吃的食物,美国人是不吃生食的,对于这一点日本人曾经深信不疑。

那么再来看一下欧洲大陆的情况你就会明白,那里各国领土相连,地域辽阔。各个国家之间不仅文化互相渗透,连语言也是彼此渗透和融合的,可在日本这种情况并不多见。因此,昭和初期自动形成的文学分类方式一直影响至今。

沼野：这种日本文学和世界文学的分类方式不仅影响了文学全集的编辑，甚至影响了文学事典的编辑。日本人曾多次编辑大型世界文学事典，最近一部是由集英社出版的《世界文学事典》，共六卷（1998年完成），这是一部日本外国文学专家们举众人之力创作的高水准巨著。比如你想在该事典中找夏目漱石这一名字，那你是找不到的。如果说夏目漱石不属于世界文学，那么也很难说日本是世界的一部分。要说我们为什么总是把日本和世界分开来思考问题，也许这就是岛国日本的宿命吧。

池泽：那么何谓"世界文学"？并不只是读外国文学就是"世界文学"了。最早使用"世界文学"一词的是歌德，在歌德时代的欧洲已经可以读到其他国家的文学作品。比如，莎士比亚的作品被翻译成德文，并编成了舞台剧。因此，他也希望自己的小说《浮士德》被翻译成法文。像这样可以相互共享价值，具有兼容性的东西才能使用"世界文学"这个词。

但是，使用其他语言阅读是否会失去文学作品所拥有的价值呢？使用其他语言阅读是否也会觉得有趣呢？根据国别、作家以及作品不同，情况也会不同。举个例子，司马辽太郎是位非常伟大的作家，但是要说他写的东西哪里都受欢迎，倒也未必，也许对欧美人来说他的作品并不有趣。因为他只是一味谈论日本人，谈论日本人的心情和历史。因此，他的作品也很少被翻译成外语。

沼野：司马辽太郎的作品最近终于出了英译本。但他的作品在欧美仍然鲜为人知。

池泽：相反，那些拥有超越国境能力的作家，比如谷崎润一郎，他的作品总能让外国读者觉得有趣。他的作品被翻译成其他国家的语言，被其他国家的读者接受和认可，这就是作品的文学价值，我认为这样的作品才是"世界文学"。这次的《世界文学全集》也以此为标准，选择了那些有趣的、触及心灵的、有意义的作品，希望能成为立足于战后世界的一个答案。

沼野：的确如此，有些作品可以拿到国外去，也有些作品很难拿到国外去。如您所说，司马辽太郎作为历史小说家，可谓是国民大作家。但他的小说都是以日本历史为题材的作品，因此，在那些对坂本龙马、秋山兄弟等日本历史人物没有任何了解的外国读者看来，他的小说并不那么容易亲近。此外，尽管他的小说并不难懂，但由于篇幅太长，翻译出版也成问题。因此，在国内如此有名的大作家却一直未被介绍到国外。事实上，以前，他的《坂上之云》在国际交流基金的特别资助下，曾经委托一位美国的日本文学研究者翻译成英语，但在最后定稿之前译者却不幸去世，结果一直没有出版。直到最近，在一位把日语重要文献外译作为使命，并创办了出版社的千叶县松户市一位神奇人士的无私资助下，完成了另一个新译本。从 2012 年至 2013 年，花了两年时间，这部小说的英文译本全四卷终于出版。

与之相对，谷崎润一郎的作品独树一帜，体现了独特的美学意识，所以在国外也有可能被认为是异质的东西。尽管如此，很早以前他的作品就在国外有很高的评价。虽然小说《细雪》精妙的人物对话、点缀生活的各种物件、风土人情等为翻译增加了难度，但很久以前赛登施蒂克已经把谷崎润一郎的作品翻译成了英语，他的所有作品也被翻译成了俄语。谷崎润一郎是20世纪日本近代文学的主要代表，他的小说不仅具有传统的日本之美，同时充满异国情调，对于外国读者来说并不难懂。在法国，他的作品甚至被选入法国权威丛书《七星文库》，且其个人作品独成一册。一个作家的作品是否受到海外读者的欢迎，在国内的人是无法想象的。

我们把目光投向现代日本文学会发现，最近在日本也出现跨越日本、世界之界限的作家。比如，能用日语和德语双语写作的多和田叶子女士，还有穿梭于两种语言之间，用日语写作的美国小说家利比·英雄先生。当然，不仅仅是语言，就世界观而言，从看待事物的角度来看，也出现了超越国界的作家，池泽先生您就是其中的代表之一啊。我想在不久的将来，所谓的日本文学或者世界文学的区别将会变得毫无意义吧。

池泽：正如我们了解他们一样，他们也了解我们。我们与世界相互沟通了解，那么日本也不再只是一个岛国，过去的千年文化积累也好像只相当于现在十年的量。

而且，翻译也变得容易起来。在日本，用日文写的小说可以在海外出版，没有任何制约。只要你写的小说有足够的吸引力，也想把它介绍到国外，你大可不必冠以日本文学之名。

沼野：不久前，日本作家在用日文写小说的时候，可能还没有意识到自己现在写的小说会被翻译成外语，或者会被懂日语的外国读者阅读吧？

如果是川端康成、三岛由纪夫那样世界闻名的作家，也许会意识到自己的作品有可能被翻译成外文，但这只是例外，大部分的作家恐怕做梦也不会想到吧。但现在，情况已经发生变化，现代日本文学不断地被翻译成外语，日本文学研究者也开始阅读和研究原文，并在大学教授。总之，在国外现代日本文学的读者正在飞速增长。

池泽先生您一直用日语写小说，您在写作的时候是否意识到也许有一天，母语不是日语的外国人也会读您写的作品？

池泽：没有想过。只是，我原本年轻的时候就做过很多翻译，通过翻译形成了自己的文体。翻译工作需要较强的逻辑思维，所以在写一些感性的东西之前会注意逻辑性。因此，我的文章大都是爱讲理的，说好听点是理智，说难听点就是过于实际和直接。至于说我的作品外国读者会不会读，或者谁会翻译之类的的确没想过。

沼野：理智，说得难听是过于直接，这也许有点偏向理工科了！对了，听说您将受邀去瑞士，是哪本书的德文译本要出版了吗？以前曾经翻译过《马西埃·吉尔倒台记》（谷崎润一郎奖获奖作品，新潮社，1993年，后新潮文库），这次是什么作品？

池泽：是《运花小妹》(每日出版文化奖获奖作品，2002 年，文艺春秋，后文春文库)。

德语圈的人喜爱朗读，光是朗读马塞尔·普鲁斯特《追忆似水年华》这本书的一套光盘就有三十张之多，而且收音机也有专门的朗诵频道。我的翻译作品出版时也将举行朗诵会，作为原作者会受到邀请。好像是想听原著日语的声音，到时德国的名演员将用德语诵读作品，我用日语诵读。

沼野：刚才说的是德语圈的事吧。我想即使同样是在欧洲，国家不同情况也不一样，法国人似乎不太朗读。

池泽：是啊！法国人是不太朗读。他们会在书展或者书店举办的活动上讲话，有时也会举办签名会，但很少用法语朗读其中的一部分。

沼野：您的许多作品已经翻译成其他国家的语言了，您收到过来自译者的提问吗？

池泽：有的，但是因人而异。译者水平不同，问题也不同。

沼野：您是不是只回答高水平的问题？

池泽：不是。我尽可能如实回答所有问题，不回答会影响翻译的质量。

翻译的日语、创作的日语

沼野： 我想再次回到翻译的问题上，迄今为止详细介绍过的两部巨作，《世界文学全集》和《日本文学全集》，当然都离不开翻译。《世界文学全集》除石牟礼女士的作品之外，所有作品都翻译成了日文。同样，《日本文学全集》中明治以前的古典文学也基本上翻译成了现代文，那么翻译的重要性再次显现出来。可以这么说，对现代世界文学的思考归根结底是对文学翻译应有状态的思考。

顺便提一下，池泽先生作为翻译家被委以相当多的工作。您担当过希腊导演西奥·安哲罗普洛斯导演的《流浪艺人》的字幕翻译（《西奥·安哲罗普洛斯剧本全集》，爱育社，2004年），最近还翻译了法国作家圣埃克苏佩里的《小王子》（集英社文库，2005年），这次又承担了《日本文学全集》中《古事记》的日语现代文翻译。现在您仍是精力充沛地继续着翻译工作。

这样说来，对您而言作为翻译家锤炼出的日语，与作为小说家写下的日语有多少是重合的？是否还有本质上不同的东西？当然，既然小说创作和翻译工作都由您一人承担，那么两者之间也存在着平衡的问题。就拿时间来说，要合理分配也很困难。

池泽： 如果说翻译和创作有关系的话，那就是文体风格了，事实上翻译时的文体风格确实也会在小说创作中体现出来。关于字幕的翻译，西奥的电影台词很少，长时间沉默之后，中间偶尔有谁说几句，然后又归于沉默。话虽不多，却很难翻译。

字幕翻译有许多制约，字幕的字数多少根据对话时间来决定，不能任意加长句子，当然也不能添加注释。字幕在画面上稍纵即逝，为使观众瞬间明白其意，必须再三斟酌凝练。如果画面上同时出现三个人，那么翻译难度也随之增大。或许正是翻译过程中的这种劳心费力，迫使我磨炼提升自己的写作能力。有时字幕翻译还需要俳句、短歌等短诗创作的技巧。

至于说翻译对自己创作的小说故事情节是否产生影响，就我而言并不存在此种情况，因为我并不执着于某一个作家。而丸谷先生深受乔伊斯的影响，他的作品与翻译乔伊斯的作品很有关系，而丸谷先生本人也正是抱着这个想法进行翻译的。

沼野： 也就是说，这因人而异，村上春树或许在翻译杜鲁门·卡波特的小说的时候学习了他的创作风格。有些作家通过翻译自己喜欢的外国作家的作品，窃取或者学习他们创作小说的技巧，带着与创作直接相关的目的进行翻译。但池泽先生未必如此，这次《古事记》的新译也不能算是"创作"的范畴吧！

池泽： 嗯，翻译总归还是翻译。以前翻译有些时候是在没有办法的情况下才做的。如果你读不懂原文，那么只能姑且将就，先读一读翻译作品吧！如此说来，与其说是译者，倒更像大学的研究者了。

但事实并非如此。翻译会给作品增加一些与原文不同的东西。换言之，不同国家的人通过译作来阅读，会给作品带来不同的光彩，衍生不同的意义。我认为翻译有这样积极主动的一面。尽管如此，在其他国家，有些翻译作品连译者的姓名都不可能出现在书上。但在日本,可以说译者的地位是很高的。

沼野:没错。通常情况下,读者并不关心译者的姓名,而且很多时候译者的权利也常常得不到保障。译者比作家更有名,甚至于等同明星待遇的也只有日本了。美国比较文学家大卫·达姆罗什①在论述翻译的重要性时曾说:"世界文学是通过翻译增加价值的文学。"(大卫·达姆罗什《什么是世界文学》,奥彩子等译,国书刊行会,2011年)

他的翻译思想和主张的确领异标新啊!一般来说,翻译从属于原著,是对原著的再次表达,文学作品最重要的还是语言的原创。而翻译必定会失去某些重要的东西,特别是诗歌,所以诗的翻译被认为是不可能的。但是,达姆罗什却颠覆了这种常识,他所说的"世界文学"并不会由于翻译而使其价值受损,反而可以通过翻译在新的语言土壤上遇到新的读者。即使在翻译过程中丢失了某些东西,但必然也会增加一些新的内容,产生新的价值。池泽先生您也这么认为吗?

池泽:过去美国人谁也不读福克纳的作品。美国人读福克纳是因为法国人首先迷上福克纳,他们才读福克纳。看来法国人的阅读能力还是比美国人强,实际上这样的事情并不少。

---

① 大卫·达姆罗什(1953—),哥伦比亚大学(英语文学·比较文学系)、哈佛大学(比较文学系)教授。1980年获耶鲁大学比较文学博士学位,曾任美国比较文学学会会长。对文学有着广泛的兴趣,出版多部著作,并在网上以及世界各地举行学术讲座。代表作有《什么是世界文学》等。

沼野：翻译带来的幸福瞬间，虽然只是小小的，但经常在发生。我的同代人中有一位叫柴田元幸的翻译家，堪称翻译之神，他的翻译速度之快、水平之高，我等懒惰之辈十人也抵不上他一个。他的译作中有保罗·奥斯特、斯蒂夫·埃里克森那样，本来就很有名的作家，也有以短篇小说集《在芝加哥长大》（白水社，2003年）闻名的斯图尔特·戴贝克，还有利贝卡·布朗，她的短篇小说集《身体的赠物》（新潮文库，2004年）、《家庭医学》（朝日文库，2006年）、《我们做过的事》（新潮文库，2008年）陆续得到译介。这两位作家在日本的知名度和评价显然要比在美国高得多。如果问一下美国的知识分子，也许他们会说："是吗？有这样的作家吗？"总之，这两位作家在日本有如此之高的知名度，应该归功于柴田元幸先生的翻译。

这样的事情应该每天都在发生。但是翻译家的工作在很多情况下，很难被认可，更不用说被感谢了。他们往往藏在别人的背影里，报酬也少得可怜……

池泽：是的，感觉很糟糕！

沼野：而且，翻译家也有难以解决的难题，他们常常处于左右为难的窘境之中，这使他们很苦恼。翻译要忠实于原文，这是人们对于翻译的常识。但是，认真的学者追求对原文的忠实性，结果译文僵硬，这样的译文会被读者怀疑"这位译者日语水平真不怎么样啊"。专业的翻译者对于这样的批评有着职业性的恐惧，因此，即使原文是故意用怪异的文风撰写，想着也不能把它翻译成同样怪异的日语，一不小心就美化了原文。米兰·昆德拉很讨厌这种美化文化，他强烈谴责那些把自己质朴的文体翻译得过于华丽的翻译家。但是从翻译家的立场来看，明知道这样不好，也会不知不觉而为之。

给读者推荐的小说

沼野：其实，这个对话计划今后也将继续进行。今天，作为第一讲对话节目的特别篇，我们很荣幸地邀请到池泽先生担任嘉宾。作为本系列的共同主题，我想讨论一下孩子和书，也就是"为了孩子的书"和"文学作品中的孩子"等话题。

因此，最后也想请池泽先生也谈谈这方面的话题。首先，是读者的问题。《世界文学全集》和《日本文学全集》有其广泛的读者群，因此具有重要的社会意义。那么，在编辑初始，您有没有设想更具体的读者群？比如，希望年轻人来读您的作品等等。您认为文学作品有"适龄期"吗？比如说，这个作品适合几岁的孩子阅读，那个作品不到某个年龄读不懂等等。

池泽：作品和读者的相遇是偶然的，至于怎么相遇我不得而知。像过早遇到某一部作品的情况也有吧。刚开始阅读时不知其意，二十年之后再次阅读，其意自明。也许也有相反的例子，比如越读越不明白了。这么看来好像又没有"适龄期"吧。

但是，确实因为年轻，会产生某种情感的共鸣。但是，我认为用"年轻""青年""青春"等词语来概括的文学已经陈旧，如果作品本身有意义的话，就已经足够。这也与刚才的选择问题有关，我觉得不成熟的青年变成熟之类的作品就不用再选了，还不如来一些虚构架空的东西，至于作者与主人公是否一致这样的问题也已经没有必要探讨了。

沼野：日本现代文学的许多作品已经陷入了"私小说"的泥潭而无法自拔，我认为这是一个问题。

池泽：更何况儿童文学的重点是冒险，不是现实生活，所以从那里着手不是很好吗？

沼野：在池泽的小说中，有一部叫《南之岛的提奥》（小学馆文学获奖作品，讲谈社青鸟文库，2012 年）的儿童文学，那是一部以南之岛为舞台的冒险作品吧。另外，您的其他作品也给人强烈的冒险印象，很多作品从一开始就令人兴奋激动！最近的一部作品叫《冰山之南》（文艺春秋，2012 年，后文春文库），主人公是一位刚刚毕业的高中生，年龄介于成人与孩子之间。这位年轻人悄悄溜上轮船，在大家的允许下开始了船员的工作和恋爱的大冒险。下一部长篇小说《原子盒》（每日新闻社，2014 年）的主人公是一位比那位高中生年长一点的女性，年轻、聪明、有朝气，活力四射。

池泽：大概是二十七岁的样子吧！

沼野：她勇敢地应对各种艰巨的挑战。小说谜团丛生的悬疑风让人提心吊胆，紧张不安。看这样的小说，感到池泽先生小说中的主人公变得越来越年轻、越来越有活力了。

池泽：我不善于写老年人题材的作品。我小说中的主人公很少有内省型的，他们个个都很开朗，充满活力，这样的年轻人作为主人公是不错的选择。但是，我也想写一些拄着拐杖的智慧老人！

沼野：也许再过二十年我们可以读到这样的作品了吧。
那么，接下来，作为读书指南请池泽先生从自己的作品中选出三本推荐给大家。

池泽：我最希望大家阅读的，当然也希望能把它读到最后的小说是《嘉手纳》（新潮社，2009年，后新潮文库），这是一部以冲绳为舞台的小说，小说并不长，讲述了一个菲律宾人和美国人所生的孩子的故事。

沼野：下面能否请您给大家推荐一部河出书房新社出版的《世界文学全集》中的小说？

池泽：在众多的主人公中，我最偏爱的是玛丽·麦卡锡的《美利坚之鸟》（《池泽夏树 个人编辑 世界文学全集》第二辑第四册，中野惠津子译，河出书房新社，2009年）。主人公彼特·利维尔年约二十，有各种各样的烦恼，他把康德的"不能把人仅仅当作手段，而是永远当作目的"这句话作为自己的人生信条,单身前往异国他乡越南。小说背景是从北部湾事件开始,越南战争大规模爆发之际。这并不是一个探索和追寻"自我"的故事,而是一个面对困难,如何在这个艰难的世界中生活下去的故事。我喜欢彼特是因为他也是 1945 年出生,与我同年。我知道我十八岁的时候他在干什么,而我六十岁的时候他也会变成老头。从他那里我可以找到我的影子,因此亲近感油然而生。

沼野:这部小说是您自己翻译的吗?

池泽:不是。是中野惠津子女士翻译的。

沼野:那么,下面请您再在《日本文学全集》中挑选一部小说推荐给大家。

池泽:《日本文学全集》还没有出版呢!非要推荐的话,那我就推荐宫泽贤治和中岛敦吧。

沼野:他们的作品已经定下来了吗?

池泽:还没有。我不会选用像《银河铁道之夜》那样到处都能读到的作品。我想在编辑上下点功夫,做一些创新,当《日本文学全集》出版时,让大家看到一种全新的安排。我希望年轻人读一些宫泽贤治和中岛敦的小说。

沼野：那么，我也来推荐几部池泽先生的小说。在您诸多的著作中，我个人特别喜欢的是您的长篇小说《马西埃·吉尔倒台记》，这部小说可以称得上是日本版的魔幻现实主义作品。我认为小说独特的氛围、丰富的想象力在日本现代文学中是独一无二的，非常精彩。

还有一本是适合年轻人读的小说，就是刚才提到的《南之岛的提奥》。故事发生在南部某个岛屿上，讲的是年轻的灵魂通过冒险闯入世界的故事，是一部充满抒情与异国情调和魅力的作品。《南之岛的提奥》作为儿童文学在成年人中知道的人并不多，但它是一部成年人应该阅读的杰作。

另外，如果从《世界文学全集》中推荐的话，我推荐一部俄罗斯小说。就是布尔加科夫的长篇小说《大师与玛格丽特》（《池泽夏树　个人编辑　世界文学全集》第一辑第五册，水野忠夫译，河出书房新社，2009年）。小说融幻想、讽刺于一体，是一部描写苏联革命后苏联社会的现实主义作品。小说继承了果戈理、陀思妥耶夫斯基的俄罗斯文学优秀传统，是20世纪苏联文学中不可多得的一部杰作。因为小说看上去很厚，让人敬而远之。但其实十分有趣，一旦开始阅读，就再也舍不得放下。

另外，如果从《日本文学全集》中再补充一册的话，还是池泽先生您刚才特别介绍的《古事记》吧！池泽先生的新译本出来的话，希望大家都去读一读。说来惭愧，其实我也没好好通读过《古事记》。说实话，就算被逼着也很难从头读到尾……但是，如果是池泽先生的新译本的话，我想一定能读完。

池泽：我想可以读完。

沼野：如果能读完，我来写一篇书评吧。

问答环节

沼野：下面，我们进入问答环节。大家有什么想问的问题，请不用客气。

提问者1：我想问一下，在您编辑的《世界文学全集》和《日本文学全集》中，都选用了石牟礼道子女士的作品，这是出于何种考量？

池泽：对于这个问题，我在编撰《世界文学全集》的开始就在考虑了，到底日本哪位作家可以入选《世界文学全集》？是村上春树，或者是中上健次，还是……？

那么，我想说《苦海净土》是一部非常了不起的作品，它是战后日本文学最杰出的十部作品之一。而且，至今也没有一部文学全集同时收录她的三部曲——《苦海净土》《神的村庄》和《天之鱼》。我想，如果把它编成一册，将是向世界宣传日本文学的好机会。同时，把《山茶花海记》和《水之宫殿》选入《日本文学全集》中，那么石牟礼道子的作品差不多也就可以了。毕竟她是日本文坛上的一位重要作家。

沼野：在《世界文学全集》中只能选一位日本作家，那么选用哪位作家呢？这是一个艰难的选择。我认为选用石牟礼女士的小说，的确使人眼睛一亮，这是《世界文学全集》企划的创新之举。

提问者2：我是一名初中国语教师。特别是在古典课上，学生怎么也不感兴趣，为此我很烦恼。对于古典学生总是热情不高，有很多负面的情绪，教的时候很辛苦。池泽先生有什么好的建议吗？如果有的话，我想在以后的教学中尝试。

池泽：您所说的古典指的是古文吗？

提问者2：是的，像《枕草子》那样最常见的古文……

池泽：我还是推荐《今昔物语》，这也是我很早以前就喜欢的一部作品。这部小说情节跌宕起伏、扣人心弦，而且文章短小。只要稍加处理，删除那些猥亵的内容，我想应该比较容易教吧。

沼野：现在中学是怎么上古典课的？

提问者2：和我们那个时代不同，现在不是读原文，而是以现代文翻译为中心教学。学校图书馆有图像化的视觉文学，还有超译本，我们一般会借助这些资料开展教学。

池泽：《枕草子》的超译本应该是桥本治先生翻译的吧（《桃尻

语译枕草子》全三卷，河出书房新社，1987年，后河出文库）。接下来池泽先生的《日本文学全集》中会有酒井顺子女士的新译，一定也很有趣吧！

提问者3：比起古典，我更喜欢现代青年作家的作品。池泽先生您读哪些青年作家的小说？

池泽：基本上都读了。作为芥川奖的评选委员，我仔细阅读过许多年轻人的作品。所以，这次担当《日本文学全集》翻译的作家的小说，我也都读过了。至于说哪位作家的小说好或者不好，就不在这里一一谈论，我怕失之偏颇。

提问者4：池泽先生去过法国，又在冲绳住过。但也有一些作家一直执着于某个地方，比如中上健次就一直以和歌山为舞台写作。您一生中到过许多地方，这对您的作家生涯有什么意义吗？

池泽：的确，有些作家一生只待在一个地方，只写那个地方的事情，中上健次的和歌山就是如此。实际上，石牟礼道子女士的熊本也是如此。

我是无根之草，到处漂泊，在法国这样的人被称为流浪汉。熟悉某个地方，把它作为小说的舞台，这个很重要。可是，我居无定所无法做到，我想每个人的情况都不一样。

提问者5：现在的日本有许多自然灾害，未来让人担忧。对于这一点您是怎么看的？

池泽：的确让人担心啊！最近日本出现了很多难以应付的事情。比如，核电站泄漏事故，至今也没有好的对策。作为作家也只能对眼前发生的事情发表一些意见，除此之外我们别无他法，我想以后也只能一直这样下去。

沼野：从本质上来说作家应该通过作品对社会问题发声吧。我想今后池泽先生您也会通过自己的作品来反映现实或揭露现实。顺便提一下，《冰山之南》是一部描写十几岁的年轻人的故事，小说以开创未来世界的豪言壮举而结束。为撰写文库版的说明我重新认真阅读了这本小说，深深感到它给闭塞的日本文坛吹进了一股清新的空气。

纵观"3·11"大地震以后的日本文坛，已经有许多作家为打破这种闭塞的现状做出了努力。古川日出男先生、田中慎弥先生等以当今日本社会的热点问题为题材的尝试很有意思。文学不是一服能立刻解决社会问题的药方，但可以对现实问题进行思考，并不断积累以至于成熟。一位叫木村朗子的学者有一本以地震和文学为内容的著作——《震灾后的文学论　为了新的日本文学》（青土社，2013 年）。从这部著作中可以看出，大家都在做着各种各样有趣的尝试。

池泽先生作为《世界文学全集》和《日本文学全集》的编辑者，在编撰两部巨作时倾注了很多精力，并且取得了前人未有的成绩。今天能邀请到您和我们一起探讨世界古典文学、日本古典文学以及翻译的意义等问题,我们感到非常荣幸。各位读者,从现在开始,只要是有趣的作品,无论是哪个国家的,不管是现代的,还是古典的,都应该阅读。把读书的范围扩大一些不是更好吗?

2014年10月12日,东京千代田区,一桥讲堂

系列访谈——"文学作品中的孩子"

第二章
人，总是需要故事的

——小川洋子与沼野充义的对谈

献给你心中的"孩子"
成人的孩子世界

小川洋子

小说家。1988年凭借处女作《扬羽蝶受伤时》（海燕新人奖）正式进入日本文坛。此后，她一直保持旺盛的创作势头，积极创新，不断开拓故事世界的新天地，每部作品都让人耳目一新。她的作品文风清澄，现实与幻想交融，很多作品被译成多种语言，受到各国读者的好评。主要作品有《红茶未凉》、《完美的病房》、《游泳池》、《妊娠日历》（芥川奖）、《爱丽丝旅馆》、《博士的爱情算式》（读卖文学奖、本屋大奖）、《婆罗门的埋葬》（泉镜花文学奖）、《大海》、《米娜的行进》（谷崎润一郎奖）、《小鸡卡车》、《小鸟》（艺术选奖文部科学大臣奖）、《他们总在某个地方》、《琥珀闪烁》、《原稿零枚日记》、《动物们的赠品》（合著）等。2013年，因她在文学上多年的功绩，获得早稻田大学坪内逍遥大奖。

阅读——从平面世界到立体世界

沼野：我想今天在座的听众大部分都是小川女士的粉丝，相信大家都已经迫不及待了，那么我就尽量长话短说。

今天想与小川女士探讨关于孩子和文学作品这个大主题。比如，文学作品是怎么表现孩子的？在小时候您读过什么书？在您的阅读经历中翻译和外国文学又占据怎样的位置？

首先，是一些很老套的问题，这样的问题可能小川女士已经被问过很多次了，但小川女士在别的书中曾经提到："即使被问了很多次同样的问题，也不会特别讨厌。"于是，我就大胆地再问一次。就是，小时候您读什么书？是怎么读的？换句话说，您是坐在书桌前认真阅读，还是在社团活动的休息时间零零散散地读？读书的方式各式各样，因人而异，您属于哪一种？

小川：我父母不是所谓的读书人，所以我们家的书架上几乎没有书。如果有的话，也只是些《金鱼饲养方法》《家庭医生》之类的书籍。但父母却给我订了世界文学全集，每月收到新书的日子是我最开心的时候。

沼野：还记得是哪家出版社吗？

小川：那时还小，对于出版社之类的毫无概念。只记得是橘黄色的封面，翻开书有一股独特的化学药品的味道。

沼野：是装在盒子里的吗？

小川：大概是这样的。记得第一次邮寄来的是《无家可归的小孩》，我被书中的故事所吸引，从那时开始我变得喜欢读书了。我读了伯内特的《秘密花园》《小公主》《长袜子皮皮》《欢乐满人间》《夏洛克·福尔摩斯》，还有菲莉帕·皮尔斯的《汤姆的午夜花园》。就这样，昭和时代的乡下女孩在书的陪伴下健康地成长。

沼野：战后，面向成年人的世界文学全集面世。与此同时，许多面向孩子的、真正意义上的少男少女世界文学全集系列也出版了，有的多达几十卷。有创元社的、讲谈社的、小学馆的，都很有名。小川女士读的大概就是小学馆的《少男少女世界文学全集》吧？不好意思问一下，那时您住在冈山吗？

小川：嗯，是的。

沼野：那时，书店会把每月发行的新书送到家里吧？

小川：是这样的。

沼野：为孩子准备世界文学全集是日本独有的想法，它和成年人读的世界文学全集一样，每一卷都很厚。

小川：在我的印象中书很重。我经常钻进被炉里读，读着读着拿着书的手就开始发酸。后来，我很在意主人公住的房子的结构，便一边阅读，一边在报纸的广告纸背面画着主人公家里的平面图和村庄的地图。

沼野：已经有小说家的样子了啊！

小川：我想让语言这个被印刷在纸上的平面世界稍微立体化一些，让语言产生立体的视觉效果。虽说那时年纪还小，也许已经感受到书本具有的这种力量了。

沼野：这让我想起俄罗斯作家纳博科夫。他很会读书，是一位对读书有着高明见解和浓厚兴趣的人。他曾在美国的大学讲学，在他的讲义里面反复重申："阅读小说时，必须绘制房间的布局以及作为背景的街道地图。"比如，读《安娜·卡列尼娜》时，必须绘制安娜当时乘坐的列车座位分布和包厢的结构，还有基蒂和列文在滑冰场时穿的服装等。他强调阅读小说就应该这样，而且，实际上他自己也是这么做的。纳博科夫是位昆虫学家，画画是他的拿手好戏，他经常把采集到的昆虫画下来。这对于像我这样，素描之类完全不会，中学美术课只拿三分的人来说实在是太难了。我想纳博科夫的图解和小川的房间布局平面图本质上是同一个概念的东西吧。

小川：写小说时，是不是在笔记本上打底稿另当别论，街道的详细地图和房子的房间布局自不必说，从家具的素材到衣服的图案，所有的部分都具体地记在自己的脑海里。虽然不能把细节部分全部画出来，但在写作过程中，脑海中总是有清晰的图像，当我凝视这些细节时，故事的轮廓也就自然浮现。相反，作品的整体面貌、故事的落脚点往往是模糊的。

小时候，我很喜欢《安妮日记》这部小说，书中藏身之处的复杂构造是吸引我的理由之一。

沼野：小川女士爱读《安妮日记》，从小就对安妮感兴趣，还去过实地考察，并写了相关评论（《安妮·弗兰克的印象》，角川书店，1995年，后角川文库/《安妮日记》：100分的名著系列，NHK出版，2014年）。

小川：为什么《安妮日记》对我来说有那么重要的意义呢？我也是最近才找到了答案，我被那些因为某种原因而不得不被囚禁，无法接触到外面广阔世界的人物深深吸引。回顾自己写的小说，很多都是以世界某个角落的封闭空间为背景的故事。

沼野：《安妮日记》讲述的是一位被纳粹迫害而藏在荷兰密室的犹太人小女孩安妮·弗兰克的故事。《安妮日记》已经被翻译成日语，并成为畅销书，至今热度不减。但总的来说，很多人阅读《安妮日记》是因为将其作为二战期间纳粹迫害犹太人这一历史大惨案的见证。而小川女士您喜欢《安妮日记》是因为它是一部文学作品，是一部描写一个被禁锢在狭小空间的人的作品。当然您对犹太人遭受迫害的历史背景也是感兴趣的。不好意思，可能我的解说有点不解人情。

小川：那种被禁锢在狭小地方，不能外出的生活里也存在着世界，安妮非常丰富而细腻地表现了那个小小的世界。从广义上讲，这是文学的作用。文学也许不擅长描写整个世界，但一个小小的家、小小的房子，住在里面的人的心理活动刻画得越逼真细腻，就越能展现深邃的世界，这就是小说的特点。而安妮·弗兰克对于她的小小世界的表达是本能的，并非刻意而为！

沼野：安妮不是一位职业作家。在成为作家之前，还是小女孩的时候，已经成为了纳粹的牺牲品。但是，她写的东西具有很高的文学性，非普通人能及。

小川：安妮开始写日记时只有十三岁。在现在的我看来她虽然还只是个孩子，但在她还尚未成熟的心中却隐藏着如此深邃的世界。令人惊讶的是，虽然没有多少词汇量，也不知道抽象语言的运用，但她用平淡朴素的语言表达了所有。有初恋，也有对身体成长的惊喜，有对未来的梦想，也有与母亲的对立和和解。也就是说，即使在躲避纳粹的密室里，她同样体会到了现代青春期孩子所经历的所有事情。

沼野：《安妮日记》有许多普通人无法想象的事情。光从语言来说，就足以令人惊讶。让人觉得不可思议的是，安妮用的不是母语而是荷兰语。安妮的母语是德语，逃到荷兰时，马上就学会了荷兰语，然后用荷兰语写了日记。换句话说，荷兰语是后来学习的第二语言。用第二语言荷兰语竟然写得如此得心应手，年轻人的语言学习能力真让人佩服啊！

在日本，《安妮日记》是由英语转译而来，最近也有人在研究荷兰语的原文了。语言对年轻人到底能够产生多大的影响我不得而知，这是一个很难解释的有趣问题。

小川：例如，吃完饭，大人们围着桌子闲聊的时候用的好像是德语。安妮从德国逃亡到荷兰时，还没有上过小学，也许这就是安妮能够毫无障碍地使用荷兰语的原因吧。

沼野：虽说德语和荷兰语彼此相近，但毕竟不是相同的语言！也正因为很接近，有些词混在一起会产生语言学上所谓的"母语干扰"，我想安妮在使用荷兰语时也难免会受到德语的干扰和影响吧。

小川：我问了曾是犹太人的荷兰人中学同学，她在战后读了《安妮日记》，发现安妮在十三岁到十五岁之间，荷兰语进步很大，对此她感到很惊讶。我想这也许是她天生的语言能力，以及每天撰写大量日记的原因吧！

文学是多样的

沼野：那么，我们再回到刚才的话题吧！刚才您提到小时候坐在被炉里读小说，但如果让现在的年轻人读书，那么他们会非常认真，找个桌子坐下来，端正姿势再读，他们认为这才是读书的正确态度。

有一本三省堂出版的国语辞典（《新明解国语辞典》），编者叫山田忠雄，是一个很有个性的人。他在自己编纂的辞典上给"读书"下的定义是："躺着阅读，看漫画都不能称之为读书。"很有意思！

但凡孩子，一旦看到有趣的书，就会迫不及待地读起来，不会考虑去哪里读或者什么时候读。小川女士，您是怎样的？躺在那里，捧着又硬又重的儿童文学全集很不容易吧？

小川：确实如此。躺着，一会儿朝这边，一会儿朝那边。如果眼前就有一本有趣的书，那么，用怎样的姿势去读，这对孩子来说是个无关紧要的问题。我小时候，书还很贵，所以在学校的图书室借阅是主流。当我借到《夏洛克·福尔摩斯》系列小说时，恨不得马上阅读，就小跑着回家。于是，双肩包里的书就像催人似的发出咔嗒咔嗒的声音，那种声音是我童年幸福的象征之一。

沼野：说得真好啊！现在是电子书的时代，电子书是不会发出这样咔嗒咔嗒的声音的！说不定马上就会有人发明会响的电子书了。那是多好的事啊。

话说回来，小时候读过的书会一直陪伴着你，好的书很少有人读过一遍就不读了。我想小川女士也会反复阅读《安妮日记》之类的好书吧！人们常说，好的文学作品可以经常读，每一次阅读都会产生新的感受，而且每个年龄段都会有不一样的体验。关于这一点您是怎么看的？读一本书有正确的年龄吗？

小川：我现在在做一个叫"旋律图书馆"的读书介绍广播节目（广播电台"FM 东京"策划的 JFN 系列，每周日上午 10 点在全国 38 个电台同时播出），已经有八年时间了。因为这个节目，让我有机会重读年轻时候曾经读过的文学作品，以及教科书中只出现一部分的古典文学，对我来说这是一个非常美好的体验。正如沼野先生您所说的那样，被称之为文学遗产的东西，无论您阅读多少次，都会根据当时的年龄和心境，给我们展现新的一面。怎么说呢？就像发现一个又一个的宝藏一样！

从父母的立场来看，他们希望孩子这个时期读这本书，那个时候读那本书。但是从我自己的经验来看，与书的相遇往往是偶然的。很多时候，自己都无法知道为什么选择这本书而不是那本书。明明只是路过的时候，突然对某本书一见钟情，但有时也会成为决定性的相遇。因此，大人的想法往往不能左右孩子的选择。

沼野：学校教学也是如此！当文学作品被放在教科书中或由老师指定时，就会变得没有意思。从某种意义上说，这是学校教育的宿命吧。小川女士应该是个乖乖女吧。

小川：就说古典文学吧，有时我在想，现在读起来明明这么有意思，但在教科书上的时候为什么会如此无聊？《枕草子》那样的古典，也能像女性杂志人气专栏作家写的那样得到普遍的共鸣。

或者，有时记忆会被捏造，与事实相差甚远。以前读《奔跑吧，梅勒斯》（太宰治著），一直以为梅勒斯最后倒在地上死了。后来再次重读时，发现只是作者想调节气氛表达的幽默感而已，实际上是一个美好的结局。

但是，您也没有必要正确记住小说的内容。根据记忆创作自己的新故事，这也没有什么不妥之处，小说的包容性是非常强的！

沼野：小川女士作为作家的才华，在这一点上已经表现出来了。您可以把小说改写成自己喜欢的样子并留在自己的记忆里。

小川：有这么一件事情。去年做节目时，我重新阅读了《弗兰肯斯坦》，令我惊讶的是它不是怪物的名字，实际上那个怪物连名字都没有。这是去年我做广播节目时最让我惊讶的事情。

沼野：弗兰肯斯坦是制造怪物的博士的名字吧。但是，不只是小川女士，不知为什么，读过小说的人一般都认为那是怪物的名字。

小川：与某一部小说相遇，让它在自己心中发酵，产生新的东西。几年之后再次阅读，再次在心中发酵，又产生与第一次不同的东西。但是，为了做到这一点，还是有必要从小开始读书，为日后发酵准备好糠床。就我来说，长大以后读到优秀的儿童文学时，我常常会后悔："啊！我想让十岁时的自己读这本书！"

沼野：以前读的书和后来重读时印象不一样的书还有吗？

小川：还有一本是石井桃子的《阿信坐在云彩上》。小时候读《阿信坐在云彩上》，一直以为这是一个小孩坐在云彩上的故事。但是，长大以后重读时我才明白，事实上它是阿信从云中掉下来，掉进池塘，初次体验到死亡的故事。

小时候喜欢这个故事是因为希望自己也能像阿信一样坐在云彩上，像小船一样漂荡，但实际上这是一个寓意深刻的故事。

沼野：孩子通常很难发现潜伏在身边的危险吧！

小川：阿信遇到一位像仙人一样的白胡子老爷爷，诉说自己的遭遇，我意识到这是一种心理咨询。

故事以妈妈只带哥哥去买东西，阿信感到委屈而痛哭开始。那时的阿信正处于自我意识的萌芽期，她对初次相遇的白胡子老爷爷倾诉着自己的委屈。也正是通过向白胡子老爷爷倾诉，阿信对自我的认识从模糊逐渐变为清晰。长大以后再次阅读这篇小说，还是有许多新的感受。

沼野：接下来，我也来补充几部小说。我想大家都读过圣埃克苏佩里的《小王子》吧。小时候，我被父母逼着读了这篇著名的儿童文学短篇小说，故事里有一个像帽子那样的东西，后来才知道其实那是被蟒蛇吞噬的大象。故事告诉大家看东西只有用心才能看得清楚，重要的东西用眼睛是看不见的。这句话本身说得很好，但结果变得像修身教科书那样了。于是，我这样性情乖僻的孩子读到这里就觉得这样的小说并不有趣。但是，长大以后再次阅读，发现它算得上是一篇成年人世界的讽刺寓言。带刺的玫瑰隐喻任性、傲娇的女孩，还有纳粹德国的威胁，以及对美国物质文明的讽刺等等。这么看来，实际上这也是一本成年人的读物吧！

小川：这样的作品确实很难让孩子们喜欢啊！

沼野：孩子有孩子喜欢的作品和阅读方式吧。

小川：对于孩子而言，很难准确地表达出这本书是什么样的书，哪里好。也许孩子们有大人们不知道的阅读方式吧。

沼野：有时，出场人物的年龄与自己年龄不同，理解也会出现偏差。高中时，我阅读《安娜·卡列尼娜》，虽然最后勉强读了下来，但也因此误入了俄罗斯文学的道路。那时，安娜·卡列尼娜给我的感觉是一位丰满妖艳的大婶，总之，是一个和自己没什么缘分，年纪也比自己大得多的人的故事。后来读的时候才发现她当时也只有三十岁左右！现在，我在大学教书，主要教的是研究生，我周围的很多女研究生其实都远远超过了那个年龄。看到她们，我有时会问："怎么？你的年龄比安娜·卡列尼娜还要大吗？"因此，当您上了年纪再读，对年龄的感觉会完全不同。

小川：特别是对于青春期的孩子来说，会把比自己年长的人看成比实际年龄更为成熟的大人。或者对大人强加过度的期待和憧憬，感到被背叛的愤怒。但是，到了被称为大人的年龄，就会发现自己的不成熟，担心自己一辈子也不可能成为真正的大人。于是，变得胆怯软弱，对许多事情的看法会变得更加宽容，读书的方法也会变得更加灵活吧。

沼野：希望年轻人阅读的名著确实不少，但我恰恰相反，有时不希望他们读这些作品。因为，真正的文学并不是你想象的那么美好，有令人战栗的场面，也有残酷无情的场面。陀思妥耶夫斯基的《罪与罚》是名著，但恐怖的杀人故事，精雕细刻的杀人场面，让人唏嘘不已。那么，年轻人读了这样的小说会怎样呢？对此我很担心。

　　小川女士您也写了许多有关恐怖题材的作品，里面有些作品也并不适合年轻人读。对此您是怎么想的呢？

小川：确实，我也有过几次那个年龄段消化不了的读书经验。但是，我认为小说的精彩之处就在于，即使写着像刚才所说的那样不愿看到的东西，比如，污秽的残酷的东西，但也没有人因为读了这样的小说而后悔。明明充满阴暗丑陋，却不知为何被吸引，去从未去过的世界，化丑为美，让自己的内心得到满足。文学能够捕捉现实世界中的丑陋，并让它存在，这是它的价值所在。

沼野：小说对人的影响是不可估量的。俄罗斯评论家西尼亚夫斯基说："读了陀思妥耶夫斯基的《罪与罚》的人会怎么样呢？这是无法预测的。也许会成为恐怖分子去暗杀政界要人，但也可能成为虔诚的信徒，我想两者皆有可能。"

小川：如果某个人因为读了陀思妥耶夫斯基的《罪与罚》而成为恐怖分子，那不是陀思妥耶夫斯基的错，而是他自己的问题。

沼野：当今世界，人文学科处于劣势，大学也是如此。有人说："文学系没有什么用处，文学研究和评论之类的也没有必要。"但于我来看，恰恰相反，现在的日本政治之所以不行，其原因就在于那些政治家在年轻时没有好好读小说，文学修养不够。

小川：我很赞同您的观点。和一个完全初次相见的人一起被关在一个房间里，想要知道那个人是什么样的人，有着怎样的背景，怎样的认知特征，最好去问问他读过什么书，我想书能够如实反映人的内心世界。

沼野：也许那个人回答："只读一些《股票赚钱方法》之类的书。"诺贝尔奖获得者俄国诗人布罗茨基说："选举政治家的时候，问他实施什么政策，还不如问他对狄更斯的看法，或者问他是否读过陀思妥耶夫斯基的小说来得更靠谱。"这种说法虽然有点极端，但也不无道理。

小川：读了某本书，受到某种感动，这是真实自我的表现。不知道书的价值的人会说："文学哪里好呢？真是莫名其妙啊！"他们往往对不知道的事物持有一种否定态度。书的优点就是即使自己觉得没意思，相反，也能享受到有人觉得有趣的惊讶。无论多么无聊的作品，喜欢它的人的观点也有可能很有趣。
　　文学奖的评选会就是一个很典型的例子。

沼野：我也参加过几次文学奖的评选工作。在评选时经常会有这种情况，以为会和某位评委意见一致，结果却完全相反。小川女士您也在担任评委吧？

小川：担任读卖文学奖的评委。

沼野：读卖文学奖还可以，没有很严重的对立意见，但并不是所有的评选会都这样。这位评委喜欢我的作品，估计与我想法相同吧？结果却出乎意料。相反，那位评委的作品我不喜欢，大概会有意见分歧吧？结果却不谋而合。真是太不可思议啊！

小川：这个作品和评委 A 先生的风格很像，想必 A 先生一定会推荐的吧！但这位评委却完全反对，这就是所谓的近亲相憎吧！

沼野： 对文学的喜好是因人而异的，也许这也是文学的有趣之处吧！

找到自己应该写的东西

沼野： 顺便问一下，您是从一开始就进入文艺评论系的吗？

小川： 是的，高考时偷懒，争取到了推荐入学的机会，进早稻田大学是在暑假快要结束的时候才定下来的。

沼野： 是推荐入学的吗？

小川： 是的，因为有文艺评论系所以选择了早稻田。因为不用参加高考，有空余时间，于是违反校规去打工，存了一点钱，先买了岩波书店出版的《日本古典文学大全》中的《万叶集》，再用剩下的钱买了《源氏物语》。这两部书嘛，现在放在我的书架上，打算作为晚年的乐趣，年纪大了慢慢阅读。

沼野： 因为《源氏物语》并不是那么简单就能读完的，所以时不时地拿出挑些喜欢的先读起来也不错啊。

小川：《源氏物语》有许多现代文译本。这次池泽夏树先生编修的《日本文学全集》中，由角田光代女士担当《源氏物语》的翻译。

沼野：很期待啊！听说是《源氏物语》的全译，真是了不起啊！

小川：在书籍销售量急剧下降的现在，千年前的《源氏物语》将被再次翻译成现代日语！我想无论身处怎样的时代，你总能感受到时代文学舞台中心的不可思议，或者说日本文学的力量！

沼野：《源氏物语》绘尽了平安时代华丽宫廷的生活百态，在当时看来，也是一部走在时代前列的文学作品，就像小川女士的作品一样。对于您的新作，大家无不翘首以待。

说到《万叶集》，我想起了小川女士的书评集——《博士的书架》（新潮社，2007年，后新潮文库），书评的最后有一句话："当死亡来临之时，枕边安放的七本书。"排在第一位的就是《万叶集》，还写着"高三寒假打工所买"。当时我很意外，怎么突然出来了《万叶集》呢？现在知道是这么回事了。

小川：当我告诉儿子我高中第一次打工赚的钱买了《万叶集》时，儿子说："多么灰暗的青春啊！"记得那时把冈山纪伊国屋书店买的《万叶集》绑在自行车后面，冒着严寒骑车回家，这样的情景还历历在目。对于我来说，这就是《万叶集》的风景啊。

沼野：《万叶集》晦涩难懂，这是没有阅读过《万叶集》的年轻人的偏见，其实并非如此。

小川：是啊！内容丰富多彩，诗歌数量庞大……

沼野：有赞颂爱情的恋歌，也有赞叹壮丽美景的诗歌。

小川：无名氏与天皇的诗歌平等排列，不分先后。其中有一首山上忆良描写亲子之爱的作品，是一首描写垂死孩子的诗歌，连遗体样子的变化也用诗文表达，这让我非常震惊。所有生命，所有的情感全部化成了诗歌。离世之前回忆自己的人生，我想无论你的生活多么平凡，都能深切体会到活在人世间的真谛。

沼野：在当时的人看来，《万叶集》也是一部最新的现代文学吧！有一位叫利比·英雄的作家，出生于美国，现在在写日文小说，但是他原本是一位日本文学的研究者，是他把《万叶集》翻译成了英文。我是读了他翻译的英文译本后，才发现《万叶集》是一部这么好的诗歌集。提到古典文学，总给人以晦涩难懂之感，其实不然。我们知道，只有那些真正能引起同时代人共鸣的作品，随着时间的推移，才能成为古典。

小川：千年之前的作品历久弥新，与现代人的情感和心灵发生深深的共鸣与碰撞，让人感慨良深。

沼野：小川女士博古览今，阅读了许多翻译类作品以及日本文学作品。像小川女士那样痴迷读书的人，怎么说呢，世上并不罕见，但并不是所有喜欢读书的人都能成为作家的。也就是说，阅读与写作之间存在着不可逾越的悬崖，或者说绝壁，想要成功跨越它，需要巨大的飞跃。

毋庸置疑，写作需要才能。那么，只要有才能就可以吗？恐怕不是那么简单。我想还需要对于写作的强烈欲望和超乎寻常的意志。小川女士是什么时候开始立志要成为一名作家的呢？

小川：那还是很小的时候。您刚才提到了悬崖绝壁，但就我而言，是一座座连绵不断的青山。读着难得买来的书，或者一周之内必须要还的书，越接近尾声心中越发感到寂寞，读到最后一页时若有所失。"已经结束了吗？我想再读下去啊！"于是，恬不知耻地想"要是自己来写，也许会更加精彩呢"，真是初生牛犊不怕虎啊！

沼野：那是小学的时候吗？

小川：或许吧！已经记不清了。听母亲说，当我买到一本没有文字的图画书时，会随意注上文字来读。也许是看到书的一瞬间，几乎本能地产生一种自己也想写的心情吧！

沼野：然后在大学接受了写小说的训练，这也是想成为作家的心情的延伸吗？

小川：没有想过能成为作家，只是不想离小说太远。

沼野：当时早稻田大学文艺评论系已出了作家吗？是不是见延典子女士？

小川：是啊！在她前面还有一位是荒川洋治先生。

沼野：他是一位诗人呢！是第一届毕业生吧。据说，他代替毕业论文提交的是第一本诗集《娼妇论》。

小川：后来田中小实昌先生的女儿田中理惠小姐也进入了日本文坛，当时的教师中还有驹田信二先生、平冈笃赖先生和铃木志郎康先生，也都是作家。那时在学校碰到熟人时会聊"你读了最近那期文艺杂志中连载的中上健次的新作吗"之类的话题，在这样的环境中学习的确是一件很幸福的事情。角田光代女士也是那时的学生，是我后面几届的学生。

沼野：驹田信二先生于我个人来说是个怀旧的名字呢。他是中国文学专家，也是文艺评论家，在《文学界》同人杂志长期负责文学评论。说起来，我在高中时还写过一些小说，刊登在高中文艺部杂志上。我的小说还受到了驹田先生的表扬，当时先生的评论刊登在同人杂志评论栏里，这是我第一次在公众面前公开自己的秘密。可能大家会觉得好奇，想找出来读一读，但我提醒大家，我用的是笔名，你是找不到的。再说，那时写的东西现在也着实拿不出手。

小川：这么说来,沼野先生您最初也是从写小说开始的。

沼野：因为没有写作天赋,后来就放弃了。今天之所以提起这个话题,是我突然想到既然小川女士在进入文坛之前对写作已经有着如此强烈的意识,那么在中小学时期是不是也写了一些东西?那么这些文稿现在又在哪里?

小川：是啊,放在哪里了呢?应该在老家的杂物间吧?但是,刚才沼野先生您也提到了,如果现在来读年轻时写的东西,估计我会晕倒!

沼野：因为是文艺评论系,老师会对您提交的作品提出修改意见,而且同学也会对你的作品评论吧?

小川：比如,写一篇二十页左右的短篇小说请老师修改,老师会给你定个级,如 A、B、C。而 A 的作品会刊登在《早稻田文学》杂志上,这也是我的梦想。

沼野：也就是说,那个时候您提交的东西没有得到很高的评价吗?

小川：完全不行。

沼野：您想过是什么原因吗?

小川：现在想来应该是我太把自己当回事了。

沼野：初中高中的时候写读书感想吗？有没有在比赛中获奖？

小川：完全没有如此值得炫耀的记忆，只有把《万叶集》绑在自行车上，一个人骑着回家的记忆。我的青春很灰暗。我喜欢写读书感想，但是从来没有得过奖。怎么说呢？文部大臣奖获奖作品都有一种固定的模式吧！

沼野：没错！初中高中的老师中，也有非常热衷于读书指导的老师。

小川：我想跳出固定的模式来写东西。想用谁也没有写过的文体，妄想独自一人脱颖而出，以为自己天赋过人，其实是自我意识过剩。怎么说呢？也许每个人都必须经过那样的时期吧。

沼野：也就是说，从过于膨胀、自我意识过剩的泥潭中走出来之后，开始写出好的小说了。

小川：在执着于自己的时候，认为自己是最了不起的。但当我走出狭隘的自我世界时，视野一下子开阔起来，发现了许多值得写的东西。《博士的爱情算式》（新潮社，2003 年，后新潮文库）就是一个典型的例子吧。担心在数学这个和自己完全没有关系的世界里找不到故事素材，尝试着进入这个世界，却惊奇地发现似乎没有故事素材的地方也有很多值得写的东西，原来故事就在那里。

沼野：我也正想问这个问题，是从那时开始的吗？比如，《博士的爱情算式》的数学，《抱着猫，与大象一起游泳》（文艺春秋，2009年，后文春文库）的主人公李特尔·阿廖欣①的国际象棋，为了写这部小说，您应该学习了许多国际象棋知识吧。还有《小鸟》（朝日新闻出版，2012年，后朝日文库）是语言学和动物的故事，所有这些作品都需要一定的专业知识。您在学习这些专业知识的同时，不断开拓新题材，一个接一个地挑战封闭在自己意识里的世界。您是有意识地在打开自己的世界吗？这靠的是顽强的意志力吧？

小川：与其说是有目的和意图，倒不如说是自然而至。撞到自我意识的南墙，努力撬开它，寻找真正想写的小说，犹豫彷徨中终于找到了数学、国际象棋那样的题材。数学也好、国际象棋也好，还有小鸟，都是远离语言的世界！国际象棋是默默地下的，那个世界可以让我轻松平和，我终于找到了新题材。

沼野：一写小说，就会在语言的海洋中与波涛海浪搏击，从某种意义上来说是语言的横流漫溢。您本来就擅长数学吗？

---

① 李特尔·阿廖欣，《抱着猫，与大象一起游泳》的主人公，被称为"棋盘上的诗人"。人物原型是1917年加入法国国籍的俄罗斯国际象棋选手亚历山大·阿廖欣（1892—1946）。

小川：不，数学完全不行。好像数学成绩好不好，与是否把它写在小说里毫无关系。我学了国际象棋的规则，但现在已经遗忘，而且我也不下国际象棋。有些事情我不想做，但是想把它写在小说里。

沼野：听说写《抱着猫，与大象一起游泳》时，得到了若岛正①先生的许多指导和帮助。

小川：是的，若岛先生教我国际象棋知识，还带我去了大阪日本桥的国际象棋咖啡馆。国际象棋咖啡馆里没有人说话，大家只是默默下着棋，仅仅是这种安静，就已经成为了一个世界。

我还去了麻布中学的国际象棋部采访。在那里，一群十四岁和十五岁的少年正在下棋，孩子们思考着的侧脸特别漂亮，原来为了一件事情而认真思考的脸竟然如此高贵。从这里我们进入了小说的世界。

希望有更多的少年活跃在我的小说中

沼野：下面我们继续来探讨小川女士的作品。小川女士故事中的中心人物，或者说让人印象深刻的人物往往是年轻人啊！

《博士的爱情算式》里有个十岁左右的孩子，叫平方根。另外，出场的还有博士、博士家中的年轻女佣，平方根是她的孩子

---

① 若岛正（1952— ），英美文学学者、京都大学教授、翻译家、日本纳博科夫协会会长。在科幻小说、悬疑小说方面有很深的造诣。也是位有名的将棋（日本象棋）作家、国际象棋作家。

吧。这三人是小说中的主要人物,而其中的平方根是小说中重要人物,他的存在有很大的意义。

小川:我喜欢写一些孩子和老人的故事,但不擅长写中间年龄层的人物。

沼野:有一个人,他几十年如一日坚持做着一件事,但不被理解,就这样慢慢老去。另外,还有一个年轻人。这是小川式小说的模式吧!

小川:对于我来说,我已经习惯于这种稳定的叙事方式。在社会的某个角落,某个人长年累月从事着某个重要的工作,却没有得到人们的理解,当他站在死亡边缘时,一个年轻的、还未成熟的孩子出现了,孩子目睹着他去往另一个世界,他的存在价值也通过孩子得以向世界证明,孩子的出现就是为了完成这项重要任务。我喜欢这样的叙事方式,但一不小心,所有的小说都会成为这样,所以在创作的时候我也会特别注意。

沼野:有没有从正面的角度描写与自己年龄差不多的同一代人呢?

小川:这样年龄的人往往以讲述者的身份出现,她站在客观立场,看着老人和孩子。《博士的爱情算式》中的女佣就是这样的角色。

沼野：人到老年，也有回归童心的时候，会变得像孩子一样。不知道作家是怎样描写与自己年龄层次不一样的孩子的？还是因为自己的心里住着一个孩子吧！

小川：前几天读了尾崎真理子女士写的石井桃子评传（《秘密王国：石井桃子评传》，新潮社，2014 年），读了这篇文章，让我感到吃惊的是石井女士清楚地说她从来没有为孩子写过，是为了自己心中的孩子写的。

我不太喜欢小时候的自己，那时的我一点儿也不可爱，现在回想起来心里都很难受。也许是因为这个原因，我喜欢少年，对少年寄托着太多的希望。

我不写少女，如果写少女，我的自我意识就会作怪，我非常清楚少女丑陋的心灵，我希望有更多的少年活跃在我的小说中。

因此，阅读别人的小说也同样，少年题材的小说总是吸引着我。

沼野：日本的小说，尤其是私小说，随着作家年龄的增长，小说中的人物也会变老。因此，当作家老了，他写的东西也便成为老年文学。这并非我在开玩笑，而是自然所使。

但是，无论自己年龄多大都能写以孩子为题材的小说，这大概也是作家的特权吧！塞林格的《麦田里的守望者》中的主人公是十几岁的孩子，村上春树的《海边的卡夫卡》的主人公同样是十几岁的少年。陀思妥耶夫斯基年近六十还写了《少年》，而且以手记的形式写一个不到二十岁的年轻人。年近六十的俄罗斯大文豪以第一人称来写不到二十岁的青年可谓十分大胆。这样写下去能够成为作家年轻不老的秘方吗？

小川：那是可能的吧。就像数学、国际象棋在远离语言的地方一样，孩子也因为没有完全掌握语言，无法充分表达自己的思想。从这个意义上说，孩子是一个没有语言能力的人，所以我觉得这样反而能写。能说会道的人，可以让他自己表达思想。一个孩子孤零零地站在那里，他心中的内心世界尽管迷人，却不知道怎样表达，所以我想用小说语言来表达。因此，那些孩子，或者所有意义上都还不成熟的人，对我而言都是极具魅力的题材。

沼野：没错，在小川女士的作品中，有许多不善言语表达的人，或者一直沉默的人。

现在想起来，在《大海》（新潮社，2006年，后新潮文库）这部短篇小说集里，有一部叫《小鸡卡车》的小说，里面有一个六岁左右一直不说话的孩子。小说的最后那孩子说话了，这让我很震惊。这个，可能是个极端的例子吧？关于这个作品我之后还会再提。

文艺春秋策划了一部《第一次走进文学》（2006—2007年出版）的短篇小说集，他们挑选了十二位现代具有代表性的作家来做这个系列。他们让作家从自己的作品中挑选一些希望年轻人阅读的小说，分别做成一册，当然小川女士也是十二个人当中的一个。小川女士的小说集里收录的都是您希望年轻人读的小说吧？

小川：编辑的意图是这样的，但我也不敢很有底气地向年轻人保证："这些都是适合你们年轻人读的书，你们好好读吧！"我也是一边抱怨着，一边思考着"这些，也许可以吧"，然后诚惶诚恐地拿出来交了差。

沼野：也就是说，您在写小说的时候没有给年轻人写小说这样的意识？

小川：没有，写的时候几乎没有这样的意识……应该说百分之百没有，写小说的时候我完全不考虑这些。

沼野：也不是为住在心里的那个孩子写的？

小川：要说小说是为谁写的这个问题……还真不可思议啊！我到底为谁在写呢……

沼野：书评出来了，被夸奖了，也不关心吗？

小川：被夸奖时，单纯只是喜悦。被误解时，也会惊讶他们为什么这么想。新书出版时，到了接受采访，在回答记者提出的各种各样的问题中，才终于明白自己写了一部怎样的小说。原来是那样啊！我写了这样的小说啊！总之，是通过第三者，也就是读者才明白的。

所以，写的时候感觉是为了小说中的人物而写。如果中途放弃不写的话，那么出场人物想说的话就无处去说，所以我努力让他们生存下去。

沼野：就是让小说中的人物活在自己人生中的感觉吗？

小川：让我意识到这一点的是最近（2014年）获得诺贝尔文学奖的帕特里克·莫迪亚诺①。他的代表作《多拉·布吕代》（白井成雄译，作品社，1998年）的前言中有这么一句话："到死者的世界中去寻找连名字都没有的人，也许只有文学才能做到。"我完全赞同他的观点，也开始体会到了撰写小说的意义。

翻译与译者

沼野：莫迪亚诺是法国小说家。说起法国，小川女士的作品在法国评价特别高，您的许多小说也被翻译成了法语。

那么，下面我们简单来谈一下翻译吧！刚才谈到过一个问题，就是写小说的时候会意识到"谁"这个问题，小川您在创作的时候几乎不会想到这个问题。但是，现在您的许多作品被翻译成了外语，那么您有没有关注国外的读者？有没有考虑过被翻译成外语的小说是否很好表达了原著的信息？或者说您担心自己小说中的日本式表达过多，打算以后使用普通的表达来减轻翻译难度。

---

① 帕特里克·莫迪亚诺（1945— ），法国作家。2014年获诺贝尔文学奖。在法国很有人气，民间有"莫迪亚诺中毒"的说法。

小川：如果我能设身处地为译者考虑的话，那么《博士的爱情算式》就会出现足球，不会出现棒球了。据说为了翻译棒球相关术语，译者颇费了一番脑筋。

沼野：因为在欧洲知道棒球的人并不多吧！

小川：江夏丰①这样的名字，法国人是不会知道的。

沼野：小川女士您是有名的阪神迷吧。

小川：是的，回顾以前写的小说，都是些很难判断是哪个国家的小说。《博士的爱情算式》中棒球选手江夏丰的登场，也许让译者为难了。

沼野：小川女士与译者有联系和交往吗？他们经常向您提问题吗？您回答他们的问题吗？

小川：有的。有一个比我大十岁左右的女翻译家，我曾经去过她法国的家里。第一次与她在巴黎见面，我们一见如故。虽然在那之前没有见过面，但两人之间有一本相同的小说，书成了我们共

---

① 江夏丰（1948— ），20世纪60年代后期到80年代活跃于日本棒球界的阪神老虎棒球队主投手。曾在赛季中401次夺得三振，五次被评为最优秀救援投手。曾实现"名手赛九次连续夺三振"的壮举，"江夏丰21球"的称号在民间广为流传。

同的话题。我们像老朋友一样，有一种旧时相识的错觉，这是一种非常令人愉快的错觉。

沼野：您知道您的小说在法国的接受情况吗？有没有来自读者的声音？

小川：在法国接受文艺杂志采访，还有签名会的时候，记者的提问、读者的反响以及整体的氛围与日本毫无二致。"原来法国人是这样读书的啊！"这样的感觉从未有过，我想这是翻译成功的证明吧！

沼野：如果被翻译的语言是自己知道的还好，如果是自己不会的语言，那么就很难判断翻译是好是坏，是正确还是错误。译者像一位魔法师一样给您的小说施展魔法，也许除了信任您别无选择。记得小川女士说过："译者是给小说撒上魔法粉末的妖精。"我觉得这是一个非常有趣的比喻，您为什么会这么想呢？

小川：小说写完了，就放在那里。可是，突然有一天信箱里收到了一本书，一看，那是一本翻译成了法文的我的书，非常不可思议。明明没有把书稿给过谁……就这样，某一天，你一觉醒来突然发现你的小说被翻译成了法文，我想这样的事情只能理解为是妖精所为。

沼野：记得柴田先生好像也说过类似的话。总之，译者就像作家睡觉的时候拼命施展魔法的妖精一样，等你一觉醒来，你的小说已经被翻译好了。

小川：对作家而言，这是意外收获啊。塞尔维亚语学者山崎佳代子女士在她的《贝尔格莱德日记》（书肆山田，2014 年）中，是这样描述翻译的："感觉像是在给陌生人准备礼物。"我想从译者的角度来看，翻译大概如此吧？

沼野：山崎女士是我的旧友，也是一位很有才华的诗人。她在贝尔格莱德的大学任教，也写些日语诗歌，然后把诗歌翻译成塞尔维亚文。最近她还参与了《古事记》的塞尔维亚文翻译工作，成为了连接日本和塞尔维亚的桥梁。

小川：今年（2014 年）有一部《与陀思妥耶夫斯基一起活在爱中》（瓦德姆·杰德内科导演、编剧）的纪录片上映了，非常不错。

沼野：是关于出生在乌克兰的女翻译家斯维特拉娜·盖尔的故事吧。

小川：这部影片虽然只是对这位老奶奶日常生活的记录，但它确实传达了文学是什么这个根本性的问题。

沼野：是一部有深度有思想的电影！从题目来看像是一部浪漫主

义电影,其实是一部具有深刻文学性和历史背景的电影。

小川:老翻译家斯维特拉娜被卷入政治旋涡,被迫离开祖国前往德国。在这种情况下,她还执着于她的翻译工作。她说:"原文像一匹布,每次解读陀思妥耶夫斯基,都会发现里面藏着的宝石,而重新编织这些宝石就是译者的工作。"也就是说翻译工作不仅仅要严谨细致,而且需要强大的忍耐力。

沼野:下面我想进一步就翻译来展开一些讨论。我想问一下,在迄今为止读过的书中,外国文学的翻译作品对您来说有什么意义?这和用日语阅读的日本文学作品有什么不同?

小川:我大概在 20 世纪 70 年代后半期开始接触翻译作品,当时读的是一位大学的老师,而且是一位很了不起的老师的翻译作品。虽然有些译文作为日语有些别扭,但毕竟有物理上的距离,所以也没有觉得特别不妥,我想翻译作品大概就是如此。可是阅读日本文学就不一样了,无论如何会对语言很敏感。最近,光文社古典新译系列很畅销,还有村上春树先生和柴田元幸先生也翻译了许多美国文学,阅读这些翻译小说,感到日语和外国语言坐标之间的差异消失了,文学地平线的视野一下子开阔起来。由此可见,翻译家的作用不可小觑,阅读翻译作品选择译者的时代已经来临!

沼野:这是最近的事情吧?

小川：嗯，是的。

沼野：可是，可以用名字来选择的被大家熟知的翻译家并不多。

小川：拿到喜欢的外国文学译本，会很自然地找到符合自己感觉的译者。阅读优秀的外国文学，和译者一起欣赏这位作家和他的作品，产生一种共鸣并为此感动。

沼野：英文翻译的话，除村上春树先生和柴田元幸先生以外，还有就是岸本佐知子女士了。岸本女士不仅是一位优秀的译者，而且她的随笔也很有趣。更年轻一点要数翻译美国新移民文学的藤井光了，人如其名，在翻译舞台上绽放着独特的光芒。

小川：年轻时候苦心阅读的古典被翻译成现代文，又产生了新的闪光点，重读这些作品使我感到快乐！

沼野：刚才小川女士提到孩提时代阅读了儿童文学全集，我的印象中儿童文学全集往往以外国经典儿童文学为主流。20世纪60年代初期，白杨社出版了一部大型儿童文学全集——《新日本少年少女文学全集》（全四十卷）。我上小学的时候，读了其中的大约十本，但从孩子的角度来看，总觉得作品有些陈旧落伍。小川女士您是怎么看的？您还是以阅读外国儿童文学为主吗？

小川：小时候我一直住在农村典型的日本式老房子里，阅读外国文学作品是为了逃避这些传统的东西。世界那么大，我想去看看，为什么一定要读那些日本的东西呢？因此，系列丛书中偶尔碰到八岐大蛇之类的故事，我会很失望。

沼野：我都读，不分日本和外国。岩谷小波的《黄金丸》，还有新美南吉、椋鸠十的作品我都读了，日本儿童文学作家中也有很不错的作家。但不管怎样，还是对外国的翻译作品有一种不可名状的期待，我想孩子都这样吧！但是，仔细想想，如果从小开始就喜欢儿童文学的翻译作品，最终会和翻译结下不解之缘吧！

小川：我对翻译充满向往，如果能重新活一次，我想成为一名翻译家！如果把一部小说比作大海，作家就是浮游在海面的泳者。他们漂浮在海面，不怎么思考，如果思考太多，反而不好，也许随波逐流，才能游得更远。

　　但是，译者不一样，他们必须对作家完成的作品——织物进行解读和再现。我认为潜到大海深处的不是编辑也不是读者，而是校阅者和译者。我很想用译者的眼睛去阅读小说，那肯定会体会到不同的世界吧！

沼野：小川女士的外语一定很棒，您有没有想过要尝试翻译一些作品？有没有接到过翻译英文或法文作品的约稿？

小川：这个可能做不到，我一直认为翻译这个工作并不是旁人看来那么简单！

刚才提到我去拜访法文译者，她工作的计算机旁边放着一块画板，画板上面放着几粒小石子。她说，在开始翻译小川洋子的作品之前，会去森林里散步，然后捡来看上去像人物的小石子，把它们放在画板上。一个章节结束，人物发生变化，小石子的位置也相应变化。听了这番话才知道："哇，译者潜入的水有多深啊！"我真希望与她一起潜入深水之中，去看看海底世界！

人，总是需要故事的

沼野：最后，我们来继续讨论一个更大的话题吧。就是人为什么要写小说？为什么要写故事？小川女士在和心理学家河合隼雄先生的一次对话（《活着，就是创造自己的故事》，新潮社，2008年，后新潮文库）中提到："心理咨询也好，小说也好，感觉能够深入到人的心灵深处。"实际上，村上春树也反复说过同样的话。

小川：他说："地下一层是不够的，还有一个地下二层。"

沼野：小说真能做到这样吗？

小川：文学之船能驶多远，水能潜多深，语言起到了很大作用。语言不仅是载体，也是文学赖以栖身的家园。但是，例如，"箱庭疗法"是为了那些不能很好地用语言表达自己情感的人而存在的。通过摆放沙箱内的沙具，塑造一个与他的内在状态相对应的心理世界，发现一些以前就存在的，但语言无法表达的内心深处的重要东西。故事的目的也在于此！我们生活在现实中，难免会碰到许多的不合理和难以承受的困难。因此，感到苦闷时，就需要一个与现实有着不同存在感，能够呼吸有着与氧气不同种类的空气的地方。我们的安身之处不仅仅只有水面，还有水底世界，那里有足够的空间来容纳一切的不合理、不道德或者矛盾。让我们能够感受到这一真理的不就是故事吗？

沼野：但是，无论小说家潜得有多深，他们必须回来把看到的、想到的东西用语言来表达。

小川：这是一个很难解决的矛盾。能去一个没有语言的世界是多么的快乐和美妙。但是，一旦浮出水面把它变成语言，发现海底世界感受到的东西已经失去很多。但是反过来，也许可以说，正因为有语言留下的空白，读者才能发挥他们的想象力。

沼野：刚才您说译者潜入大海的深处，而令人意外的是作家却浮在海面。其实不然，实际上作家潜入大海深处以后又回到了海面上！我没有做过多少翻译，如此谈论翻译有点不知深浅，但从翻译的角度来说，翻译这个工作往往会过分斟酌字句、死抠字眼，因此我担心译者对原文整体的理解程度。其结果，翻译也只是停留在语言表层意义的转换上。

就这样，译者受浮向表层的语言浮力的影响，无法真正进入到故事深处。那些无法用语言来表达的深刻东西的确存在，但由于语言的羁绊无法冲破，这对于身为外语专家的译者来说，是极其痛苦的。作家也是如此，也许像陀思妥耶夫斯基那样的作家，就能迅速冲破精细的表层直入故事深处，用语言把小说蕴含的深刻东西传递给读者。但是，纳博科夫那样以语言技巧取胜的作家却只能囿于复杂的表层之下。

小川：我同意您的观点！但这也取决于作者和作品吧。只是，当我走到故事的深处时，与其说被自己的思想，不如说是被故事自身所拥有的潮力所吸引。然后，一直下沉，无法控制，连自己携带的温度计都无法测量。坦白说，我自己也不知道到底潜到多深才回来的。但是，译者在翻译的时候是有意识的、可控的。他们仔细解开表层的技术问题，然后紧握救生索一米一米往下潜，一边下降一边从容观察周围环境。那时，译者应该看到了连作家都没有注意到的别样风景。

沼野：接下来再提一个很老套的问题。小川女士您为什么要写小说？换句话说，人为什么需要故事呢？我想有很多种答案，您是怎么想的？

小川：关于这个问题刚才也有提到，我想是因为故事等着我们去写吧。

沼野：有人说，雕刻家只是把隐藏在树根、石头里固有的形状呈现出来，并不是自己塑造形状，夏目漱石的《梦十夜》中的运庆也是如此。您写小说的时候也有这种感觉吗？

小川：不这样就写不出来了。

沼野：但是作为人类,既然生活在这个世界上,就不能无视现实吧。编织故事,是因为故事可以表现现实世界,解决现实中无法应对的问题吧。

小川：您说得很对。现实不容忽视,现实很复杂,现实中人们要承受种种压力。为了理性包容和接纳复杂的现实世界,人们几乎本能地试图在现实中寻找某种解压方式,那就是立足现实而超越现实的虚构故事,它可以把不合理变成合理。也就是说,即使不符合现实实际,也没有关系,接受它,并从压力中解放出来,在更自在的世界展翅高飞。我认为这就是故事的原点。

沼野：前面曾经谈到,译者是在作家睡觉时拼命工作的魔法师、妖精。而我想说小川女士才是在读者们睡觉的时候,努力编织故事的魔法师。为什么您总是能不断创作出如此生动有趣、寓意深刻的作品呢?真让人惊讶!

另外,关于写作进度、执笔时间的安排有什么需要注意的地方吗?

小川：每天的工作都排得满满的,根本没有时间考虑进度。早上起来一个字一个字地敲打,一天写大约五页纸已经筋疲力尽。

沼野：迄今为止,小川女士发表的长篇、短篇小说大概有四十部左右吧!虽然是如此庞大的产出,但绝对没有粗制滥造之作。特别是长篇小说,每一部都题材新颖,充满创意,开拓了日本文学新的境地,真是很不容易啊!小川女士看起来像个可怜的妖精,其实是个令人可怕的怪物般的作家。

小川:不,不是。其实故事已经在那里了。

沼野:那也要有找到故事的能力吧。

小川:不不,这算不上是才能,只是碰巧而已。其实故事这东西不用特意去寻找,你的身边就有很多。

给读者推荐的小说

沼野:最后,能请您给大家推荐几本小说吗?并不是特别系统的读书指南之类的,怎么说呢?比如现在突然想到的也可以。今天的对话节目来了许多人,男女老少都有。如果可以的话,我特别希望您能给我们年轻的读者推荐三本好书,另外,也请顺便谈一下推荐理由。

小川:第一本要推荐的是菲莉帕·皮尔斯的《汤姆的午夜花园》(高杉一郎译,岩波少年文库),是我喜欢的少年成长的故事。一个少年在另一个时空遇到一个女孩,少年在"他看得见别人,别人却看不见他"的乌托邦空间和现实空间的错位中长大成人。

沼野：这部小说是由岩波少年文库出版的吧。

小川：是的。第二本想推荐的是《胡萝卜须》。虽然是一个黑暗到无可救药的故事，字里行间也充满灰色和消极，但还是值得一读。这是一个被称为胡萝卜须的少年被虐待的故事。故事中，被别人捉弄、欺负的胡萝卜须反过来把鼹鼠用石头碾死，简直不可救药。但这也让我们看到了小说令人震惊的一面，就是人类生存的世界如此冷漠和无情。不可思议的是，小说中那些负面的恶意讥讽和嘲笑凝结起来可以在某个瞬间让人觉得幽默滑稽。小说中，这两种截然不同的情感同时共存。

沼野：是一个关于欺凌虐待的灰色故事！

小川：第三本是屠格涅夫的《初恋》（沼野恭子译，光文社古典新译文库）。初中时被《初恋》浪漫的书名所吸引，读了这部小说，结果发现初恋并不美好。

沼野：故事很残酷，有一些令人震惊的场面！

小川：这是一个父亲和孩子之间的故事！小说中父亲用鞭子抽打主人公初恋女友齐娜伊达的场面令人震惊。另外，齐娜伊达用花束拍打崇拜者额头的场面至今还记忆犹新。初中时，第一次阅读这部小说，完全不明白这是什么意思，只是觉得有点情色意味，让人不舒服。现在回想起来颇为有趣。

沼野：我想在座的很多人都在读小川女士的小说，但也许也有人没有读过。那么您能给大家推荐一本您自己认为不错的小说吗？有特别想给年轻人推荐的小说吗？

小川：第一本推荐的是《米娜的行进》（中央公论新社，2006年，后中公文库），小说的主人公是两个女孩子分别是十岁和十一岁。小说中，米娜喜欢收集火柴盒，她把火柴盒的图案编成一个一个的故事。这也是我的希望，我希望孩子们知道其实自己身边也有故事，可以把它写下来，也可以讲给别人听。

沼野：那么，我也来给大家推荐几本小说。给小学高年级的孩子推荐的是休·洛夫廷的系列童话丛书《怪医杜利特》，全集共二十卷，由井伏鳟二翻译，岩波少年文库出版。这也是我小学时候很爱读，让我怀念的一部小说。第一卷是《杜利特医生非洲历险记》，里面有各种动物，都很有趣。还有就是杜利特医生，是一个非常独特的怪人，他热爱动物，会鸟言兽语，动物都慕名请他去看病。表面上看来杜利特医生似乎很幸福，但实际上他的内心特别孤独，我想这种情感只有长大了才能体会。因此，即使上了年纪再重读，也是一部有趣的作品。

第二部是陀思妥耶夫斯基的《白夜》（安冈治子译，《白夜·怪异人的梦》光文社古典新译文库收录），我把这部小说推荐给高中生以上的读者。陀思妥耶夫斯基不但以创作卷帙浩繁的长篇小说闻名于世，而且在中篇和短篇小说方面也卓有成就。《白夜》是一部短篇小说，小说洋溢着浪漫青春气息，同时也充满陀思妥耶夫斯基式人际关系的恐怖和绝望。顺便提一下，白夜指的是小说舞台俄罗斯圣彼得堡的奇观，那里即使半夜天也不会黑，周围的一切朦胧可辨。著名意大利导演鲁奇诺·维斯康蒂把它拍成了电影（1957年），南欧的意大利没有白夜，他把时间设定在冬天的圣诞节，因为圣诞节的夜晚白雪皑皑，犹如白昼般光亮。但俄罗斯的白夜是盛夏的一道风景线，只有六月到七月才看得到。说起来，维斯康蒂的《白夜》中，男主角的扮演者马斯楚安尼英俊潇洒、风流倜傥，但这与陀思妥耶夫斯基小说中内向的梦幻者相去甚远，俄罗斯的东西拿到意大利就会变成这样。这是一个典型的例子。

还有一部作品叫"秘密金鱼"，其实这是一部读不到的作品。听到"秘密金鱼"这个题目，或许有人马上心领神会了。这是塞林格的《麦田里的守望者》（村上春树译，白水社）或《麦田捕手》（野崎孝译，白水社）中提到的作品。主人公霍尔顿的哥哥是一位很优秀的作家，他卖身于好莱坞写剧本。在这位哥哥写的作品中，有一个叫"秘密金鱼"的故事，讲的是一个孩子不让别人看自己攒钱买的金鱼的故事。这么一解释，大家应该已经知道了吧？实际上它是一部读不到的小说。但是，正因为是一部读不到的小说，反而能留给读者无尽的遐思。大家也可以试着写这个故事，我想一定很有趣吧。

不好意思，实际上我推荐的不是"秘密金鱼"，而是《麦田里的守望者》。这是我推荐的第三本小说。

小川女士写了很多小说，一下子要找出一本确实困难。这里我介绍一下刚才提到的收录在《大海》这部短篇集里的《小鸡卡车》吧。这篇短篇小说给我留下深刻的印象的是一位六岁左右的小女孩，她一直不说话，直到小说的最后才张开嘴呼唤小鸡。对于人类来说，语言到底是什么？这是一个很沉重的主题，这也是作品所要表达的思想吧。从这个角度来说，我认为它是一部好作品。

很遗憾，已经到结束的时间了。我曾经在早稻田大学坪内逍遥大奖的颁奖仪式上，作为评选委员发表了致小川女士的颁奖词。那么，最后我来介绍其中的一部分。

(小川女士)的作品文风清澄，从细节到心理深层的描写精致细腻。她的小说抒情地呈现了清净无垢的世界，时而又精致得残酷，在现实和幻想的氛围中探索故事存在的另一个维度。故事题材从爱恨交织的复杂情感，到数学、伦理学和语言学领域，在深化叙事世界的同时，扩大了主题的延展范围。

小川女士是一位多产作家，她的长篇、短篇以及随笔集加起来已有四十余部，她对每部作品都精雕细刻，绝对没有粗制滥造之作。她大胆开拓日本文学新的境地，小说构思新颖，题材独具匠心。她一直在写故事，从未间断，仿佛编织自己的故事一样。接下来会写什么样的作品呢？恐怕没有其他作家能像她这样受到读者的期待吧。我们期待着小川女士在文学未知的沃土上大胆耕耘，创作出更多更优秀的作品，引领我们走进小说的新天地。在此由我颁发早稻田大学坪内逍遥大奖。

所以，我们期待着小川女士创作出更多更优秀的作品，引领我们走进小说的新天地。

问答环节

沼野：还有一些时间，我想接下来进入互动环节。

提问者1：听了小川女士和沼野先生的对话，我产生了一种想去一个没有语言的世界，写一些无法用语言表达的世界的冲动。那么，下面我想问一个有关语言保质期的问题。比如，高等游民①这个词，虽然意思与现在流行的啃老族相似，但两者之间还是有着微妙的区别。在使用这样的语言时，您是怎么处理的？小川女士的作品通俗易懂，很接地气，就语言来讲没有陈旧或不合时宜之感。那么，您对"语言保质期"这个问题是怎么考虑的？

小川：毋庸置疑，越是走在文学前沿的作品就越容易过时。我的小说从素材来看，都不是站在时代前沿的东西。比如，就像我之前提到的莫迪亚诺的小说那样，去死者的世界，把他们带到这个世界，最后又把他们送回那个世界。也就是说，我经常写一些过去的东西，写的时候故事已经陈旧，我想这样才能从时间的流逝中获得自由。

但是，"语言保质期"与翻译的确有着很大的关系。

沼野：记得柴田先生曾经说过同样的话，翻译确实也会过时，可以说翻译也是有保质期的。莎士比亚的作品是用五个世纪前的英

---

① 在日本明治时期至昭和初期被广泛使用的一个名称，指在大学接受过高等教育，也没有经济压力，只靠读书过日子的人。

文写成的，这是无法改变的事实。但是莎士比亚作品的日语翻译至少有几十种，有明治时代的坪内逍遥的译本，也有最近的小田岛雄志以及松冈和子的译本。坪内逍遥的翻译文风古朴，现在已经很难读懂。从语言来看，明治以后的日文变化很大。所以，为顺应这种变化，需要一种各个时代的读者和观众容易接受的最新日文翻译。从这一点上来看，日本人比英国人更幸运，日本人总是可以用最新的日文读莎士比亚，而英国人只能用500年前的英文读莎士比亚。

提问者2：我记得小川女士在刚才还是其他场合曾经提到过，要想了解一个人，就去看他失去了什么。就像《博士的爱情算式》中博士失去记忆，《无名指的标本》（新潮社，1994年，后新潮文库）中主人公失去无名指和听力一样，我理解您的意思，原来了解一个人是那样的。那么，请问，您这样的观点是什么时候产生的？

小川：大概是在思考怎样才能正确描写小说中的人物，怎样才能满足小说人物的需求把小说写下去的时候体会到的。我想与其说让读者看到这个人现在拥有什么，还不如让读者看到他过去失去的、现在看不到的东西，也许这样更加真实。

提问者3：我曾经读过您推荐的《汤姆的午夜花园》，因为无法想象花园的样子，结果没有读下去。刚才您提到可以把小说的场景立体化，可是我做不到，您是怎么做到的？在写作过程中人物可以动起来,可以影像化,但是那些建筑物、街景也可以动起来吗?

小川: 我从小就喜欢看那些刊登在报纸上的房地产广告传单,然后天马行空地想象着房子里面会住着什么样的人。比如,写《米娜的行进》的时候,我刚刚搬家到芦屋①,有一天在山手高级住宅区那边散步时,看到了一座非常漂亮的豪宅,我想这样的豪宅里面住着什么样的人?他们又在干什么?于是,小说的轮廓也就清晰起来了。因此,也许无机物比人物更容易成为小说的原点,而人物往往是后面才出场。还有,当你静静看着某个建筑物或者庭院的简图,脑海里也会清晰地浮现曾经在那里住过的人。从这一点上来说,我想我的小说轮廓是鲜明而清晰的。

沼野: 有时我也会收到来自日本文学外国研究者的有关日本建筑物和庭院结构布局的提问。因为,他们在翻译日本小说时,碰到某个房子或者建筑物,只读原文怎么也搞不清楚它们到底长什么样?日本的房子和欧洲的房子结构布局的确不同,再加上有些作家对它们的描写本身也不够清晰,因此,碰到这种情况,译者们往往会感到困惑。

　　日本人在翻译或者阅读外国作品的时候,也会遇到同样的问题吧。契诃夫有一篇很有名的短篇小说《带阁楼的房子》,我想

---

① 芦屋,日本兵库县芦屋市。后文的"山手",则为芦屋市的山手町。——编者注

大多数日本读者并不清楚这里的"阁楼"是什么东西。的确，搞清楚这些对于文学作品的理解很重要，但如果太过拘守绳墨，有时反而会看不到作品所要表达的思想。再说，有些作家根本不会为这些事情大费笔墨。例如，陀思妥耶夫斯基似乎对此并不在意，他小说中的景物甚至会给人一种空间扭曲的印象，以至于《罪与罚》中出现了"椭圆形的圆桌子"。

提问者4：刚才您提到过故事的种子到处都有。那么写小说之前这些种子已经有了吗，还是有一天突然从天而降？您能给我们谈谈这方面的问题吗？

小川：就我自己而言，并不是自己事先准备好想写的东西，而是某一天这个种子突然落了下来，是偶然的相遇。而且，用来接住种子的容器也只有一个。我不能同时写两部小说，通常情况下是写完一部再写下一部，所以不能瞻前顾后存储许多种子。总之，就是接一个种子写一次，而且每次都是写到容器空了为止。

沼野：比如，有没有一本记事本，经常可以把想到的东西记下来，总是有十个以上的种子储存着。

小川：没有，没有那样的本子。

沼野：我想应该也有这样的作家。

小川：如果在写作过程中偶然得到某个种子，我会随时把它编到作品中。

沼野：也就是说，小川女士创作时只是专注于正在写的东西吧。

提问者 5：小川女士，您的小说开头部分堪称神来之笔，独特而又充满幻想……国际象棋的故事从屋顶上的大象开始，《米娜的行进》的故事从母乳车展开。那么，请问，每部小说的开头部分您都进行这样特别的设计吗？

小川：您提了一个非常好的问题。写国际象棋的故事也好，芦屋的豪宅也好，一旦决定想要写的东西，我通常会去寻找一个合适的切入口。只要能找到正确的切入口，剩下的只要下笔就行。比如，写关于国际象棋的内容部分时，我想起了不知在哪里听到过的一个故事，就是以前高岛屋百货公司屋顶上养了一头大象，后来因为太大而下不来这件事情。于是，猛然间就灵光一闪，"啊，这就是小说的切入口啊！"

总有许多这样不可思议的相遇，本以为无关的事情，突然之间通过彩虹被连接到了小说的世界。写《米娜的行进》的时候也是从外国进口的漂亮的母乳车开始下笔的，感觉也是正因为这样特别的设计，我才写完了这部小说。听起来像是信口胡言，但确实如此！

沼野：这是一个真实的故事，那头大象后来怎样了？

小川：想尽办法硬是把它弄了下来，大象的骨骼标本现在存放在国立科学博物馆的仓库里，还起了个名字叫"高子小妹"。

提问者6：我是图书馆馆员。小川女士写了许多面向初高中学生的书，很期待今后您也为小学生们写一些书。

小川：现在的小学生在读什么书？他们也在读我们那个年代读过的书吗？有时候我也会很担心，但是孩子永远都是孩子，任何时代都一样。

今后，我会尝试写各种作品，不拘泥于年龄，从小学生到老人都能平等阅读的文学作品。这是我的理想。

提问者7：在创作过程中，您往往专注于一部作品，不会同时写两部小说。但是《米娜的行进》是报纸连载，写《米娜的行进》的时候也没有同时写另外的作品吗？

小川：小说没有必要着急写，我会尽量调整时间，避免出现两部小说同时写的情况。欲速则不达，心急反而招致失败，任何工作都是如此。我希望有充裕的时间来写小说，连载小说也不例外，我会尽量提前交稿。写《米娜的行进》的时候，差不多是一个月交稿一次。

沼野：对于编辑来说您是一位很理想的作家啊！

小川：写《米娜的行进》的时候,寺田顺三先生负责小说的插图,如果时间有富余,他会不断修改和完善,在截稿的最后一刻才把精心制作的插图发给我。

沼野：是吗?真不错啊!

小川：小说写起来费事,读起来也很费事,所以都不容易。但是,最麻烦的是时间这个东西无可替代啊!

沼野：小川女士这样的人气作家会有很多约稿吧。在日本只要谁出名了,约稿就会蜂拥而至,这可以说是日本媒体、出版业的优点,同时也是缺点。如果毫无选择接受,会陷入非常糟糕的状态。小川女士似乎没有这种情况,您好像完全可以掌控自己的工作啊!

小川：因为我知道我自己的能力。我希望事情一个一个做,小说一部一部写……

沼野：有一位会替代您拒绝工作的妖精就好了。

小川：那太好了!有这样的妖精就好了。话说回来,拒绝是件痛苦的事情。

沼野：如果约稿一个一个排队的话,有些人可能要等五十年了吧。

小川：我想可能我活不到那个时候。

提问者 8：您刚才提到，每写五页稿子就会精疲力竭，那么写好的东西会经常改写吗？听说有人会在自己写的原稿中用红色做上记号，到晚年再来改写。回顾这么多年写的这么多的小说，有没有想再次改写的作品？

小川：小说一旦写好了，重新修改是件非常麻烦的事情。小说就像编织物，不是哪里破了只要修补哪里就行。有些作家会在小说出文库本时进行一次修改，我一般是一边写，一边修改，写完了就尽量不去修改。

提问者 8：就是说没有需要大幅度修改的小说吗？

小川：是的，在写作过程中，我会很仔细地一行一行写，这样就不必在后面进行大幅度的修改。斯维特拉娜（陀思妥耶夫斯基作品的德语译者）曾经说过：文学是编织物。对此我深有同感。小说一旦解开，矛盾就会越来越多，只修改想修改的地方是毫无意义的。因此，写的时候必须谨慎。

提问者 8：作品完成时您有没有"啊！终于完成了！"这样瞬间的成就感？

小川：完全没有"终于完成了！"这样的成就感，只有一种再也写不下去的无力感。

沼野：就是说一旦印刷成铅字，也就意味着是完成体了。

小川：是啊！一点一点写的东西，到后来就成了一个一个的作品。

沼野：那么，今天的谈话就到此结束，非常感谢小川女士！

2014 年 12 月 20 日，东京新宿，安与厅

系列访谈——文学作品中的孩子

第三章
孩子和绘本翻译告诉我的事情

——青山南与沼野充义的对谈

献给你心中的"孩子"
绘本和翻译的乐趣

青山南

  1949年出生。翻译家、随笔作家，早稻田大学文化构想学部教授。早稻田大学研究生期间，翻译并出版多斯·帕索斯的《再见，西班牙》，并从此走上翻译家之路。他不仅是一位多产的儿童绘本翻译家，也是著名现代美国文学学者。出版著作有《人生就是疯狂色拉》《在彼特与波特之间》《那群叫翻译家的乐天派》《翻译成英语的日本小说》《美国最南部》《美国短篇小说五十二讲》等。译著有《泽尔塔·菲茨杰拉德全集》、《在路上》、《听作家谈如何写小说？》（巴黎评论·作家访谈Ⅰ—Ⅱ）等。儿童绘本译著本《逃吧！逃吗？印度的古老传说》（产经儿童出版文化奖翻译作品奖）、《老虎先生来撒野》等。共出版儿童绘本和译著八十余册。

青春和外国文学同在

沼野：以这种方式与青山先生交谈，心中充满感慨。青山先生是一位著名的翻译家和随笔作家，而我是一名俄罗斯文学研究者。因此，从旁人看来我们似乎无缘，我想没有多少人会把青山和沼野这两个名字联系在一起。

青山：但是，在非公开场合我们私交已久，关系亲密。

系列讲座的前一位嘉宾、作家小川洋子女士初次发表作品的《海燕》（福武书店，1996年停刊）文艺杂志中，曾经有一个介绍海外文学现状的《世界文学展望》的栏目，大概有四页纸，各个国家的外国文学工作者在这里介绍相关国家的文学创作及发展现状。那时，我研究美国文学，沼野先生研究苏联也就是俄罗斯文学，大概就是那个时候我们开始交往了。好像在那之前也有私交，后来有了孩子，大家热热闹闹一起过圣诞节，记得那时沼野先生还给我们弹爵士钢琴。当时我就想"沼野先生真是多才多艺啊！会弹钢琴真好啊！"。这么说来，我们已经是老朋友了。

沼野：说爵士钢琴的话，有点……还没到那个水平。记得与青山先生交往应该是从1980年前后开始的。

今天，我想和有着丰富阅读经历的青山先生一起，以年轻时的读书体验以及儿童读物的话题为切入点，就有关翻译工作，以及如何阅读世界文学等问题展开讨论。首先，能请您从个人的经历谈谈和书的交往吗？青山先生是英美文学专家，同时也是翻译家，您最初意识到"翻译"是在什么时候？

青山：阅读翻译作品大概是初中的最后阶段，也就是中考结束的那段时间吧。我读的第一本小说是当时风靡一时的赫尔曼·黑塞的《乡愁》（原题是主人公的名字 Peter Camenzind），译书的题目与原题不同。就是从那以后我喜欢上了翻译小说，记得当时有很多黑塞的小说，我也几乎读遍了他所有的小说。进入高中以后读了安德烈·纪德的《伪币制造者》，虽然觉得"真是一部奇怪的小说啊"，但还是被它深深吸引，于是陆陆续续读了他的许多小说。高中时有第二外语必修课，可以学法语、德语或俄语，而我选了法语，想翻译纪德的小说。后来，上了大学，在早稻田的旧书店街上看到了新潮社版的《纪德全集》，但价格不菲。当时我想"真想买一套《纪德全集》啊"，可是买不起。但当时纪德的小说的文库本也很多，所以我读的都是文库本。

沼野：那么，为什么不学习法国文学呢？

青山：我在二手书店里看到的纪德的作品全集，已经全部被译成日文。有新潮社的，也有其他出版社的。在我出生之前，也许我还是孩子的时候，日本曾掀起过一股纪德的热潮，《纪德全集》就是那个时候的产物吧。看到已经被翻译成日文的《纪德全集》，当时心情极度沮丧。现在想来，就在那个时候我意识到了

"翻译"!

沼野：也就是说读纪德的小说与想搞翻译有着直接的关系？

青山：是的，可是纪德小说的翻译已经不可能了。

但是，进入大学以后想做一名翻译家的梦想一直挥之不去，那么，哪里可以开辟翻译的新空间呢？当时的我，也和许多年轻人一样非常在意个人的利害得失，就这样我把方向转到了美国文学，虽然理由听起来非常尴尬。

读法国文学的时候，根本没有想过还有美国文学，我一直以为美国人只会算钱。然而，在20世纪60年代后期，也许在座当中也有那个年代的人吧。那是一个年轻人非常活跃的年代，嬉皮士等的出现，使美国备受瞩目。我读高中和大学的时候，非洲裔美国人非常活跃，报纸上登载着许多引人注目的新闻，底特律发生暴动啦，纽约有人在裸奔啦，等等，这些都让我对美国产生了兴趣。也许美国文学也很有趣吧？就这样转到了美国文学。另外，我对于非洲裔美国人写小说这件事情本身也颇为惊讶，我很想了解他们写的是什么东西。

沼野：喜欢纪德，但他的翻译全集已经出版。的确如此，在我们还年轻的时候，西欧古典大作家的全集基本都已经出版。例如，《托马斯·曼全集》，还有《陀思妥耶夫斯基全集》等等。所以，对于一个刚刚进入翻译界的新人来说，在古典文学的翻译领域里已经没有立锥之地。俄罗斯文学也是如此，虽然我学的是俄语，但当时根本没有想到自己会去翻译陀思妥耶夫斯基、契诃夫的小说。因为，那里已经没有我们的立足之地了。

最近，在光文社的古典新译文库中，陀思妥耶夫斯基的新译受到好评，古典新译已经成为一种新的趋势，这在当时是无法想象的。因此，作为一位有志于从事外国文学的人来说，只能努力寻找自己可进去的，还未开发的领域。所以，青山先生选择了美国文学。

青山先生年轻时阅读翻译文学时，对翻译的日语文体的感受是怎样的？是有趣呢，还是也会感到违和？

青山：不，完全没有。那时只是普通的阅读，至于文体之类的根本不会关注。读到不同文化或看到不同风景时，也只是单纯感觉有趣。对我来说那些生硬的，或者不符合日语习惯的表达反而更有意思，根本没有意识到这是翻译的问题，以为平常就是这么表达的呢！

沼野：就是说，即使没有意识到这是翻译，那些和平常不同的日语表达也会让您很兴奋，反而觉得有趣吧。

青山：在高中和大学时代我读了很多翻译作品，但对于译文的日语表达并不是很在意。关于日本近代文学，除了世人关注的作品，我很少阅读。即使阅读一些作品，也是因为自己搞翻译了，必须学习了。

沼野：从最近的出版形势来看，外国文学似乎不是很乐观，但在我们年轻的时候，翻译书籍有着独特的魅力。

青山：我周围的许多朋友都在和外国文学打交道，比如法国文学等等，所以我觉得我身边到处都有外国文学。

沼野：我想在座的年轻人中，也有很多想尝试翻译的吧。我想大家都想知道您是如何投入翻译工作的？您能给大家谈一谈吗？

青山：事实上，我搞翻译是因为我哥哥（诗人长田弘氏）。我哥哥他从事出版方面的工作，那时他需要一些国外的资料，因为我懂英语，就让我帮忙翻译，这也是我搞翻译的开始。开始时翻译一些散乱的小资料，渐渐地让我翻译一些比较系统的资料。最初翻译的是多斯·帕索斯的西班牙内乱见闻录（《再见，西班牙》，晶文社，1973年），因为我哥当时正热衷于这方面的研究，需要这方面的资料。但是，我的翻译却受到了人们的关注，只是因为碰巧是一个年轻人做的翻译。

沼野：那时您几岁？

青山：大概是二十四五岁的时候。但现在看来，那些翻译中肯定有许多误译，所以至今我都不敢重读。也就是从那时开始，我走进了翻译这个世界。

刚刚我谈到和沼野先生交往的时候也说过，那时有许多杂志设有介绍外国文学和文化的专栏，这在现在是无法想象的。现在，因为互联网的出现，这些页面已经消失。但是在过去，读这样的页面非常快乐，而且令人兴奋。记得有一本创刊不久的文艺杂志，就是筑摩书房发行的《文艺展望》（1973年4月创刊），现在已经停刊了，那时这本杂志每期设有五到七个页面的外国文化介绍，一页有约四百字。他们让我在这里介绍外国文化信息，我也欣然答应了。虽然只是很少的几页，但我非常认真阅读国外的报纸，在那个页面介绍。也就是从那时起，我做着近似于翻译的工作，实际上这个工作也让我很开心。此后，我相继在《文艺展望》《读书新闻》《海燕》等杂志发表此类文章。

刚才沼野先生介绍我的时候，用了学者这个词。我不是学者，在大学教书也不过十年，大学任教之前是个自由撰稿者，翻译一些东西，介绍一些美国文化。我会把翻译的最新信息写进报道中，我非常喜欢写这样的介绍报道。就这样，我慢慢习惯了翻译这个工作。

沼野：正如青山先生介绍的那样，《海燕》文学杂志为充实海外文学的介绍，安排了四个页面的海外文学专栏。当时青山先生是这个栏目的负责人，我也受到了邀请。那时青山先生是一位三十岁左右的新锐美国文学研究家，我年纪更小，只有二十多岁，根本谈不上是新锐作家，只是一个初出茅庐的年轻人，至今我也不清楚当时为什么邀请我参加这个工作。但是，怎么说呢，那些日子的确很开心啊！

提起外国文学的介绍，我承担的是俄罗斯文学和东欧文学部分，记得那时拼命阅读这些国家的最新文学作品，并在专栏里介绍。说起米，现在还有一些文学杂志有这样的栏目。谈到俄罗斯文学的介绍，我父亲那个年代有江川卓、原卓也等著名俄罗斯文学学者，他们精力旺盛，工作热情很高，从20世纪50年代后半期到1960年，每月在文艺杂志常设的海外文学相关栏目中，介绍最新苏联文学杂志上发表的文学作品信息。那之后，在一本叫《尤利卡》的杂志上，每个月的卷尾左右两页，由专家介绍世界各国的文化动向，这个专栏一直坚持到了上世纪90年代中期，应该说是相当了不起了。但是现在这些栏目已经全部消失了，最新外国文学动态的介绍也会随着时间的推移日益衰退吧。

青山：外国文学的介绍每况愈下，其原因是互联网的影响吧。那时除我们在写的《尤利卡》《记录》《文艺展望》《文艺》杂志以外，还有《文学界》《群像》等杂志都有外国文学的介绍页面。但现在时代不同了，即使没有那些外国文学家或外国文学研究者的介绍，谁都可以在互联网上阅读《纽约时报》和世界各地的报纸、杂志，还有各种博客，所以这样的栏目已经没有必要，文艺杂志上外国文学的介绍也全部消失了。

那么，结果呢，虽然有庞大的信息，谁都能访问，但是阅读的人却反而变少了。比如，《纽约时报》谁都可以访问，但因为是英语，所以阅读的人是有限的。也就是说，虽然谁都可以找到信息，但信息并不一定向所有人开放。每个人都能阅读，每个人都能轻而易举地接触外国文化，但实际上它反而离我们越来越远，这就是互联网带来的影响。

沼野：青山先生刚才谈的是有关信息方面的问题吧。人类已进入信息时代，谁需要信息，谁都能得到。比如，很多大型报纸的书评也会立即在网上发表。以前，像英语这样的主要语言另当别论，如果要找一些俄罗斯语的最新报纸杂志，日本国内能找到的图书馆也没有几个。况且，也很少有与俄罗斯人交流的机会。而现在，互联网上能找到大量的视频，就像昨天晚上睡觉前，我喝着啤酒打开平板电脑，看着俄罗斯最新流行歌曲的视频，时代真的变了！

但是，就像我经常说的那样，尽管信息变得容易获取，但是阅读本身并没有改变，计算机不会代替人类阅读文学作品并享受作品带来的感动！即使一些优秀作家的最新作品的信息都能轻易得到，但阅读某个作品，有"这部小说真不错啊""我不太喜欢这部小说"的感受也只有人类吧。所以，人类的阅读能力不会因为计算机技术的进步而得到提高的吧。

青山：是啊！外国文学作品的介绍非常重要。在撰写外国文学作品介绍时，介绍者往往倾注全部的思想感情和创作热情，因而能引起读者的共鸣。因此，作品本身固然重要，但它的介绍也很重要，这是我长期撰写外国文学介绍文章得出的结论。

出版大国、翻译小国的美国——易读的陷阱

沼野：前些日子，在和青山先生闲聊的时候提到了一个话题，就是翻译书在某个国家的整体出版物中所占的位置。以美国为中心的英语文学圈是世界最大的出版业市场，英语媒体在全球范围内

具有巨大的影响力。但据统计，在美国，实际上翻译书的出版量是很低的，而相对而言日本翻译书的比率要比美国高得多。但即便如此，翻译书籍也仍存在着明显偏向性，这是一个值得关注的问题。

青山：美国出版物的总数很大，但翻译书的比率偏低，据说只占总数的3%左右。

沼野：文艺类书籍的比率就更低了。

青山：是的，对于3%这个比率我一开始也觉得不可思议。但是，3%的翻译书中包括了文艺类、社会科学以及技术类的书籍，但文艺类书籍最多也只占0.7%，我想这是有可能的。

如果你去美国书店的话，是找不到翻译书的，因为美国的书店不设置翻译书的专柜。

沼野：因为美国人认为世界上所有的信息都可以在英语书中找到吧。就现代文学来说，原本就用英文写的东西和翻译成英文的东西，两者并没有太大的区别。也就是说，用英文读的话都是一样的。

青山：但是，如果某个日本作家的书被翻译成英文，那在日本应该会成为大家关注的话题，而美国也会因此被误认为是积极吸收外国文化的国家。但实际上，在美国文艺类翻译书的出版量只有0.7%。

沼野：几年前，我曾经研究过出版物的统计数据，不同国家之间的差距是很大的。在日本，翻译书在出版物总量中所占比率相当高，1971年为13.8%，但此后一直呈下降趋势，2013年下降到7%左右。据2007年发布的统计数据，韩国和捷克为29%，是世界上翻译书出版比率最高的国家。其次是西班牙，为25%，土耳其为17%（2007年之后韩国也和日本一样，呈下降趋势，2013年下降到21.6%）。如果一个相对较小的国家想要快速获取世界信息，那么依赖翻译也是理所必然。因此，翻译书的出版比率高，并不代表这个国家的文化水平高，但至少可以说明在文化和文学领域对世界是开放的。

也许在青山先生面前不应该对美国说长道短。如果你以为美国是世界上最先进的国家，但令人意外的是它很老土，而且很封闭，不了解世界。不了解世界是因为他们觉得自己就是世界。所以，也可以说美国人是最不擅长外语的。

青山：我现在还记得，当年沼野先生在哈佛大学留学期间，记不清楚是回国的时候，还是在给我的信中曾经说过："哈佛人都是乡巴佬。"

沼野：哎呀，我说过这样的话吗？那时，虽然在美国留学，实际上我主修的是以俄罗斯和波兰文学为主的斯拉夫文学。所以，我周围的老师也好，同学也好，很少有美国人。我的英语很糟糕，不会用英语表达时，甚至想用俄语来表达，所以我的美国留学经历和普通人大不相同。

在美国任何东西都可以用英语阅读，这是天经地义的。因此，即使是外国文学的翻译，作为译文的英文如果不好，那是说不过去的。因为是从外语翻译过来的，所以有很高的价值，这样的想法在美国是没有的。如果外国文学翻译作品的英文没有英美文学作品那么自然流畅，当然卖不出去，因为美国人不会因为这是翻译文学而去欣赏这种差异。

青山：日本现代小说被大量翻译成英文始于上世纪80年代，那么这些作品的翻译水平如何？对此我做了研究并出版了相关专著。

沼野：是《翻译成英文的日本小说》（集英社，1996年）这本书吧？那是一本非常有名的翻译评论书。

青山：写了那本书之后我才知道，原来翻译是多么的随心所欲啊！例如，毫无顾忌地把原著第二章中的小故事插到上下文无关的第一章中；不顾整篇文章的脉络，满不在乎地删掉大段文字等等；举个比较极端的例子，山田咏美女士的《垃圾》（文艺春秋，1991年，后文春文库）一书，原著很厚，译书却薄得可怜。

沼野：还有一种情况就是把几部小说胡乱拼凑一下。

青山：嗯，这样的情况很多。写这本书的时候，村上春树先生的三本小说已经被翻译成了英文。《象的失踪》英文版的作品集被大胆地更换了章节段落，和原作大不相同，以至于几年之后村上春树根据英文译本又重新写了日文版的《象的失踪》。

沼野：这是美国出版社、编辑的做事风格啊！他们对窜改原作的行为不仅毫无罪恶感，反而认为自己的做法是正确的，甚至于沾沾自喜："我帮你改得这么好，你应该感谢我吧！"椎名诚先生有一部以自己儿子为原型撰写的小说《岳物语》（集英社，后集英社文库，1985年），文体是他一贯的饶舌体，内容依旧不着边际，不切主题。对于他这种漫无边际的杂谈，日本书迷们倒也乐在其中。但他的饶舌杂谈一旦原封不动地被翻译成英语的话，美国人是看不懂的……

青山：是的，在美国会翻译成洗练流畅的文体。

沼野：那不是翻译，是改写，这也太厉害了吧！日本人在翻译时必定仔细考虑每个词的意思，选择最接近于原文的日文表达，我想如此认真严谨的态度在世界其他国家并不多见。

青山：也许美国人认为只要把主要内容传达给大家就可以了吧？文体之类的东西，比如，用饶舌闲谈之类的文体完全可以忽视，只要知道故事情节就足够了。但我认为翻译最难的是文体，如果翻译时无须考虑文体，那么没有比这更轻松的了。

沼野：这本（《翻译成英文的日本小说》）书中的文章本来在一本叫《昂》的杂志上连载，作为单行本是 1996 年出版的，翻译中存在如此之多的问题我也是读了这本书以后才知道的。现在，许多日本文学作品被翻译成英文或者其他国家的文字。那么，他们是怎么翻译的呢？现在日本人也开始意识到这些问题了。自己的作品被翻译成其他国家的文字时，有些作家虽然不会亲自把关——检查，也会和译者保持联系，认真回答译者提出的问题。我想从这一点可以看出，大家对翻译的重视程度以及翻译本身的水平都有了很大提高。

不过，话虽如此，翻译通过这种方式完成，仍然令人惊讶！我们再来看一下东欧文学，他们也借鉴了英语翻译的做法，碰到难以理解或者难以翻译的地方干脆删除不译。他们认为与其翻译成奇怪的表达，倒不如不译，这好像已经成为翻译界的一种共识。

有一位捷克籍的流亡作家叫米兰·昆德拉，据说他的长篇小说《玩笑》第一次被翻译成了英文，当他打开寄来的英文译本，却发现章节的数量和原著不一样。他很吃惊，于是仔细读了里面的内容，发现与故事情节没有直接关系的哲学思考部分全部已被删除。自那以后，昆德拉对翻译不再信任，每当自己的作品被翻译成英文、法文、德文时，必定亲自检查。对那些自己不懂的语言的翻译，比如翻译成日文时，也会给予关注，并通过经纪人询问。作为作家做到那种程度，是不是有点过分了呢？说到底，自己的小说被翻译成世界各国的文字，作为作家是很难控制的。

青山：日本的译者中也有许多人认为翻译时，章节段落是可以修改的，因为那样有助于读者理解。但是，也有作家对小说章节的处理非常谨慎，比如，马尔克斯的《族长的秋天》，全书总共只有四个部分，我想作家这么处理肯定有其理由。所以，虽说是有助于读者理解，也不能贸贸然换行改章。因此，像昆德拉这样的作家，自己的作品被翻译成自己看不懂的语言文字时，也要数一数章节和段落数量，发现有问题就会生气地说："怎么多了几个章节呢？"这是可以理解的，而且也必须给予理解。

沼野：但对于古典作品的新译来说这是个难题。比如，陀思妥耶夫斯基等人创作的 19 世纪的小说，按现代的标准来看，段落明显偏长。陀思妥耶夫斯基原著中的三页纸，如果翻译成日文，一个段落按一页四百字计算大概会有十页之多吧。卡夫卡的小说也是如此，卡夫卡的大部分作品只是草稿，因为生前没有发表，所以实际上最后他到底有没有分段的想法，现在的我们不得而知。但不管怎样，两位作家作品的新译中，段落数都有大幅度的增加。

读者对于这样的翻译方法也是毁誉参半。一部分人认为修改章节便于读者阅读和理解。但另一方面，也有一部分人则提出严厉批评，认为这样做是对原作的亵渎，或者说是译者的恣意妄为。

青山：推理小说的老字号出版商——早川书房很久以前开始出版袖珍推理小说翻译丛书。以前曾经听那里的编辑和译者说过，通常那些推理小说迷会站在书店看书,所以让他们觉得"感觉很有趣",产生兴趣是最重要的。如果小说的开头部分写得密密麻麻,读者就没有兴趣再读下去。所以,为了吸引读者,编辑会要求译者对小说的最初几页频繁换行,也许现在也是这样。这是商业竞争的需要,但受其影响,现在翻译界还存在着这种根深蒂固的思想。

沼野:也就是说,翻译并不只是单纯追求语言正确、忠实原文就行了啊!

孩子和绘本翻译告诉我的事情

沼野:那么,接下来谈谈具体的作品,今天我们对话的主题之一是儿童书和儿童读物。青山先生除翻译成人书籍外,还翻译了许多儿童读物,尤其是绘本。那么您是如何进入这个领域的?另外也请您谈谈翻译绘本时的乐趣以及碰到的困难。

青山:开始翻译绘本的动机很是不纯。把英文翻译成日文是件相当花时间的事情,所以,我想"有字数少的翻译作品就好了"。因此,当我开始从事翻译工作的时候,被问到想做什么样的翻译时,我回答说:"绘本之类的不错啊!"当被问到为什么时,我记得当时一本正经地回答:"总之字少就好。"但是,抱着这种不纯的动机等待工作,工作是不会来的。因此,在很长一段时间内一直没有找到合适的翻译。后来孩子出生了,现在很流行超级奶爸,我是超级奶爸。于是,那段时间沉迷逗娃不能自拔,其间还写了两本有关育儿的随笔。啊！沼野先生您把书拿来了啊！

沼野：是这两本吧？

青山：是的。

沼野：一本是《作为婴儿的我们的人生》（YUKKU 舍，1990年），另一本是《重要的事，都是我女儿告诉我的》（每日新闻社，1994年）。这两本书无论哪一本，现在读来也很有意思，可惜已绝版了，能收入文库就好了！

青山：我不是一个特别喜欢孩子的人，但观察孩子时，会学到很多东西。所以我喜欢观察孩子，像法布尔那样，那很有趣。那时一个出版社让我写一些随笔，我问："写什么样的主题？"回答说："没有什么要求。"我就答应了。临近截止日期时，我环顾四周，想着有什么可以写，刚巧看到在地上打滚的孩子。于是，突发奇想"啊！就写这个了！"，就这样写起了育儿随笔。

结果，我写了一大堆的育儿随笔，可能让他们失望了。这些随笔后来被编辑成册，就是这两本随笔集。一位儿童绘本的编辑读了我的书以后建议说："青山先生，要不您来翻译绘本吧？"绘本的字不多，是我以前一直想做的，但我没说："这是我一直想搞的，正好字那么少。"我说："这个应该很有趣吧！"就这样二话没说答应了。

第一本翻译的是莱恩·史密斯的《我才不戴眼镜呢》

（HOLP出版，1993年）的荒诞绘本。不知为什么让我翻译荒诞绘本，也许是当时翻译荒诞绘本的人不多，也可能是当时莱恩·史密斯的作品很受好评吧？从那以后只要是荒诞绘本都拿来让我翻译。"这种荒诞绘本就让青山先生翻译吧！"这似乎成了一种约定俗成的做法。荒诞绘本虽然字不多，但不见得容易翻译。但也幸亏字不多，让我有时间可以仔细思考。从这个意义上来说，绞尽脑汁思考也能起到学习的作用。现在如果碰到这样的荒诞绘本，我也会把它当作一种学习的机会。就这样，我走进了绘本世界。

沼野：荒诞绘本的翻译很难，荒诞文学作品不仅只限于儿童绘本、儿童读物，还有很多面向成人的实验小说吧。也许荒诞儿童读物的翻译有特别的难度吧？

青山：面向成人的书是以成年人阅读为前提，而绘本则是孩子读的。虽然有时候是爸爸妈妈读给孩子听，最终还是要让孩子听得懂，觉得有趣。大人会做出"在玩语言游戏""语言游戏真有趣呢"的反应，但孩子听到有趣之处只是欢呼雀跃一番。虽然不知道是父亲还是母亲讲给孩子听，总之要让孩子理解，要优先考虑孩子的感受。

沼野：青山先生是翻译《我才不戴眼镜呢》时才知道莱恩·史密斯的吗，还是在那之前就知道了？

青山：是编辑让我翻译他的绘本时才知道的。绘本的编辑中不乏许多优秀者，他也是其中一个。同年，我翻译出版的约翰·伯宁罕的《洋梨宝贝》（HOLP出版，1993年）也是这位编辑推荐的。

沼野：《洋梨宝贝》也很有趣啊！另外，我也读了莱恩·史密斯的另一本绘本，叫《臭起司小子爆笑故事大集合》（HOLP出版，1995年），没想到绘本的世界竟然如此奇妙！

青山：《臭起司小子爆笑故事大集合》已经属于成人读物了，金井美惠子的《翻书页的手指》（河出书房新社，2000年）也是如此。

沼野：您还翻译了莱恩·史密斯的《这是一本书》（BL出版，2011年）的绘本，虽然很荒谬，却发人深省。这本书适合今天的主题，我来给大家详细介绍一下吧。

主人公是"电脑达人"驴宝宝和"书虫"猴子君。我们来看一下猴子君告诉驴子君书为何物的对话。驴子君问："点击哪里好呢？"猴子君回答："这是书，没有点击的地方。"驴子君又问："怎么发送邮件？"猴子君回答："这是书，不能发送邮件。"书中都是诸如此类的对话，虽然无聊，没有意义，但却告诉了我们书的重要性。所以说这是一本成人读物也毫不为过。

青山：还有一本差不多的叫《这是一本小书》（BL出版，2013

年)。

沼野： 书的内容怎么样？

青山： 故事情节基本相似。驴宝宝问猴子君："这是什么？""是吃的东西呢，还是戴的东西呢？"猴子君一个劲儿摇头说："不是！不是！"驴宝宝觉得没意思，说："算了！我睡了！"这时猴子君突然说："这是用来读的……"驴宝宝说："这是书，我们一起来读吧！"对话非常简单，而且书的设计非常小巧可爱，故称之为《这是一本小书》。

沼野： 青山先生，您翻译了多少本绘本？

青山： 没有数过，差不多一百本吧。毕竟字数不多嘛。

沼野： 我虽然没做过绘本的翻译，但有过一次电影字幕翻译的体验，那是一部索科洛夫导演的现代俄罗斯电影《石头》，在座的可能很少有人知道这部电影吧。索科洛夫是一位具有独特艺术视角的导演，他的电影与先锋派电影有所不同，但也谈不上有趣，所以也许有人会觉得深奥难懂。《石头》也是那样的电影，这是一部长约九十分钟的电影，但几乎没有对话。因此，字幕翻译工作从数量上看，不到一个小时就能完成，所以我接受了这项工作。但事实并非如此，实际上，我要反复翻看九十分钟的电影，认真思考每个简单的词语在某个场景中用什么样的语境来表达，所以整整花了好几天时间。因此，字幕翻译不是因为语言少就简单了。

青山：我也做过纪录片《原子咖啡厅》的字幕翻译，那部电影文字量很大。说起来，字幕翻译的费用和文字量是没有关系的吧？

沼野：每部电影字幕翻译的费用是一样的，而且费用也不多。在英文字幕的翻译界，有许多像户田奈津子女士那样有名的翻译家，但是完全靠字幕翻译工作生活的人并不多吧。

这么说来，在这里的年轻人中可能也有人想自己尝试儿童读物的翻译吧。但是，个人认为要想成为绘本翻译家也并非易事。怎么样？青山先生有什么好的建议吗？

青山：喜欢绘本，想翻译绘本，有着这样梦想的年轻人并不少。一般来说，这些年轻人都对孩子抱有幻想！孩子很可爱，因为孩子可爱所以给孩子看的文字也必须是可爱的，所以应该用大人对孩子的语言来翻译绘本。例如，"站起来哦""真乖哦""你好棒啊"等等，但我不这么认为。

高中的时候，喜欢一个叫吉行淳之介的作家。这位作家很喜欢儿童读物，他在某一本儿童读物的推荐文中写过这样一段令人难忘的话："当你给孩子写书时，你要比给大人写书更拼命，你必须认真面对语言。"这真是至理名言啊！因此，我希望绘本的语言，应该是简单的、通俗易懂的，而不是"啊呜啊呜"那样的幼儿语言。

沼野：说得真好啊！说到这里，突然想起青山先生育儿随笔中的一个印象深刻的故事，这也和孩子的语言相关吧？还是孩子的女儿看到父亲小腿上长的毛，问父亲："毛毛扎进去啦！为什么要扎进去呀？"孩子如此的语言感觉，或者说对世界的感受让我很惊讶。在随笔中，青山先生也对"生长"和"扎入"两个词进行了解释。孩子对世界的认识和理解有很多地方是大人无法想象的。那么，我们是不是应该向孩子学习呢？

青山：那是我刚洗完澡光着身子躺着的时候，孩子看着我小腿上的毛突然这么说的，一开始我也不知道她在说什么。但是，被她这么一说，我发现我们通常认为长在人身上的毛，也许在孩子眼中是针或者是某种东西扎在身上，会感到痛苦。正如沼野先生您说的一样，孩子对世界的感受和我们大人是不同的，和孩子在一起我们大人反而能学到许多东西啊！

孩子在大概两岁的时候能够扶着东西摇摇晃晃站起来，并迈出步子，但是他们的视点还很低，所以，看到的东西会和大人不同。对我们大人来说没什么大不了的地板上的小垃圾，对于离地板很近的孩子来说，看到的可能是比较大的东西。我是一个身高一百七十厘米的成人，当然离地板很远，但孩子却在离地板非常近的地方看世界，而且也只能在这么近的地方看世界，所以会说一些让大人意想不到的话吧。这些想法我也写在随笔里了。

绘本的情况也是如此，我来举个例子，但不知道是否合适。

比如，有一套名叫《大家来找威利吧》的绘本，英国出版的儿童读物，由一系列复杂的全页绘图册组成，读者的目标就是从图画中的海量角色中找出主人公威利，但威利总是躲在很隐蔽的地方。里面的信息量非常庞杂。大人们一个劲儿地在寻找威利，爸爸妈妈说："啊！威利在这里呢！"但是，孩子看的是什么呢？他看到了一只鸽子，于是孩子说："有一只鸽子呢！"因此，拼命在寻找威利的大人们听了孩子的话，就会想："咦，鸽子在哪里呢？"

绘本是一看就明白的儿童读物，它不仅仅有故事情节，还描绘着与故事情节无关的多余的东西，而孩子们往往对这些大人眼里"明明不需要"的东西更感兴趣。因此，绘本翻译使我明白了一个道理，就是绘本的情节对于孩子们来说并不重要，也许这么说比较极端吧。在日常生活中，孩子在比大人低的位置上看世界，他们会发现一些大人看不到的东西，突然说一些奇怪的话。但这些东西在绘本中也的确是存在的，孩子看到鸽子就会说："有一只鸽子呢！"那么，孩子们喜欢绘本中的什么呢？说毫不相干的东西太过直截了当，我想就是那些和故事的主题没有关系的东西，比如，图画边上飞舞着的蝴蝶。

《在路上》——这就是美国

沼野：绘本、儿童读物是一个永远说不完的话题，青山先生一直致力于美国文学以及美国文化的介绍和作品翻译，下面想请您谈谈这方面的情况。

当我再次在维基百科上搜索青山先生的作品时，意外地发现翻译列表中有很多绘本和儿童读物，而作为主业的美国文学翻译并不多。年轻时我受青山先生的影响很大，从您那里学到了许多东西，所以一直以来把您作为兄长尊重。业界传说青山先生翻译的速度很慢，但虽然翻译速度不是很快，翻译质量却很高。既然要做就要做好，这是我从您那里学到的最重要的事情。

青山先生年轻时翻译了许多美国文学，除了前面提到的多斯·帕索斯的作品以外，还有尤多拉·韦尔蒂的《假如和大盗结婚》（晶文社，1979年）、菲利普·罗斯《我们这伙人》（集英社，1977年），这些都是20世纪70年代后期的作品。此后，又和小川国夫先生共译了彼得·马修森的《遥远的海龟岛》（讲谈社，1980年）。如此斐然的成绩让我自愧不如啊！对青山先生您自己来说，这也是一份难忘的工作吧。

另外，青山先生最近的翻译工作中，最重要的想必是"垮掉的一代"① 杰克·凯鲁亚克的《在路上》的新译吧？这部小说的新译作品作为河出书房新社（《池泽夏树　个人编辑　世界文学全集》）的首卷而倍受关注。而让翻译速度慢而出名的青山先生来翻译首卷，对于出版社来说也是一种冒险吧。

青山：在座的当中有河出书房的相关人员吧？

---

① 垮掉的一代（beatnik），指1955年到1964年期间美国年轻作家与诗人集合体，也被称为"疲惫的一代"（beat generation）。这些作家与诗人多出生于1914年到1929年之间，其代表人物是杰克·凯鲁亚克、艾伦·金斯堡、威廉·博罗斯。

沼野：好像有的。

青山："这不仅仅是青山先生一个人的策划,更是大型文学全集的顶层策划,所以不能推迟出版时间。"的确我收到过许多诸如此类的威胁,或者语气严厉的电话和邮件。详细情况请允许我不在这里介绍。

沼野：的确翻译得很棒!凯鲁亚克作为美国"垮掉的一代"的代表人物在日本也很有名。*On the Road* 这部小说讲的是一群年轻人开着车去美国各地流浪的故事,有很强的速度感。作品早年已被译成日文,也由河出书房新社出版。当时题目被翻译成《路上》,而这次新译的题目改为《在路上》。《在路上》这个题目很好地传达了年轻人寻求本能释放和精神自由而到处流浪的真实感,译文生动形象,小说也因此重放光芒。说到速度感,小说本身对于速度感的表现是十分令人惊叹的。凯鲁亚克非常厉害,传说整部小说的撰写是一气呵成的。就翻译作品来说,许多题目的翻译也很成问题,刚才我们谈到的赫尔曼·黑塞的《乡愁》也是如此,而《路上》和《在路上》的感觉就大不相同。下面请青山先生谈谈小说的题目翻译以及翻译时遇到的困难吧。

青山：凯鲁亚克是"垮掉的一代"的作家,在日本早有名气。而日本对标榜"垮掉的一代"的美国年轻人也早有耳闻。因此,他的小说 *On the Road* 于1957年一经问世,次年就被翻译成了日语,这样的速度在日本也是第一次。小说当时在日本很受欢迎,

"成了大家谈论最多的小说"。小说英语题目是 *On the Road*，当时用日语译成《路上》。所以《路上》的粉丝以六十多岁、五十多岁的人居多，"路上"这个词也随着凯鲁亚克的译书渐渐被大家熟知。"想摆脱忙碌的生活去流浪""为了流浪我要努力"等等，这些都成为了象征性的词语。另外，与"路上"相关的"路上演奏""路上流浪"等一批新词也作为日语渐渐被大家接受和认可。

记得《世界文学全集》出版前召开了一个新闻发布会，我虽然不用出席，但是因为《在路上》是全集的首卷，编辑部大概担心会被问到"为什么要更换题目"之类的问题，当时还让我准备了更换题目的原因说明。

至于说为什么更换题目，原因很简单，因为"路上"这个词没有动感。最近有许多街头演奏家，他们一般在车站前演奏。也就是说，他们不是在某个大厅演奏，而是固定在街头的某一角演奏。而"在路上"是"移动中"的意思，不是固定在某个街头的意思。我把原题的英语用片假名标记，这样读起来也朗朗上口。

现在有一种以路途反映人生的电影，叫作公路电影。1959年第一次翻译 *On the Road* 的时候还没有这个词，现在这个词在日本也被广泛接受和使用。把题目改成《在路上》，最初也是诚惶诚恐，怕读者不愿接受。不过，现在看来这个担心是多余的，因为已经得到广大年轻人的认可。

沼野：青山先生的译文中有很多值得引用的地方。接下来我来朗读其中的一段,重点是移动时的动感和自由的感觉,而且这种感觉贯穿了整篇小说。我读的是全集版,不是文库版,文库版有大的改动吗?

青山:基本没有改动。

沼野:那么我来读一下全集版的译文,第一百八十六页。

旅の初め霧雨でミステリアスだった。この先には霧の大きな物語がかぎりなく広がっているのかも、とすら思えた。「ひゃっほお!」とディーンは叫んだ。「行くぞ!」ハンドルの上に体を丸めてぶっ飛ばした。やつらしい姿に戻ったのがみんなに見てとれた。全員、浮き浮きしていた。みんな、承知していたのだ。いろんなごちゃごちゃやナンセンスとおさらばして、ぼくらにとって唯一の雄大なことがいよいよ始まった、つまり、動くこと。ぼくらは動きだしたのだ!

我们开始旅行时,天上下着蒙蒙细雨,有一种神秘的气氛。我能感觉到一切像是一部鸿篇巨制的迷雾般的传奇。"啊哈!"迪安嚷道。"上路啦!"他伏在方向盘上,发动了汽车;他回到了最适宜他的环境,如鱼得水,大家都能察觉到。我们兴高采烈,知道我们已经把迷茫和无聊抛到了身后,正在实现我们惟一的崇高职能,动起来。我们动起来了!①

感叹词"ひゃっほお(啊哈)"的自由感和"ぼくらは動きだしたのだ(我们动起来了)"的真实感,翻译得非常棒!

青山:谢谢夸奖!

沼野:再读一下接近尾声的一段。

そういうことで、アメリカで陽が沈むとき、古い壊れた川の桟橋に腰をおろしてニュージャージーの上の広い、広い空をながめていると、できたての陸地がぐんぐん信じられないほど大きく膨らんで西海岸まで広がり、その大きくなったところにあらゆる道が走り、あらゆるひとが夢を見ているのをぼくは感じるようになった。

于是,在美国太阳下了山,我坐在河边破旧的码头上,望着新泽西上空的长天,心里琢磨那片一直绵延到西海岸的广袤的原始土地,那条没完没了的路,一切怀有梦想的人们……②

就这样,让人眼前浮现出"那条没完没了的路"。这里的翻

---

① 中译译文引自王永年译《在路上》,上海译文出版社2006年版。——编者注
② 中译译文引自王永年译《在路上》,上海译文出版社2006年版。——编者注

译也非常棒，真是如臻化境啊!

网络、文化传播、二次创作与版权

沼野：青山先生翻译的《在路上》的新译本很受大家欢迎，但也有人以这样有趣的方式来表示对《在路上》的喜爱和接受。请大家看手上的资料，非常有意思！

青山：是的，就在几个月前，我上网浏览时，遇到了一件意想不到的事情，有人在推特上写着一个叫"NEWS"的偶像组合的一首歌直接使用了我的译文。我知道有个杰尼斯事务所，下面有许多偶像组合，但我所知道的也就是"SMAP""岚"之类的。据说还有一个叫"NEWS"的组合，虽名字略有所闻，但并不熟悉。惊讶之余我想搞清楚事情原委，杰尼斯歌迷通称"杰尼宅"，而在"杰尼宅"群体中，也有不少好学之人，其中一位发现在社交网络平台"推特"上的一首叫作《心爱的人》的歌词与我的《在路上》的译文相似，我觉得好奇，于是在其博客中把我的译文和歌词进行了比较。大家手上拿着的就是我拷贝下来的歌词。

网名为"moarh"的二十六岁的"杰尼宅"在其博客中指出，歌词中的重要场面——爱情场景、和恋人相遇的地方、长途汽车中和美丽女主角相会的场面都巧妙地、原封不动用了我的译文。具体地说，以下这些在《在路上》的译文中出现的令人印象深刻的句子全部都出现在这首歌的歌词中，各位读一下就知道了。

第三章　孩子和绘本翻译告诉我的事情

「痛いほど彼女が欲しかったので、美しい髪に頭をすりよせた。その小さな肩に発狂しそうだった。」

「うやうやしく、やさしく、ぽつんと黙ったまま、服を脱ぐと……」「『恋って大好き』彼女が言って目を閉じた。美しい恋にするよ、とぼくは約束した。」

「人生でいちばん親密でおいしいものをいっしょにつかまえると……」「そのうちぼくは、もう一晩だけ彼女といっしょに世界から身を隠そう、朝のことなんか知るか、と心を決めた。」

「褐色の肌が葡萄のようだった。」

"我爱她爱得心疼。我把头靠在她那乌黑的秀发上，她那柔嫩的肩磨蹭着我，简直把我折磨得发疯。"

"她虔诚而又可怜地在沉默中脱掉衣服……""'我喜欢、喜欢，'她闭着双眼，嚅嚅地说。我发誓一定要好好地爱她。"

"在彼此身上找到生活中最亲切、最美妙的东西……""那天我们睡得很沉、很沉，直到下午才醒来。"

"她的皮肤是黝黑的。"①

当时网上也有杰尼斯粉丝的跟帖："这不是侵权吗？""这么做行吗？"是啊，想来也是侵权了吧？话虽如此，坦率地说，当

---

① 中译译文引自王永年译《在路上》，上海译文出版社2006年版。——编者注

时我还是挺开心的。毕竟是我的译文成就了一首歌！我试着在视频播放平台"YouTube"上听了这首歌，确切地说歌曲最重要的部分、印象最深刻的部分原封不动地使用了我的译文。一个写文章的人能够如此得到大家的厚爱，这大概是译者的福气吧！

沼野：那您就不生气吗？

青山：没有生气。也许是心理作用吧，我觉得自那以后我的书在"动"。如果杰尼斯的歌迷们都很爱学习的话，那我的书就会更加畅销。我感觉我的书在"动"，虽然不知道为什么会"动"，但感觉就是这样，我想是受了那首歌的影响。

通过这种方式我的译文能够流传开去也不错啊！例如，寺山修司有一句名言："放下书本，我们上街去吧！"事实上这句话最初是安德烈·纪德说的，但现在几乎成了寺山先生的经典名句。我想那些不知出处、被广泛传播的经典名言能与自己联系起来，基本上是一件令人愉快的事。

沼野：文学作品被广泛阅读并融入人们的心中，不久作者和译者的名字会被遗忘，但好的东西将继续流传下去，从某种意义上来说，我认为这是非常重要的。但是另一方面，从译者的角度来说，看似简单的普通译文其实也是绞尽脑汁辛苦而得，一字不改使用别人的原文，虽然不至于给人家稿费，我想至少应该说一句"我用了青山先生的译文"。

青山：是啊！也许在杰尼斯的歌迷看来这并不是件什么大不了的事情吧。也许在他们眼中"青山南"只是个奇怪的地名吧。

沼野：是这么回事，"青山南"是个笔名吧！

青山：嗯，是的。

沼野：这不会是因为您喜欢"南青山"吧？实际上您就住在那里吧？

青山：是的，刚开始做翻译的时候就住在那里。

沼野：那是个好地方啊！

青山：我在南青山有一间六张榻榻米面积大小的房子呢。

沼野：以前有个叫安田南的女性爵士歌王，所以光看名字也许有人会认为青山南也是个女人呢……不好意思，有点离题了。坦率地说，比起让大家知道译者的名字，我倒更希望大家知道这首歌的歌词来自于凯鲁亚克的作品。

说起来有个类似的故事，趁今天这个机会我来给大家介绍一下。有个叫五木宽的歌唱家，我想大家应该都知道。他有一首很有名的歌曲叫《横滨的黄昏》。歌曲的开头部分就使用了匈牙利一位著名诗人奥第·安德烈的诗歌的开头部分。

　　　　海辺、たそがれ、ホテルの小部屋。
　　　　あのひとは行ってしまった、もう会うことはない。
　　　　あのひとは行ってしまった、もう会うことはない。
　　　　（奥第·安德烈《一个人的海边》。德永康元译，《世界名诗集大成15，北欧·东欧篇》，平凡社，1960年）

　　　　海边，黄昏，旅馆的小房间。
　　　　他，已经走了。一去不返！
　　　　他，已经走了。一去不返！①

在座的应该有许多人熟悉五木宽的歌曲，我没有必要在此再做说明。类似的问题，偶然的巧合，同样的难以处理。并不是我在这里搬弄是非，当众揭短，其实我们的专家应该早已知晓。我也不打算指责词作家剽窃匈牙利名诗的译文是不对的。世界文学的翻译精华也是日本人的宝库，阅读后受其启发，得到灵感进行二次创作，我认为那是件好事。但是，至少，为了表达对写这首诗的诗人和翻译家的尊重，难道不应该说一句："我读了某一首匈牙利诗歌的精彩译文，从那里获得灵感写了歌词。"这样以表谢意，也并不是什么丢人的事情。相反，这样做引用的人和被引用的相关者都会觉得愉快吧。作词家自不必说，即使是饱览群书且修养深厚的学者也会佩服这位词作家。但是，在日本，这样的

---

① 中译译文为本书译者据日文转译。

情况并不仅限于此,在使用别人的著作或参考的时候常常敷衍、隐瞒,最后不了了之。参考了别人的著作,为什么不愿承认呢?电视的情况也一样!

青山:电视是最糟糕的了!

沼野:在制作节目的时候,有时就连作为出发点的重要研究书也没有出现作者的名字,这很不应该!

不好意思,又跑题了。我不想在这里讨论引用以及著作权的问题,我想说的很简单,就是外国文学中的一些优秀翻译应该融入到本国的文学中,使之成为本国文学的财产。

青山:寺山修司说的"放下书本,我们上街去吧"其实是纪德的名句。这句话不是纪德用日语说的,而是由不知哪位日本译者从法语翻译过来的。也许开始是一句生硬的日语,寺山修司从中受到启发而写下此句,之后被大家喜爱而广泛使用。这样不知不觉中把外语的译文融入日语中,并成为日语的一部分,这对日语来说是一件好事。

沼野:提起寺山,他的这句经典名句已经成为一本书的书名了吧(《放下书本,我们上街去吧!》(芳贺书店,1973年,后角川文库)。我认为书的书名,特别是翻译得好的书名,其著作权应该归属于译者。

青山：这是我最近翻译的绘本,题目翻译得不错,允许我自我吹嘘一下。

(举起绘本)

书名是《老虎先生来撒野》(彼得·布朗,光村教育图书,2014年)。绘本出版之前,我在大学教授翻译课程,我先让学生翻译,然后再让他们给绘本想个书名,但是,大约三十个学生中没有一个人想到这样的书名。

沼野：顺便问一下,英语书名是?

青山：英语书名是 *Mr. Tiger Goes Wild*。所以,许多学生翻译成《老虎先生很疯狂》。因为是一个关于老虎回归野外的故事,大多数学生翻译成《老虎先生重返野外》。我把它翻译成《老虎先生来撒野》,我认为这个书名是最好的。

沼野：作为日本人,我想问的是这个书名中是否包含了山田洋次的浪子闲人寅次郎①的形象?

青山：当时用这个题目时,确实想到过山田洋次的寅次郎。我想如果读者联想到寅次郎会怎样?因为这件事情,我电话征询了编辑的意见,也和一些朋友交流了想法。结果他们说:"读这本书的读者并不知道寅次郎。""想来是那样的吧?"可能是我多心

---

① 日语中虎和寅的发音相同。

了，于是就毫不犹豫地把书名定为《老虎先生来撒野》了。

沼野：这是一本很有趣的绘本。一直在城市规规矩矩生活的老虎先生有一天突然想撒野，大家怕给自己添麻烦，于是对老虎先生说："你要撒野就去大森林吧！"老虎先生在大森林待了一段时间，觉得太无聊，于是又回到了城里。回到城里之后，发现他的朋友们因为受自己的影响都发生了一些变化，他们也渐渐地喜欢撒野了，这样的生活比以前惬意多了。这本绘本与其说是儿童读物，还不如说是成人读物，成年人阅读以后也许更能深刻体会绘本的寓意吧。

青山：现在，在视频网站"YouTube"上可以看到很多东西，写这本书的彼得·布朗解读自己作品的视频也被上传到网上。看了那个视频才明白，为什么图画中的东西都是垂直和水平的。在绘本中，建筑物都是以同样的形状竖立起来，住在那里的动物们也都是直立不动且井然有序。也就是说，这是一个全部垂直站立的严肃的世界，在那里老虎第一次趴在地上，四肢行走。布朗说，绘本中最需要注意的是如何有效地对比描绘出垂直和水平。真是太厉害了！考虑如此仔细周到！所以嘛，书名也是这个好吧。

沼野：很遗憾，今天的时间过得太快了！最后我来总结一下今天讨论的内容。青山先生有一本书叫《那群叫翻译家的乐天派》（书之杂志社，1993年，后筑摩文库），看了这个题目，我是否可以讽刺地解释为，翻译是一种只要懂外语、有字典，就能做的简单工作。也许有人认为与研究宇宙边际和生命起源的科学研究相比，翻译是件简单的事情，只要能读外语，能用日文写作就可以了。其实不然，即使是长年学习外语、精通外语的人，有时也会觉得翻译是一项极其困难的工作。那么，《那群叫翻译家的乐天派》这个书名包含的意思是什么？

青山： 外国文学的翻译，只是把横着写的东西变成竖着写的东西而已。总之，需要一种乐观的心态去对待，如果没有乐观的精神，翻译这个工作是很难坚持下去的。

沼野： 反过来说，实际上翻译这个工作是需要付出艰辛劳动的。

青山： 是的，但是知难而退、悲观消极是什么事情都做不好的。总之先试试，慢慢摸索，突然某一天就看到了黎明的曙光，那时也就乐在其中了。搞翻译工作的人基本上都是乐天派吧。他们知道自己文字功底薄弱、经验不足，所以反而会更努力，这一点上也可以看出他们的乐观天性。虽然也有这样那样的烦恼，但总体来说，他们都是一群乐观的人。

沼野： 这个我知道，但我想也有情绪波动的时候吧。就像我，最近在人前总是笑呵呵的，但也经常会忧郁。有时早上起来，什么都不想干。

青山： 这是上了年纪的缘故吧。我也一样。

沼野：就翻译来说吧，有时也会觉得翻译是不可能的。比如让你翻译英语"I love you"，但怎么也翻译不好，没有恰当的日语表达。因此，有一部分人坚持认为翻译是不可能的。另一方面，也有人认为只要翻译出来就好，没有翻译不好的作品。詹姆斯·乔伊斯的《芬尼根的守灵夜》不是也有人翻译吗？是的，这也不是没有道理。就这样，我感觉自己总是在这两极之间摇摆不定。

青山：我也有类似的情况。可能我的观点有点奇怪，我认为翻译不需要思考什么。也就是说不需要思考写什么，只需思考怎么写。因此，在翻译的时候你可以享受遣词造句的乐趣，但是如果说要思考写什么，那会变得很痛苦。

沼野：思考写什么是作家的事情吧。

青山：从这个意义上来说，翻译是快乐的。但是这样真的好吗？其实这也和早上起床不想干活一样，我们已经老了。

沼野：不不，青山先生您还很年轻，将来还有许多事情等着您去做。

推荐给读者的三部小说

沼野：今天的访谈中已经提到许多小说，已经不止三本了。下面请青山先生再推荐几本希望年轻人读的小说，不一定是翻译作品，然后也请您谈谈推荐理由。

青山：说到我喜欢的书，第一本就是《在路上》。我喜欢《在路上》这种充满动感的氛围，或者说不想一直待在某个地方的感觉，我想大家也和我一样吧。文学作品中也有很多这样的作品，其中我最喜欢的是伊塔洛·卡尔维诺的《树上的男爵》（米川良夫译，白水 U 书房，1995 年）。一个"已经厌倦了每天只吃蜗牛"的男人开始了远离地面的树上生活，从一棵树到另外一棵树，他的一生都在欧洲的树林里移动，我非常喜欢这样的作品。卡尔维诺是后现代主义作家，写过很多小说，《树上的男爵》是一部非理性的作品，非常有趣。也许这是现实中不可能出现的事情，我想年轻人会喜欢这样的作品。

另外一本值得推荐的是雷·布莱伯利的《火星纪事》（小笠原丰树译，早川文库，1976 年）。这是一部人类逃离地球去火星的故事，地球即将毁灭，地球人移居到火星，和火星人一起生活。小说中，一篇又一篇的短篇纪事，叙述着地球人和火星人的故事。美国文学名著《俄亥俄州的温斯堡》是舍伍德·安德森的代表作，也是美国现代文学史上的不朽经典。这部作品由许多篇短篇小说组成，小说描写了俄亥俄州的温斯堡小镇里一系列平凡而真实的人物。布莱伯利对舍伍德·安德森的这部作品印象深刻，因此，把小说的舞台火星安排在了温斯堡。最近我又重新读了这部《火星纪事》，还是觉得"非常精彩"！可是，令人惋惜的是译者小笠原丰树先生在不久前离世了（2014 年 12 月 20 日去世）。

小笠原丰树先生也是一位俄罗斯文学的翻译家，关于他的作品，我想会在说到俄罗斯文学的时候讨论吧，今天就不再讨论。

这次重读《火星纪事》，发现小说的翻译工作最后由小笠原丰树先生和木岛始①先生共同合作完成。小笠原先生虽然做了很多翻译，但是凭借一人之力的确很难完成这部巨作。小笠原丰树先生和木岛始先生两位都是日本杰出的诗人，读了他们的译文让我再次惊讶于日语文章的质量之高！我想也正是因为两位诗人的翻译才成就了这么优秀的作品吧。这是一部科幻名作，但对于作为科幻作品的门外汉的我来说也非常容易理解。

还有一部小说可能沼野先生您比我更加熟悉，是很久以前由角川书店出版的杰西·科辛斯基的《异端之鸟》，英语书名是 *The Painted Bird*，意为"被涂油漆的鸟"。西成彦先生重新翻译时，把书目改为《被涂污的鸟》（松籁社，2011 年），作家的名字译为耶日·科辛斯基。耶日·科辛斯基是波兰裔美国小说家，关于他有各种传闻，也有人说这部小说不是本人之作。小说讲的是第二次世界大战时期希特勒大屠杀背景下的悲惨故事。为了生存，一个男孩不停地从一个地方逃往另一个地方。一天，男孩在森林里徘徊时，遇见了一位看起来像魔女的大婶。怎么看都是幻想的情节，但有着非常真实的地方，甚至于有人说，这实际上是作者的亲身经历。年轻时阅读这部小说，让我非常感动。《树上的男爵》有上树的内容，《火星纪事》有去了火星的内容，《异端之鸟》是一个男孩到处逃亡的故事，主人公们的生活都不安定，但都是无奈的人生选择。

---

① 木岛始（1928—2004），诗人、英美文学研究者、翻译家、童话作家、作词家。翻译了美国诗人兰斯顿·休斯、纳特·亨托夫的作品以及一些黑人文学、爵士评论文章等。

沼野：全部是《在路上》啊！

青山：我偏好这样的作品，我想要推荐的就是以上三部小说。

沼野：非常感谢青山先生的推荐！科辛斯基的《异端之鸟》极其残酷，虐待的场面令人毛骨悚然！和逃离匈牙利的雅歌塔·克里斯多夫的《恶童日记》有相似之处。

那么，我也来推荐三部与今天的话题有关的作品。在青山先生翻译的绘本中，我认为莱恩·史密斯是最有意思的。所以，我推荐他的《臭起司小子爆笑故事大集合》，只是可惜已经绝版了。我不知道孩子读起来是否觉得有趣，但它绝对是一本成年人读了都会觉得有趣的绘本，如果能借这个机会再版的话，我会很高兴。

第二本推荐的是匈牙利著名电影理论家贝拉·巴拉兹的儿童文学杰作《真实的天蓝色》（德永康元译，岩波少年文库，2001年）。详细的介绍在此不再赘述，这部杰作收录在岩波少年文库中，是已经离世的匈牙利文学先驱德永康元先生的著名译作。顺便提一下，刚才提到的与歌曲《横滨的黄昏》相关的匈牙利著名诗人奥第·安德烈的诗歌也是德永康元先生所译。

如果要从俄罗斯文学中选一本的话，那就是俄罗斯儿童文学家果戈里·奥斯特洛的《千奇百怪故事大王》（毛利公美译，东宣出版，2013年）。虽然日本译文的体裁似乎偏向青年人，但确实是成年人读了也会觉得有趣的儿童文学。故事中，孩子们对那些旁枝末节非常感兴趣，刨根问底提出一个又一个的问题，于是故事也就像接龙游戏一样一个接着一个展开。这和刚才青山先生提到的《大家来找威利吧》一样，孩子们并没有寻找威利，而是对鸽子产生了兴趣的情况有异曲同工之妙。对不是主要情节的旁枝末节抱有兴趣，故事就会向着意想不到的方向不断展开。这是一部根据孩子的兴趣创作的长篇小说，也可以称之为后现代风格的儿童文学。

以上是我为孩子们推荐的三本书。另外，我想再加上青山先生的《在路上》。这部小说非常有趣，只是内容上太过自由，所以很难要求青年学生把小说中的人物作为榜样来学习，文学课上也会碰到类似情况。话虽如此，但毕竟是极好的青春文学，年轻时遇到这样的事，也许你的人生就会改变。

问答环节——在遣词用字中释放内心的坚硬

沼野：今天我们的对话就到这里吧！下面进入问答环节。

提问者1：想请教有关荒诞绘本的翻译方法。比如，《哈伦与故事海》中的"堵嘴鳗鱼"，《佛里普村烦人的加伯》中女孩的名字"DEKIRU"等，这些名字的翻译非常有趣。名字的翻译很难，您是怎么想到这样的名字的？

青山：《哈伦与故事海》（国书刊行会，2002年）的作者是萨尔曼·鲁西迪。大家都知道他是一位印度裔英国作家，因其作品亵渎伊斯兰教先知穆罕默德，被当时的伊朗最高领袖霍梅尼判处死刑，身处险境他只能到处逃亡。在日本，翻译他的作品《撒旦诗篇》（五十岚一译，新泉社，1990年）的翻译家、筑波大学老师也因此遇刺身亡。鲁西迪在逃亡途中想表达被剥夺言论的痛苦，写了一篇给自己孩子的儿童文学《哈伦与故事海》。"为什么让我翻译呢？""因为青山先生您在翻译绘本啊。"就这样《哈伦与故事海》到了我的手中。这可不是一件开玩笑的事情，我是一边注意着周围的情况一边翻译的。以寓言的形式表达言论不能自由的世界是这部作品的主题，因此强行把动词和形容词作为人的名字，这倒也非常有趣。因为手头上没有原文，有些已经记不起来了，当然这些名字也可以直接写成片假名，但是如此一来，就不能把这么有趣的名字分享给大家了。所以，最后还是下定决心把它翻译成了日语。

《佛里普村烦人的加伯》（乔治·桑德斯，伊索社，2003年）是一部美国文学作品，作者在文学界的评价很高。主人公"DEKIRU"原文的名字是"capable"，意为"能干之人"，是个遇事就积极解决的女孩子。当不明生物入侵，全村受到威胁时，她在逆境中奋起战斗。如果只是把她的英语名字"克帕普耳"用片假名书写，读者未必理解原著中名字所包含的意思，于是就决定用"DEKIRU"作为她的名字。

沼野：翻译人名时，如果没有把名字中蕴含的意思翻译出来，那就没有意思了！

青山：如果只是人名的翻译倒也还好，鲁西迪的作品中有许多这样的名字，让我很烦恼。比如，有一个老是说着"但是，但是"

口头禅的生物，原文的名字叫"butt"，"but"后面又多了一个"t"。朗读时，听声音也能感受"but"的意思，而且这个名字在作品中非常重要。"but"是"提出异议"的意思，所以想在名字中体现这个意思。如果用"but"的音译名字，怕孩子们看不懂。于是，就想到"DEMO"（日语"但是"的发音）这个词，但因为原文有两个"t"，因此，在"DEMO"后面再加上"MO"，就这样，变成了"DEMOMO"。"DEMOMO"这个名字既有"提出异议"的意思，又有一丝犹豫的感觉。总之，只是鄙人一家之见！这样的例子不胜枚举。比如，有一个书本被抹杀的世界，里面有一个穷凶极恶的大恶人的名字，当时我给他取名为"万事休矣"，记得原文中也是差不多意思的名字。除此之外，还有很多类似情况，所以翻译时往往苦思冥想、绞尽脑汁，但对我来说这也是一种乐趣！

沼野：即使是面向成年人的纯文学作品，有些人物的名字也带有某种象征意义！

陀思妥耶夫斯基小说中的人物也是如此。《罪与罚》的主人公的名字叫拉斯柯尔尼科夫，俄语中是"分离"之意，暗示俄罗斯东正教的"分离派"。如果非要按照意思来译，可以翻译成"割田"之类的。但是，成人文学中的名字如果取其意义翻译，就会变成改编，这样难免会被指责不够严谨，应该避而远之。但是如果是儿童文学，这样的翻译方法也未尝不可。真是苦中有乐，乐中有苦啊！

还有其他的问题吗？

提问者 2：您在推荐第三本小说《火星纪事》的时候提到了小笠原丰树先生，我也喜欢他的《火星纪事》。小笠原丰树去世后还留下了其他的作品吗？能否请两位推荐一下小笠原丰树先生的其他作品？

青山：先生的译书还是很多的啊！

沼野：小笠原丰树先生是一位超凡的语言天才。他不仅翻译了许多英语、俄语作品，还翻译亨利·特罗亚的法语小说。

青山：他究竟会几门语言呢？

沼野：他会英、俄、法三国外语，翻译最多的是英文作品吧。但是要说最专业的，我想还是俄语。

青山：前些日子，有一部名为《汉娜·阿伦特》的电影吧。主人公阿伦特有位叫玛丽·麦卡锡的朋友，她爱开玩笑，还会不时说个八卦，板着脸的汉娜经常被她逗笑，重新打起精神。玛丽·麦卡锡是一位美国作家，她最畅销的小说是《群体》，现在已经绝版，这部小说也是小笠原丰树先生翻译的。其他还有很多吧！好像也翻译了诗人雅克·普雷维尔①的诗歌，因为小笠原先生就

---

① 雅克·普雷维尔（1900—1977），法国民族诗人、著名编剧、童话作家。其法语诗歌《枯叶》和剧本《天堂的孩子》都是经典之作。

是诗人岩田宏先生。

沼野：他年轻时候就开始翻译普雷维尔的诗歌，以岩田宏的名字写的诗歌与普雷维尔的诗歌有着异曲同工之妙。普雷维尔的诗歌译本多年后曾被再版，但现在好像已经很难找到（《普雷维尔诗集》，Magazine House 出版社，1997 年）。

青山：雷·布莱伯利的也不错，我喜欢约翰·福尔斯的《魔法师》。我想今后对小笠原丰树先生的翻译作品的评价会越来越多，毕竟他对翻译界的贡献是巨大的。俄文翻译的话，请沼野先生您介绍吧。

沼野：小笠原丰树是他的真名，是作为翻译家的名字。作为诗人的名字是岩田宏，那是他的笔名。小笠原丰树先生是日本战后诗史上的优秀诗人，也是我的青春偶像。先生晚年时，诗写得不多，但写了许多小说。他的诗集《岩田宏诗集》《岩田宏诗集续》收录在思潮社的现代诗文库中，建议您先读一读这两部诗集。

说起俄罗斯文学方面，他翻译了契诃夫、索尔仁尼琴的小说，他对马雅可夫斯基的诗歌情有独钟，可谓始于马雅可夫斯基，又终于马雅可夫斯基。小笠原先生在晚年，直到去世之前还在重译其二十多岁时曾经翻译过的马雅可夫斯基的诗歌，并在一个叫"土曜社"的小出版社出版。遗憾的是，此后不久便与世长辞了。所以，他生前的最后工作还是在翻译马雅可夫斯基的诗歌，现在正在连续出版的《马雅可夫斯基诗集》应该是他的遗稿。诗集中有一首新译的诗叫《穿着裤子的云》，这是马雅可夫斯基年轻时作为先锋派时期的诗歌。翻译这首诗歌时，小笠原先生已年逾八十，但他的译诗依然清新自然，充满年轻人的活力。顺便说一下，小笠原先生的最后一本著作是《马雅可夫斯基事件》（河出书房新社，2013年），书中围绕马雅可夫斯基死亡真相展开了解谜。为揭开马雅可夫斯基自杀之谜，他生前一直在调查马雅可夫斯基的自杀原因。小笠原先生也因此获得了读卖文学奖。

青山：颁奖典礼上小笠原先生身体还好吗？

沼野：他出席了颁奖典礼，但因身体问题没有出席第二次会议。颁奖典礼之前，我碰巧在酒店大厅见到了小笠原先生，并和他亲切交谈。其实我很喜欢他的作品，几十年以来一直在读小笠原丰树的作品。实际上，小笠原先生家离我家很近，相隔最多不过两百米，但遗憾的是一直没有机会与先生见面交谈，那次的交谈是第一次也是最后一次。

下面我们再请一位先生提问。

提问者3："毛毛扎进去啦！"您孩子的话真的很有意思。但是我觉得您在表扬孩子时，仿佛无形中也在您和孩子之间筑起了一堵高墙。怎么说好呢？我感觉您是通过封存自己内心的孩子视角才勉强生活在这个世间。我在想，青山先生您是不是也是在翻译或者写绘本的时候，才慢慢打开自己内心的孩子视角和封闭的内心世界呢？您能做到这点很不容易，那么您又是怎么做到的？不知道我有没有讲明白？有点混乱……

青山：能明白您的意思。我们今天谈话的主题就是"文学作品中的孩子"。

的确如此，孩子拥有的新鲜视角正在消失。但是，心中那种正面意义上的童真，在翻译绘本、遣词用字时会被重新发现，对此我会感到由衷的喜悦。比如说《老虎先生来撒野》这本书，如果书名翻译成《老虎先生很疯狂》，那就无法把绘本的主题传达给孩子们，翻译成《老虎先生重返野外》也不是很好。在反复思考的过程中，也就是说在想出《老虎先生来撒野》的过程中，我想封存在内心的某种坚硬之物大概也就慢慢被融化了。因此，绘本翻译中的遣词用字并不是一下子就能定下的，而是在与语言的搏斗中——说搏斗有点太酷了，也就是在摆弄辞藻的过程中——才慢慢明白孩子观察世界的视角。这样的回答不知道您是否满意？

沼野：已经超过预定的时间了。那么今天我们就谈到这里吧！非常感谢青山先生。

2015 年 1 月 31 日，东京，御茶水天空城

系列访谈——"文学作品中的孩子"

第四章
我的兴奋点在召唤
美国现代小说

——岸本佐知子与沼野充义的对谈

献给你心中的"孩子"
儿童文学中"我在意的那些"

岸本佐知子

　　1960年出生。翻译家、随笔家。曾在洋酒公司工作，1988年开始从事翻译工作。最初翻译海外尖锐激进小说，因翻译尼科尔森·贝克的小说被大家所熟悉。作为随笔作家也受到很高的评价，并且拥有众多的读者，尤其是海外文学爱好者。译书有尼科尔森·贝克的《喂、你好!》、《夹层》、《延音》、《室温》、《诺莉讲不完的故事》、《变爱小说集》（编译）、《不舒服的房间》（编译），陈志勇（Shaun Tan）的《来自远方城镇的故事》、《鸟王》、《失物招领》、《埃里克》、《夏天的规则》、《开心的夜晚》（编译）、《孩子的世界》（编译），米兰达·朱雷的《选择你的价值》，等等。著作有《不读〈罪与罚〉》（合著），随笔集有《我在意的那些》、《记仇的人》（讲谈社随笔奖）、《某些因素》。

《胡萝卜须》与《学徒之神》

沼野：我与岸本女士见面机会并不多，上次见面是什么时候我已经想不起来了，但在刚才的事前沟通中我们相谈甚欢，感觉今天的谈话已经结束一半了。

岸本女士大家应该非常熟悉了，她一直活跃在翻译第一线，可以说是日本著名的英文小说翻译家之一。所以，比起老套的介绍，我想还不如边谈边来熟悉岸本女士吧。这次的系列谈话以"孩子"为共同主题。那么，在文学中孩子的视点是怎么表现的，我想就这一话题来展开讨论。

先从小时候的读书体验谈起吧。关于爱读的书或者读书有什么印象深刻的吗？

岸本：小时候，我家里有很多岩波出版社出版的绘本，如《小房子》（伯顿著，石井桃子译，1954年）、《好奇猴乔治》（雷伊著，光吉夏弥译，1954年）、《海怪奥里》（玛丽·荷·艾斯著，石井桃子译，1968年）等。但已经记不清最初读的是哪一本了，大概就是其中的一本吧。

沼野：这么说来，您上面还有哥哥姐姐吗？

岸本：我是长女，还有个妹妹，书是给我买的。我父亲是岩波书店出版的图书的书迷，那时家里到处是"岩波"的书。要说印象最深刻的一本书叫《小熊维尼》（米尔恩著，石井桃子译，1940年）。大概是刚上幼儿园的时候，父亲经常给我讲《小熊维尼》的故事，这件事我记得很清楚。

沼野：这么说来您有一个思想先进，开明的好父亲啊！那个时代给孩子讲故事的父亲可不多啊！一般给孩子讲故事的都是母亲吧。

岸本：记忆中好像母亲没有给我讲过故事。

沼野：您母亲很忙吧？

岸本：怎么说呢？不知道怎么回事，我们家讲故事是父亲的事情。

沼野：那时您读的都是大家公认的优秀的"岩波"儿童文学名著啊！一般来说小孩子不会去注意书是翻译的，还是日本人写的，当时您有没有意识到您读的都是外国故事？

岸本：绘本也好，父亲给我读的书也好，里面的景物不一样，极端地说，人名不一样，还有许多从未听到过的地名、食物等等，而且这些都用片假名书写，所有这些都和日本的不同。但就故事本身来讲，和日本的故事没有两样，都很有趣。

只是书的封面上,有《小熊维尼》的书名,作者的名字,名字旁边还写着"译"字。比如,"石井桃子译",记得当时问过大人:"这是什么?"大人怎么回答的,我已经忘记,但当时已经知道是有人把其他国家的语言翻译成了日语。

沼野:这么说来,您很早就意识到翻译这件事了吧。

岸本:也许吧!也许那时我已经多多少少受到了这样的影响吧。

沼野:怎么说呢,对孩子来说不管是不是翻译,有趣的东西就是有趣。高年级的时候,还是会被要求读一些日本文学名著或者世界文学名著吧。比如说读一些夏目漱石的书等等,固有的文学史价值体系会逐渐影响孩子们的阅读。因此,年幼时先读岩波书店的绘本和少年文库本,随着年龄的增大,再升级为岩波文库本,就这样一直读下去。您家里应该也有很多岩波文库本吧?

岸本:是的,有很多岩波文库本。但这并不是为了给我读才买的,只是家父是个喜欢收藏书的人,所以家里到处都是岩波文库本。书名大多都是汉字,我基本看不懂。有一次,看到一本书的封底上用平假名写着书名,是四个平假名。我想这个大概能读懂,所以试着读了。这本书就是《胡萝卜须》。哎呀!我说漏嘴啦!

沼野:如果您不说,我可以让大家猜一猜。

岸本：是啊！不好意思！就这样我读了《胡萝卜须》。

沼野：是岸田国士先生翻译的吧！只是，《胡萝卜须》经常被当作儿童文学作品，您读了以后有什么感想？

岸本：其实，那是一个很悲惨的故事。

沼野：是一个受人欺凌的孩子的故事！

岸本：当时还没有"欺凌"这个词。《胡萝卜须》讲的是一个问题家庭中的孩子的故事。总之，是一个饱受虐待的孩子的故事！可是那时的我不谙世事，完全体会不到那种感觉，只是觉得故事有趣而已！这本书的特点除了书名是平假名以外，还画有插图。一个叫瓦洛顿的人，前些日子就有个他的作品展览会，他在《胡萝卜须》的每个章节中都画上小小的画，应该是版画吧？就像蒙克的《呐喊》那样令人毛骨悚然。那时我还不知道蒙克的《呐喊》，只是对那些画很感兴趣，所以就读了这本书。书是用旧假名书写的，我把书带来了，我给大家看看吧！

沼野：您还特意把小时候读过的书带来了啊！

岸本：这本书现在还在，我自己都觉得是一个奇迹。

沼野：可以打开看看吗？好像写着什么……

岸本：封面上好像写着什么。后来擦掉了，还留着铅笔淡淡的痕迹……

沼野：写着什么呢？

岸本：嗯，写着"萝卜"。那时还以为自己很幽默呢！应该是小学三年级的时候。

沼野：把《胡萝卜须》切换成"萝卜"，相当幽默呢！

岸本：记不清是什么时候写的，什么时候擦掉的。大概是觉得不好意思才擦掉吧。

沼野：版权页写着昭和四十三年（1968）第二十六次印刷，是三星印刷。

岸本：那时大概八九岁的样子吧。所以还不认识旧假名。第一章是"鸡"，在标题旁边注着假名，字很难看。

沼野：真是一个爱学习的人啊！

岸本：我想应该都是插画的功劳。可能想搞清楚那令人感到恐怖的插画吧？那个"鸡"字旁边的假名大概是问了大人之后注上去的。第一行"勒皮克夫人云"这里的"夫人"和"云"都注上了假名。一开始就"前途多难"了。

沼野：但是，还是坚持读完了吧？

岸本：假名旁注到第五行就结束了，大概是嫌麻烦吧。但是，我坚持读到了最后，故事非常有趣。故事中母亲为了惩罚胡萝卜须，竟然将他夜间不小心拉在床上的秽物拌进早餐里喂给他吃，真是太过分了！

沼野：认真想想，真是一个灰暗的、令人讨厌的故事啊！

岸本：故事中出现的都是两百年前的法国的风物，和自己知道的世界完全不同，而且单词的标记也和现在不同。例如，黄油"bataa"是"bata"，果酱"zyamu"是"zyami"。但是，这些和日本不同的东西或者让人不明白的事物，于我而言，反而更觉有趣。

沼野：读外国文学发现不同于国内的东西似乎很有趣呢！从那时开始，岸本女士就对一些灰色的、怪诞奇妙的东西产生了兴趣吗？

岸本：大概是吧。但也仅仅是兴趣而已。

沼野：列纳尔的《胡萝卜须》就现在来说，仍然是外国儿童文学中的经典之作。但最近读的人少了，大概大多数人都认为那是一部轻松休闲类的儿童读物吧。本来，被称作古典的东西，有的虽然很知名，但实际上也没有多少人读。对了，《胡萝卜须》是外国文学的翻译作品，您也是那个时候开始读日本文学的吗？

岸本：是的，总之，都是岩波文库小说，那时反复读的是志贺直哉的《学徒之神》。

沼野：今天岸本女士把这本小说也带来了。

岸本：有什么东西洒在书上，留下污渍，底页写着昭和四十四年（1969）。志贺直哉是一位名作家，但令人意外的是他的文章很怪异，词汇也十分贫瘠。

比如，他的名著《在城崎》，大量使用了"凄寂"这个词，虽然我没有认真数过。比如，看到蜜蜂的死骸感到"凄寂"，"凄寂"之后归于"宁静"，但还是感到"凄寂"。"凄寂"之后"宁静"，"宁静"之后复又"凄寂"。

沼野：作者没有在用词上多花心思。

岸本：的确没有。在重读他的小说之后我才发现，大概这个人喜欢用最简单直接的词语吧。给我的感觉是他在创作中不断精练语言，努力寻找最简洁的表达方式。结果，全部变成了"凄寂"。

沼野：坦率地说，满不在乎地重复使用诸如"凄寂"之类简单词语的志贺直哉，和刚出道时的吉本芭娜娜竟然意外地相似！这也许是因为所谓的日本独特的美学吧。但是，这么一来，翻译家们就碰到难题了。也就是说，假如英语原文中反复出现"sad"这个形容词，如果全部译成"凄寂"的话，编辑会认为你很幼稚，读者也会怀疑你的语言修养。因此，大多数译者往往会把它换成华美的语言，我并不清楚岸本女士您是怎么处理的，但我认为这是现代翻译界的一种倾向。

岸本：据说英语词汇丰富，一旦出现某种新的现象，马上就会有新单词出现。比如"光"这个词汇，光形容词和动词加起来就有十几个吧。但日语只有"发光""闪耀"两个词。其次，就是"闪闪发光""熠熠生辉"那样的词组了。

沼野：日语中拟态词很多啊！

岸本：俄语怎么样？

沼野：欧洲语言中拟态词基本没有日语那么发达，因此相关词汇多以动词表达。俄语中与"光"有关的词汇恐怕也没有英语那么多，但俄语中动词词汇相当丰富。只是英语词汇丰富亦有其历史原因，本来英语属于日耳曼语族，它首先吸收了希腊语与拉丁语的词汇，后受法语影响，又吸收了大量的法语词汇。此后，英语在世界范围内流通，大量移民进入英语圈，阿拉伯语、中东以及亚非语言中的外来语，又大大丰富和发展了英语词汇。从这个意义上讲，英语是世界上词汇量最丰富的语言。日语中的"和服""便当"等词现在也都被吸收进英语了！

岸本：很久以前我翻译了《埃德温·穆尔豪斯：一个美国作家的生和死》（斯蒂文·米尔豪瑟著，岸本佐知子译，福武书店，1990年，白水社再刊）这本书，这位作家对词汇的区别特别仔细，所以真的很辛苦。

沼野：是米尔豪瑟吗？给我的感觉那个人的文章辞藻总是很华丽！

岸本：那时我还是一个刚刚进入翻译界的新手，连词典都不怎么会查。比如，"luminous"和"radiant"都是"发光"的意思，但发光的方式不同，如果只查英日词典是很难辨析的。因为翻译这个工作，我也学会了怎么查词典。

沼野：词典对于翻译家来说是必需品，您在翻译的时候经常查词典吗？

岸本：是的，查得非常多。有时超简单的词都会去查，说出来自己都觉得不好意思。

沼野：我也一样。明明是很基本的单词，一查词典会发现还有自己不知道的意思。就像岸本女士在随笔里写的一样，如果仔细阅读词典，就会发现像老朋友一样熟悉的词语还有常人不知道的、意想不到的含义。

喜欢布罗迪根

岸本：使用纸质词典时，常常碰到这种情况。现在不用了，还真有点怀念。

沼野：最近用电子词典吗？下载到电脑里的那种。

岸本：前几天，与同行的英语文学翻译家古屋美登里女士聊天时，谈到我在翻译的时候同时使用电子词典和纸质词典，当时她惊讶地说："现在已经没有这样的人了吧！"据说现在大家都把词典下载到个人电脑，翻译时碰到不懂的单词就直接在电脑上查。可是我现在还在使用电子打字机呢……不是没有个人电脑，可我总是喜欢使用我熟悉的富士通 OASYS 软件系统的。

沼野：那样的话，现在电子打字机的保养维修可是越来越难了！

岸本：是啊！"OASYS"损坏了该怎么办？这是我现在最大的担心。

沼野：现在已经不生产新产品了吧。但好像有专门的维修公司，他们手头有许多旧配件，只是价格似乎很贵。

岸本：听说冈山有这样的专门维修店。我用惯了拇指移位键盘，现在要改实在是太难了。

沼野：是吗？那是很难改了！那是富士通公司独家开发的吧。

岸本：使用拇指移位键盘打字速度很快，但错误也特别多。沼野先生您看过用拇指移位键盘打字吗？

沼野：我也曾经想用来着，因为我原来用的是"OASYS"的电子打字机。但是，我想不能太依赖电子打字机，所以我在电脑普及的早期就换成电脑了。但是，岸本女士您就不用再换了，当然如果您再年轻一点的话，就另当别论了。啊！不好意思！岸本女士现在也很年轻啊！

其实我也一样，大家都说苹果公司的电脑好，但我还是一直在用微软的"Windows"系统。到了这样的年龄也不想折腾了。

岸本：如同机器一样慢慢腐朽老化了！

沼野：现在"OASYS"软件可以在"Windows"环境下运行，但不知道是否支持拇指移位键盘。

岸本：前几天和三浦紫苑女士说起这件事，她听后笑了好一阵子，说她父亲也用拇指移位键盘。这么说来，我好像是她父亲辈的人啦！

沼野：但是，据说日本仍然有很多忠实的使用者。敢于做少数派，这在文学创作上是很重要的。

记得岸本女士的随笔中有这样一段话，说学生时代写作文时，只有您一个人写大实话，结果与其他同学完全不同，为此您感到很苦闷。

岸本：大家是如何学会察言观色，什么时候学会的，是我永恒的课题。我人生中最绝望的时刻其实是在幼儿园的时候经历的。在家里谁都是"小王子"和"小公主"，但是上了幼儿园就像进入了社会，"小王子"和"小公主"也就没有了，这对每个孩子来说都一样。但是其他同学都马上适应了这个"社会"，并作为社会属性的人来行动。他们察言观色、讨好对方，说大人爱听的话，看场合说话，仅仅四岁左右年纪的孩子竟然都会。

可是，我完全不行。我不擅长察言观色，想什么说什么，结果吓到别人，甚至惹怒大家。那时的我不会考虑什么场合应该说什么话，我想大概是因为我 DNA 有问题，天生这方面不行吧。

沼野：这么说，是您父母的遗传吗？

岸本：那倒不是。我有个妹妹协调能力很强，善于与人沟通，家里只有我一个人不行。

沼野：可是，您大学毕业后，从一流大学——上智大学毕业后在三得利这样的大公司就职，走的都是精英路线啊！

岸本：都是想尽办法很辛苦才进去的,虽然学校、公司都是最好的,但感觉我个人总是处在最底层。

沼野：在上智大学学的是英语吧?

岸本：是的,外国语言学部设有英语文学专业和英语语言专业,很多人都希望进英语语言专业。一般两个专业都会去考,但大多数只能考取其中的一个。

沼野：而您选择了英语文学专业。

岸本：两个专业我都考了,结果考上了英语文学专业。

沼野：我有个一直想问的问题,听说您的毕业论文是有关理查德·布劳提根的研究,为什么会研究理查德·布劳提根呢?您能详细给我们谈谈吗?
　　不知道今天在座的有多少人知道作家理查德·布劳提根的名字。岸本女士比我小很多,一直到岸本女士后面的那一代人都很崇拜理查德·布劳提根,他的小说在一部分人中很受欢迎。那么,理查德·布劳提根的什么东西吸引了您?您写了一篇怎样的毕业论文?

岸本：刚进大学时根本不知道理查德·布劳提根是何许人也。大概是大一也许是大二的时候,一位朋友借给我一本有趣的小说,就是《在西瓜糖里》(藤本和子译,河出书房新社,1975年,后河出文库),这部小说给我带来了极大的心灵震撼。沼野先生您第一次读的是理查德·布劳提根的什么小说?

沼野: 是 Trout Fishing in America。小说出版于1957年,是布劳提根的第二部小说,也是这部小说让布劳提根一举成名。大概是从那个时候开始,他的名字渐渐被世人所熟知。

岸本: 您是怎么找到这部小说的?

沼野: 记不清了。大概是小说的日文译本(《在美国钓鳟鱼》,藤本和子译,晶文社,1975年,后新潮文库)刚刚出来的时候,觉得他是一个很有意思的作家。

岸本: 最初读的是原版书吗?

沼野: 是的,日文的译本也买了,但是那个时候我想尽量读英文原版书。那时银座有一家叫"Iena"的书店,现在已经没有了。这家书店除了文学类书籍,还有许多艺术类书籍也很棒,作家植草甚一的随笔中经常出现这家书店的名字,我就在这家书店淘过一些外文原版书。

岸本: 真厉害啊!

沼野：过奖了！结果也就堆在那里没好好读，不过那时倒也买了许多外文书！

岸本：理查德·布劳提根小说中呈现出的美以及那种自由的境界让我为之震撼。我是个只看事物表面的人，读小说也是如此，但布劳提根小说的趣味性使我震惊。他的《在西瓜糖里》《在美国钓鳟鱼》《从大瑟尔来的南方联盟将军》（藤本和子译，河出书房新社，1979年，后河出文库）三部作品我都读了。但当时给我的感觉，他只是一位善于抒情、长于幽默的作家，现在想来那时的自己是何等的幼稚和浅薄！

沼野：所以您写了理查德·布劳提根。

岸本：是的，我是个不爱读书的学生，当时也没有其他喜欢的作家，所以没有丝毫犹豫就决定了。但是，决定是决定了，又不知道怎么写，为此我很苦恼。刚巧那时有个布劳提根读书研讨会，我就参加了，在那里学会了分析研究法，这才勉强把毕业论文写完了。

沼野：好像布劳提根是个酒鬼吧？还多次移情别恋。他还是一个抑郁症患者，最后在家中自杀。布劳提根的家境并不好，童年在贫困和孤独中度过，身世令人同情。他多愁善感又软弱胆小，但天生温情、幽默，我想正是他的这种性格孕育出在反主流文化中最细腻独特的东西。但他的作品充其量只是"短篇小说"的拼接，因此他并不是一位能构筑真正长篇小说的作家。

我年轻的时候也喜欢读他的小说，后来因为兴趣的转移，把他的小说和其他不需要的书籍一起装箱搁置了三十年。最近，想着自己年龄也不小了，到了应该整理以前的书籍的时候了，于是把以前的箱子打开来整理。结果，找到了十多部布劳提根的小说。于是，怀念之情瞬间涌上心头，情不自禁重读了这些小说。果然不错啊！可是，这样不行啊！为什么我会如此沉迷于他的作品呢？布劳提根不仅写小说，而且写诗歌，他的诗歌中有很多好诗。我在学生时期曾经翻译过他的诗歌，登载在同人杂志上，比池泽夏树、高桥源一郎等著名作家的翻译诗集要早得多。

岸本：在哪里可以读到您的译诗呢？

沼野：发表在很久以前的同人杂志上，现在拿出来给大家看还是有点不好意思。但是最近我自己也发现确实有几首诗的翻译还算过得去，所以把一些片段放在我的网络社交平台"Facebook"上。读他的诗能让我回想起那些令人怀念的往事，但据说十首中也只有一首算是好诗吧。

岸本：也有类似俳句那样的诗吧。

沼野：是的，有的！

岸本：我想起了一首，是藤本和子女士翻译的。

> 有一块青椒　从拌沙拉的木盘　掉落了下来

其实原文后面还有一句"有什么关系？"，感觉像趣味俳句。

沼野：这里的"青椒"是季语吧？辣椒表示是秋天了，青椒的话，表示还是夏天吧？这样的俳句给人感觉有点诙谐风趣，但本人可能是相当认真创作的。

岸本：有一本藤本女士写的关于理查德·布劳提根的评传（《理查德·布劳提根》，新潮社，2002年）。书中有这样一段话："他本人非常讨厌被看作是一位幽默主义者，他慨叹美国的评论家们不知道自己受了巴别尔的影响，因此当他知道法国有一位评论家指出他的小说非常接近巴别尔时，他感到非常开心。"

沼野：巴别尔指的是伊萨克·巴别尔，是一位活跃于20世纪20年代苏联的犹太裔作家。作为短篇小说大师，他在英语圈的盛名仅次于契诃夫，但在日本没有多少人读他的作品。

岸本：我曾想找几本他的小说来读，结果发现他的日文译本并不多。

沼野：《骑兵军》《敖德萨故事》这两部小说的翻译已经出来了。真希望他的代表作《骑兵军》能够列入光文社的古典新译文库的书目中，让我们能够读到文风清新的《骑兵军》。说实话巴别尔的小说笔墨浓重，充满强烈的隐喻，对于译者来说是一个巨大的挑战。

岸本：我知道的英美作家中，也有很多人喜欢他的作品。

沼野：在英语文学圈只要是读书人都知道他是一位知名的短篇小说大师吧？他的全部作品已经被翻译成英语，也许在英语圈的短篇作家中，不知道巴别尔的人应该不多吧。

岸本：他是一位怎样的作家？

沼野：是一位出生于敖德萨的犹太人作家。以他的故乡敖德萨为舞台的作品中，既有童年回忆的抒情故事，也有敖德萨犹太黑帮的有趣故事，这些小说汇编而成的短篇小说集叫《敖德萨故事》。使巴别尔更加出名的是《骑兵军》，这部小说是根据他在苏俄内战期间作为红军记者的经历撰写的。只是薄薄的一部作品，与其说是长篇小说，还不如说是系列短篇集吧。小说中的内战指的是反革命白军和布尔什维克红军两派之间的战争，那是个极其可怕、残酷的时期。那时，巴别尔是一个戴着眼镜的文质彬彬的犹太青年知识分子，所以经常被那些强壮的哥萨克士兵们欺负，他们嘲笑他"什么都不会！""连一只鹅都杀不了"，这部小说集收录的都是短篇小说，每篇小说文笔洗练，语言高度凝缩，没有浮泛之笔。

纷至沓来的世界怪异短篇小说

沼野：说起短篇小说，岸本女士不仅翻译了很多短篇小说，还编辑了许多短篇名家集，您很喜欢短篇小说啊！

岸本：因为收到许多小说翻译的杂志约稿，所以我的阅读以短篇小说为主。但我并不是讨厌长篇小说，说实在的，长篇小说虽然因篇幅长而读起来很费劲，但真正翻译起来，也许长篇比短篇更轻松。

沼野：您所谓的轻松是什么意思？简单地说，我认为长篇篇幅长，所花的精力和时间是短篇远远不及的。

岸本：短篇小说的每个出场人物以及场景的设定都不同，每翻译一部小说就要进入一个作品世界。如果是短篇小说集的翻译，那么就是一个又一个作品世界的循环往复。怎么说呢，正是因为篇幅短小，相关人物信息量少，因此必须充分发挥想象力。而长篇小说篇幅长，得到的信息也多，所以容易聚焦。

沼野：您说的很有道理！的确，长篇小说的翻译一旦进入状态，只要顺着思路翻译下去就可以。对此我很有同感，大概许多写小说的作家也是这么认为的。长篇小说很花时间，又需要体力，但一旦写起来，就会有规律地一步一步写下去。如果是短篇小说的话，今天写一篇三十页的，明天再写一篇三十页的，必须经常更换题材吧。我们来看一下小说家们的成果，比如村上春树的短篇小说已经有七八十部了。如果想知道短篇小说在他所有小说中所占的比例，那么只要看一下被标称是村上春树"全部作品"的两部著作集（均为讲谈社出版）就可以了吧。这两部著作集涵盖了其两大创作时期的作品，第一辑全部八卷，涵盖了1979年到1989年的所有作品，其中短篇小说三卷。第二辑全七卷，涵盖了1990到2000年的所有作品，其中短篇小说二卷。他的著作集中虽然短篇小说只占30%，但是，写作时所花的精力，我想不亚于长篇小说吧。

纳博科夫也是如此。他一生只写了六十篇短篇小说，但所花的精力和时间远远超过了长篇小说。短篇小说的翻译也是如此吧？

岸本：是啊！完全没有因为短而感到轻松。

沼野：岸本女士开创了在文学杂志上刊登国外短篇小说翻译的先例，角川书店的《野性时代》等杂志上也有连载您翻译的短篇小说。另外，《群像》《文学界》等文学杂志上也有。

岸本：最初应该是在《群像》杂志上。

沼野：那是《变爱小说集》（Ⅰ·Ⅱ，讲谈社，2008年至2014年）吗？

岸本：是的。

沼野：我是搞文艺评论的，经常会在文艺杂志上读到岸本女士的作品，所以知道您是这些杂志的常客。对于作家来说，写原创短篇小说并以这种频率发表是非常不容易的。岸本女士不仅小说翻译得十分精彩，找来的翻译作品也很有趣，您的作品在文艺杂志中占有重要的位置。

岸本：但是，都是些没有人读的作品。刊登在文艺杂志上的作品也没有多大反响。看到沼野先生给我写的书评时我会感叹："啊……还有那么一个人在读我的作品啊！"于是就会很开心，让我感觉到活着的价值。

沼野：总之，我在阅读每月的文艺杂志时，发现日本作家写的小说中有趣的并不多。相比之下，有时觉得布德尼茨①的小说还真是有趣。以前，我在文学评论中曾经提到过布德尼茨的《纳迪娅》和拉莫娜·奥苏贝尔②的《安全航海》。《安全航海》讲的是一群女人乘船航海的故事，十分有趣，令人印象深刻。话说回来，文艺时评本来应该以评论日本作家的原创作品为宗旨，但现在时代不同了。因为是日本的作家所以是这样，外国的作家所以那样，这样区别对待已经不合时宜了。因此，文艺杂志编辑部也已经开始积极推荐外国作家的作品，把他们的优秀作品和日本作

---

① 茱迪·布德尼茨（1973— ），美国作家。代表作有《最温柔的一刀》《漂亮的美国大宝宝》等。——编者注
② 拉莫娜·奥苏贝尔，美国作家。代表作有《离岛》《出生指南：故事集》等。——编者注

家的作品一视同仁。

岸本： 是啊！好时代已经来临。

沼野： 有岸本女士这样的开拓者才有现在这样的局面啊！

岸本： 那不敢当！我很羡慕前辈们的努力，十五年来我一直在向杂志提议，但也总是被拒绝。我讨厌写东西，我更喜欢翻译，可是被约稿的都是随笔。提了十五年，现在终于可以与随笔说"再见"了。

沼野： 在杂志上刊登翻译的短篇小说好像并不常见吧？

岸本： 在我还是公司女职工的时候，柴田元幸先生、青南山先生翻译了很多当时活跃在美国文坛上的作家的短篇小说，这些短篇小说都被刊登在《嘉人》杂志上，记得还有许多漂亮的插图，那时就十分羡慕。我想"什么时候我翻译的短篇小说也能登载在这样的杂志上就好了……"但是，遗憾的是我开始翻译短篇小说正值泡沫经济结束，社会与人心一旦变化，狭隘意识蔓延，那么翻译小说就会首当其冲被砍掉。也许这只是我的臆断。总之，那时杂志上已经不再刊登翻译小说了。

沼野： 曾经有一段时期，也是在日本的泡沫经济时期吧。《嘉人》杂志的内容远远超出了文艺杂志的范围。那时，《嘉人》杂志有一个关于波罗的海三国的"文学·文化专题",我翻译的爱沙尼亚作家的小说也被刊登在这里。现在回想起来,自己也觉得很了不起。波罗的海三国指的是拉脱维亚、立陶宛、爱沙尼亚三个国家,这些国家在日本很少有人知道。就这样,突然间那些稍带北欧式浪漫感的重建后的文化状况、文学作品的译文都刊登在这本杂志上,的确是大胆之举,非一般文艺杂志之所能及。

  岸本女士作为随笔作家也有很高的人气。第一本随笔集是《我在意的那些》(白水社,2000年,后白水U书房)吧!那里面收录的随笔作品,原本是《翻译世界》《法国》杂志上的连载吗?

岸本: 是的,曾经在《翻译世界》杂志上连载,每期一页左右。但是,这本杂志现在已经停刊了。

沼野: 在那本杂志上总共连载了三本。还有两本是《死心眼的个性》(筑摩书房,2007年,后筑摩文库)和《某些因素》(筑摩书房,2012年,后筑摩文库)。将来您会继续写随笔吗?

岸本: 我一直在说"不想写了"!

沼野: 这可不行!读了岸本女士的《变爱小说集》,我一直在想,这么有趣的作品您究竟是从哪里找到的呢?还有您的随笔,奇思妙想如同涌泉源源不断,也许岸本女士的脑袋有着另一个神秘的微型宇宙吧。感觉您的短篇小说和随笔就像同时并行的两条轨道，相伴而行。

岸本：常常有人问："你是怎么找到这么多奇奇怪怪的东西的呢？"就我个人而言，我并不是想标新立异，只是选择我喜欢的东西罢了。也许我的作品在世人眼里有些脱离常规，可能我的兴奋点与大家不同吧……假如，只是假设，有人邀请我翻译《哈利·波特》那样的作品，当然这样的小说也不会到我这里，即使来了，也许也会因为没有感觉而拒绝。因为本来自己的兴奋点就与世人不同，一旦有了第一次就会找到方向，或者说雷达的探点就会照准那个地方。

沼野：您好像有一种不可思议的能力，能够召唤自己喜欢的作品！

岸本：有一部在《野性时代》杂志连载的叫《不舒服的房间》的短篇小说集，里面有一篇叫《查米特拉》的小说，是美国作家路易·艾伯托·伍瑞阿的作品。我并不认识这个作家，只是在文艺杂志上碰巧读到了这篇小说。一个士兵的头部被击中，那些回忆变成实物从伤口中不断涌出，而且吃起来还很美味。故事离奇古怪又奇趣横生，我就拿来翻译了。后来，因为非常喜欢他的作品，读了他的其他几本小说，结果发现他的其他小说都是现实主义作品。想来这样的小说本来就不多，我也是碰巧才找到的吧！

沼野：还是有召唤自己喜欢的作品的能力吧？大家已经很熟悉《变爱小说集》了，但《不舒服的房间》中有许多更加奇幻怪诞的故事。里面有柴田元幸先生正在翻译的布莱恩·埃文森那样的一流作家的作品，有安娜·卡文等资深作家的作品，也有一些令人感到陌生的作家的作品，这些都是非常有趣的选择。

我本人对伍克维奇那样的，老是写一些很奇怪的、不知道能不能称得上是文学作品的人有点……

岸本：要说离奇古怪，的确无人能出其右啊！

沼野：《不舒服的房间》中的那篇《悄声低语》，到最后也不太清楚在讲些什么。好像是大半夜进来了一个人，这个人的声音被录了下来。

岸本：有一个人因为呼噜声太大，被老婆赶出了房间。为了确认呼噜声是不是真的很大，他在睡觉前打开录音机想把鼾声录下来，结果发现里面有陌生人的声音。

沼野：这个声音的主人到底是谁呢？如果是科幻小说，也都会说明的，可是……

岸本：没有说明，也没办法说明。

沼野：这样的结尾，让人莫名其妙啊！

岸本：让大家在读完以后感到心痒难挠、紧张不安，是这部小说集的宗旨。最初我把书名定为《不安之馆》，但被出版社的人拒绝了。

决定翻译家岸本方向性的作品——尼科尔森·贝克的《夹层》

沼野：今天的谈话非常愉快，真是意犹未尽！但是因为时间有限，我们换个话题再继续吧！岸本女士有许多翻译作品，大概有多少部？

岸本：也不是很多。

沼野：可能没有柴田元幸先生那么多吧！

岸本：只有柴田先生的十分之一。

沼野：那我的话，是这个十分之一的十分之一，只有柴田先生的百分之一……

我们先不谈这个，其实让我认识作为翻译家的岸本佐知子的是尼科尔森·贝克的《夹层》（白水社，1994 年，后白水 U 书房），这是岸本女士早期的翻译作品吧？

岸本：是啊！是第一部翻译作品。

沼野：这是一部完全符合岸本女士个性特点的作品。这部小说是原本就有所了解，您自己选择的作品呢，还是召唤而来的呢？

岸本：也是得之偶然。那时，因为要商量出版斯蒂文·米尔豪瑟的《埃德温·穆尔豪斯》，与福武书店的编辑相约在新宿的一家咖啡店见面。那位编辑在来咖啡店的路上顺便去了趟神保町的"东京堂"书店，在那里偶然看到了这本书，问我有没有兴趣翻译。

通常，海外作家作品的翻译要通过代理人，而且代理人也很少提供已经出版的完整的书籍，一般会以手稿、印刷品或者简装版的形式给译者。译者觉得满意，有兴趣就做，不满意就还给代理人。但是，这部小说是那位编辑偶然在书店发现的。当时我拿了这本小说回家一看，发现小说题材新颖且十分有趣，是我以前从未读过的类型，心里甚是喜欢。可喜欢归喜欢，却发现是一块难啃的骨头。

沼野：翻译很辛苦吧？

岸本：小说看起来有点杂乱无章。有的一个句子整整写了一页，而且每页下面密密麻麻，都是小小的注释。有的正文只有三行字左右，余下都是脚注。一看就是一本很特别的书，小说新颖奇崛，直击我的兴奋点，但对我来说却难度很大。虽然那位编辑也极力劝说我，说是难得的好书，让我无论如何也要翻译成日语。但我还是觉得会力不从心，把书还了回去。可是，过了两天却怎么也忘不掉，想着"还是翻译吧"，又把书取了回来。

沼野：这么说来，翻译了很长时间吧？

岸本：是的，故事情节基本能懂，但小说中许多令人不明所以的商品名称，把我给难住了。要是现在就很方便，用"谷歌"，搜索一下什么都能找到，可那时还没有网络，问了大使馆的人，对方也不知道。没有办法，最后给作者写了信。

沼野：那个年代也没有电子邮箱吧？

岸本：是啊！如此大动干戈一番以后，终于知道了那些商品的名称，都是些牙刷品牌之类的，而且特别奇怪的是商品前面都加上类似日语接头词的"ur"，也怪不得大使馆的人看不懂。

沼野：原来如此！"ur"是作家随意加上去的吧？

岸本：嗯，小说中有许多诸如此类的文字游戏，反反复复花了大约三年时间。

沼野：这是一部确定翻译家岸本佐知子翻译方向的作品啊！

岸本：是啊！也许是命运的安排吧，在机缘巧合中得到了这本书，更让我震惊的是世界上还有和自己有一样感觉的人！还有就是美国给人的印象也不是都像《草原小屋》中那样的。

沼野：大草原无边无际，阳光灿烂，人们在大自然中享受悠闲时光。

岸本：不用在意生活琐事，每天吃着牛排，然后说："吸管还是弯曲的好啊！"

沼野：哈哈！还有订书机呢！

岸本：对，对，专注描写订书机咔嚓咔嚓订纸的过程。极其认真地、热心地讨论裁切线的发明是如何如何伟大等等。

沼野：那部小说讲的是一个公司小职员的故事，全部情节发生在主人公乘自动扶梯的时候。在乘坐自动扶梯从一楼到二楼的过程中，他想到和看到了很多东西，于是就把这些想到看到的东西一个接着一个仔仔细细地写了出来。都是一般人难以想象的怪异想法，可是读到最后也不知道那个男人到底是谁。

岸本：小职员的名字只出现过一次。这是一部震撼人心的作品。毕竟，在我内心深处一直以为所有的文学就像俄国文学一样，都是关于爱情、生命、死亡、战争与和平的。竟然还有只写裁切线、制冰碟的文学作品，而且是如此奇妙有趣。

　　裁切线很方便啊！制冰碟也不错嘛！这些普通人也会想到，但他们只会在脑海的某个角落想一想，不久就会遗忘。然后贝克先生却把这些琐碎的事情记在心里，甚至写成小说并拿到出版社出版。于是，我一边在唏嘘惊叹一边提笔翻译，终究也沉浸其中而不能自拔。

《翻译世界》杂志的负责人让我写一些"翻译小经验"之类的随笔，比如，如何绞尽脑汁翻译某个英语单词。但是，那时我正巧在翻译尼科尔森·贝克的《夹层》，于是，在不知不觉中，尽写了些细小琐碎的东西，根本谈不上是翻译经验，我想这是受了尼科尔森·贝克的影响。

沼野：尼科尔森·贝克这个人还有点稚气未泯呢！

岸本：在我的脑海中，他是属于有"未泯灭孩童之心"的这一类作家，奇怪的是在我喜欢的作家中有许多这样的人。

沼野：因为翻译《夹层》，您也和尼科尔森·贝克结下了不解之缘。此后，您又陆续翻译了贝克的《室温》《延音》等三四部小说。《室温》延续了前一部作品的风格，故事发生在室内，可以说是类似《夹层》的"室内版"。《延音》是一部颇有情色意味的小说，还有一部是叫《声》的电话主题的性爱小说吧。

岸本：这部小说从头至尾通过电话中的性爱对话来完成，没有叙述与描写。后来，因为莫妮卡·莱温斯基送给美国前总统克林顿的礼物中就有这本书，因此作者贝克也一跃成为美国的名人了。

沼野：是女方送的礼物吗？哎呀，那很有趣呢！话说回来，贝克的作品题材非常广泛，其中有一部是以九岁少女为主人公的《诺莉讲不完的故事》（白水社，2004 年，后白水 U 书房），译者也是岸本女士。据说，小说不是以第一人称，而是以一个九岁孩子的口吻来叙述展开情节，虽然不确定是否真实反映了九岁孩子的思想，但至少是立足于孩子的视角来写的，所以看上去是一部儿童文学作品。

岸本：我想这是一部基于孩子真实视角撰写的一部作品。大致上大人写的儿童读物，常常从俯视的角度，不是描绘想象中的理想化的儿童形象，就是充满教条式的训诫，而这部小说完全没有那种刻板的训诫式特征。贝克有个大约九岁的女儿叫爱丽丝，小说实际上以爱丽丝的采访为素材，完全以九岁女孩的思维方式来撰写。故事也以一个九岁女孩"诺莉"这一第三人称来展开叙述，因此有许多错误和语焉不详的表达。

沼野：那些错误的表达，翻译起来很难吧？

岸本：九岁左右的孩子正处在什么都要逞强的年纪，他们想学大人的口吻说话，想用谚语、惯用句来表达，但结果却自相矛盾、错漏百出。但是，把这些错误的语句用同样错误的日语来表达则显得有点困难。

沼野：对日语而言，有些是很难理解的。

岸本：因此，我决定放弃一一对应的翻译，只是努力使错误率与原文相同。然后我收集了许多日语语法错误，有孩子的，也有大人的。这是我当时记录的笔记本。

沼野：这些都是您自己收集的吗？

岸本：是的，电视上、网上看到的，还有现实生活中朋友之间说话时听到的，我都一一记了下来。比如，"跳杠铃"之类的，我收集了很多。虽然没有全部用上，但起了很大的作用。主人公诺莉还喜欢写作文，作文中也有许多语法错误和拼写错误，我希望通过翻译再现这种真实感。今天带来了我朋友的九岁儿子写的一篇作文，是一份检讨书。我瞒着小朋友本人从他妈妈那里拿到了复印件，作文的开头一句是"今天，我偷了东西"。

沼野：在这里读小朋友的检讨书，这样不太好吧！

岸本：他的妈妈很爽快地给了我。孩子因为一时的邪念而偷了附近便利店中的《宝可梦》游戏的游戏卡，警察把他带到警察局进行了严厉的批评。他妈妈也很生气，命令他写了检讨书。听说他是边哭边写的。因为检讨书写得太有趣了，所以他妈妈一直珍藏着，虽然这对孩子不太好。有趣的是，全文的三分之二左右的内容是去便利店前的路线描述，例如在某个地方转弯，再在某个地方转一次弯等等，而关键的偷东西的场面却轻描淡写，一笔带过。

沼野：哈哈，这才是真正的现实主义啊！

岸本：他还写到向"整孩子的警察叔叔"保证"如果以后再偷东西就被判死刑"。哎呀，太逗了！多亏了翻译《诺莉讲不完的故事》，让我有研究相关语法错误的机会，这样的研究非常有趣。

沼野：说到描写去便利店的路线，我想这与偷东西没有直接关系吧！往这里走或者往那里走，与偷东西是没有因果关系的。但是，现实主义作品确实有如此真实的细节描写。怎么说呢。抓住不必要的细节加以生动细致的描绘，这是西方现实主义的特点，而这个孩子的作文就是一个典型的例子。俄罗斯语言学家罗曼·奥西波维奇·雅各布森在他的论文中曾举过这样一个例子，如果问孩子："笼子里有一只非常漂亮的鸟，但是很遗憾它逃走了。如果这只鸟飞行一秒 X 米，那么 Y 分钟后这只鸟会在哪里呢？"孩子听了以后马上反问："小鸟是什么颜色？"要解决这个问题当然和颜色毫无关系。但是，执着于与主题毫无关系的细节描写的这种现实主义表现手法的确存在。尼科尔森·贝克的作品也有类似之处，而岸本女士创作的随笔的着眼点也放在此种类型的现实主义的表现手法上，如果将现实主义贯彻到底的话，就会变成离奇和幻想。

岸本：脑袋空空无物，只有小学生水平吧！

沼野：哈哈。能否给我们朗读一下《诺莉讲不完的故事》中那些有趣的段落？

岸本：可以。诺莉和基拉两个小孩在车中很无聊，两个人决定做编故事的游戏。我就从这里开始朗读吧！诺莉喜欢讲故事也喜欢编故事，但基拉不是那种类型，而是更务实的孩子。也许可以从他们的对话中了解到孩子们的"现实主义"。

（岸本女士稍作停顿，读了起来）

《诺莉讲不完的故事》

在回去的车上，基拉模仿农场那头极其稀有的奶牛，舔了舔诺莉的脸。可是诺莉好像很讨厌，大声说："基拉！太恶心了！"

"车里不能玩这种唾沫游戏！"坐在前排的父亲说。

基拉立刻停了下来。于是两人玩起了橙色小球，橙色小球滚到谁的手上，谁就要编故事。首先从基拉开始。

"很久很久以前，"基拉开始编起了故事，"有一个好女孩和一个坏女孩，她们是一对双胞胎。有一天，坏女孩突然想欺负好女孩。那么，想个什么办法呢？"讲到这里，基拉就把橙色小球递给了诺莉。

"啊！等一下，安全带松开了。"诺莉系好安全带接着讲了下去，"嗯，那个……，想个什么坏主意呢？让妈妈开个大型派对吧。跳舞的时候踩住好女孩的裙子，让她在大家面前出丑，她肯定受不了啦！妈妈太溺爱坏女孩了，当然不会反对。然后……"讲到这里，诺莉把球递给了基拉。

"妈妈说好的呢！"基拉说完就把球还给了诺莉。

"开个大大的花园派对吧！"诺莉也马上把球还给了基拉。

"开个很大很大的花园派对吧！"基拉说，"但是，遇到了一个大麻烦，是什么麻烦呢？"

"那天下起了大雨。"诺莉说。

"所以，决定在房子里开派对。"基拉说，"但是还有另一个问题，那个坏女孩叫什么名字呢？"

"珂莎露黛。"诺莉说。

"对，珂莎露黛。"基拉说，"珂莎露黛突然觉得不舒服，那么，派对怎么样了呢？"

"开始还很顺利。"诺莉说，"好女孩的周围围着很多人，简直像个小明星，大家都在称赞她。这时，坏女孩晃晃悠悠出来了，她想欺负好女孩，坏女孩说'大家一起跳舞吧！我呢，想和我最喜欢的妹妹跳舞'。于是，好女孩……"

"'好的啊。'好女孩说。"基拉说，"于是，两个人就跳起了舞。跳啊跳啊，珂莎露黛偷偷去踩好女孩的裙子，这时又发生了另一件事情。"

"发生了什么事情呢？"诺莉说，"坏女孩突然觉得身体不舒服了，很难受，脑袋也变得晕乎乎的，连踩妹妹裙子的力气都没有了，但是，还是想踩好女孩的裙子。妈妈不知道她是故意的，以为是她不小心，大声说：'小心点！珂莎露黛！你要踩到妹妹的裙子了！'"

"就这样,那天珂莎露黛最终也没能踩到妹妹的裙子。"基拉说,"那么,最后她的计划实施了吗?"

"当然!"诺莉说,"一旦决定的事情就要做下去,不能放弃。好不容易准备的事情,结果搞砸了,坏女孩非常懊恼,一整晚都没睡着,疲惫不堪……"

"坏女孩病倒了,在床上躺了一个星期。"基拉说,"躺在床上的她好像也没有忘记自己的计划,终于她又想出了一个办法,是什么办法呢?"

"这次不踩裙子了。"诺莉说,"这次要把好女孩的漂亮的头发弄得乱糟糟。在好女孩出门前,趁她不注意时,悄悄地把头发搞得乱糟糟的,让她羞死!比踩到裙子还要羞!"

基拉附在诺莉的耳朵上说:"有什么好办法吗?要不再开一次派对吧?"

"可是,我也想不出办法啊!"诺莉说,"想啊想啊!终于想到了一个好办法,是什么办法呢?"

"决定再开一次派对。"基拉说,"这次开个假面派对吧!大家穿上与平时不同的衣服,如果被谁猜中了就要接受惩罚。接受什么惩罚好呢?"

"咬苹果的游戏!"诺莉说,"这么高雅的派对上做咬苹果游戏,真是羞死人了。"

"因为这个游戏要把脸浸入水中!"基拉说。

"况且……"诺莉说,"水是染上颜色的水,脸浸到水里会变成淡绿色,一整天都洗不掉。女孩有钱又有品位,发生这样的事情可了不得。于是,坏女孩去问妈妈再开一次派对行不行,妈妈很爽快地……"

"妈妈说:'可以啊!'"基拉说。

"派对开始了,坏女孩想引起大家的注意,唱了一首圣诞颂歌。"诺莉说,"但是,坏女孩'嘎嘎'的声音比鹅叫还要难听,好像发怒的母鸡鸣叫一样。"

"然后,舞会开始了。"基拉说,"两个孪生姐妹今天穿的衣服都和平时不一样,但是她们谁都没有告诉对方今天穿什么衣服,要干什么。但是不知道对方情况的两个人竟然一起跳起舞来。"讲到这时,基拉附在诺莉的耳朵上问:"坏女孩摔倒了吗?"

"开始时,她们的舞跳得飞快。"诺莉点点头说,"好女孩的名字叫艾米琳吧?她跳得飞快且很美。可是坏女孩——珂莎露黛的舞姿又丑又怪,慢慢腾腾的,太难看了。她们一起跳了很长时间。过了一会儿,珂莎露黛又开始动坏脑筋了,她去踩艾米琳的裙子,可是被地毯翻起的边角绊了一下,一下子跌倒了,脸撞到地板,鼻子也撞歪了,肿得完全变了形,谁都不想再看她了。没办法,她又想去唱歌……"

"想唱,但最后还是没唱。"基拉坚决地说,"戴着的面具、假发都掉了,脸已经被大家看到了。所以,珂莎露黛必须受到惩罚……"

"做了咬苹果的游戏!"诺莉说,"珂莎露黛的脸一次又一次被浸到水中,本来很难看的脸红得像猴子脸一样。然后……"

"谁都不想再多看自己一眼,她觉得羞死了。"基拉说,

"从那以后，珂莎露黛像换了一个人似的，变成了好孩子。故事到这里……"

"孪生姐妹的故事到这里结束了，还有一个很重要的故事，小狗的故事还没讲呢！"诺莉说，基拉肯定想让她说"故事讲到这里就结束了"，但诺莉还不想结束故事。

"不行，故事讲完了！"基拉说。

"故事讲——完——了！"诺莉唱歌似的拖长了声音，"讲完了，完了，讲完了！完了！完了！那……那……那……"

"那么，故事讲完了！"基拉说。

爸爸妈妈坐在前排的座位上说："讲得很好啊！"

"我也要讲个故事！"坐在儿童安全座椅上的小家伙边拍手边说，"有两个小女孩，和你们的故事一样一样。有一个地方住着两个女孩，一个是好女孩，一个是坏女孩，她们决定做点什么事情。好啦！故事讲完啦！"

"哦！真有趣！真有趣！"诺莉说。

"还没有完呢。"小家伙说，"她们想做什么东西，妈妈说做个棉花糖①吧！两人就做了棉花糖，然后又造了火车宝宝，野鸭头蒸汽机车。哇！还有苏格兰飞人。派对中有什么呢？有双层杰瑞蛋糕呀！双层巴士呀！双层巴士嗖的一下，开到太阳公公那里去啦！在草坪上，嗖的一下！"

"哎呀！双层的杰瑞蛋糕啊！"诺莉说，"太好玩了，小

---

① 棉花糖，日本动漫《游戏王》中的怪兽形象。

家伙!"

"还没完呢!"小家伙说,"还有这……么大的挖挖机、地挖机,嘎达嘎达开过来了呀!挖呀挖!挖呀挖!还有更大的,翻斗汽车、钻钻机、装卸机、突突突…都来了呢!"

"讲得太好了!"诺莉说。

"还有呢!"小家伙说,"再讲一个,很久很久以前,再讲一个!再讲一个!"

"好!再讲一个就不讲了。"妈妈说。

"很久很久以前,有两个大洞洞,来了两辆大大的挖挖机,开到洞里去了,都是泥!小脚洗洗,小眼睛洗洗,小手洗洗,都洗干净啦!故事讲完啦!"

诺莉一家把基拉送到家,就回家了。[①]

我眼中的美国现代小说

沼野:这是一个关于怎么编写儿童读物的故事,非常有趣,谢谢您的分享!那么,《诺莉讲不完的故事》真的是一部儿童文学吗?

岸本:应该不是吧!"啊,原来是这样啊!"大人读了以后也会这么想吧。可是,也许孩子读了以后没有什么感觉吧。

沼野:对于孩子来说可能并不有趣。

---

① 中译译文为本书译者根据日语转译。

岸本：孩子读了以后会有怎样的感想，还真没有问过。

沼野：这部译本的阅读对象是成年人呢，还是孩子呢？

岸本：我认为和一般儿童读物不一样。书是普通的精装封面，封面上用插图画的诺莉有点像漫画，不过哪里都没说明是儿童读物。

沼野：感觉贝克注重细节的现实主义风格发展成写少女心理的作品了。

岸本：是的，以九岁孩子的视角去写小说，您不感到意外吗？

沼野：是啊！确实新奇！

尼科尔森·贝克就谈到这里吧。除了贝克以外，岸本女士还翻译了许多美国作家的作品，下面我们来谈谈其他作家的作品吧！最近，翻译了茱迪·布德尼茨的短篇小说集吧？是一部叫《漂亮的美国大宝宝》（文艺春秋，2015 年）的短篇集，充满讽刺的味道。其中有一篇已经刊登在《文艺春秋》杂志上了，我想您一定很欣赏她的作品吧？能给我们谈谈茱迪·布德尼茨的作品的魅力所在吗？

岸本：这是茱迪的第二部短篇小说集，第一部《凌空飞跃》也是我执笔翻译的。可以说朱迪也是个妄想狂，凭借着她无拘无束的想象力虚构出荒诞不经的作品。比如,一个小女孩把穿着小狗装的男人当作宠物的故事,还有母亲得了心脏病需要做心脏移植手术强行摘取儿子心脏的故事等等。年轻的她想象力天马行空,充满奇妙的构思。《凌空飞跃》是她的第一部小说集,《漂亮的美国大宝宝》出版虽在此八年后,但风格依旧不变,而且更具信息性。

沼野:是啊!也体现一定的社会性。

岸本:虽然她是个美国人,但给人感觉她能跳出美国,站在外部来审视这个国家。在作品《纳迪娅》中,主人公纳迪娅是某一位身处东欧战乱中的贫穷国家的女孩,通过相亲嫁给了一个美国男人。小说以"我们"作为叙述者来展开叙述,即用"we"来叙述。

沼野:"我们"指的是女人吧?

岸本:是的,全部都是女性。

沼野:娶了新娘的那位是男性。

岸本:嗯,他是一位很受欢迎的高中老师。他的旧相识,也可能是他的前女友频频骚扰纳迪娅,以行善的名义把善意强加于人,不加掩饰地欺负她,把纳迪娅作为比自己低一级的存在,最后将她推向不幸的深渊。以第一人称复数叙述蕴含着深刻的含义,"我们"指的是……

沼野:美国社区吧!

岸本:也可以这么说。但事实上,不仅仅是东欧,还有那些处于贫困中的人、与自己肤色不同的人等等,对这样的异质人群、弱小人群的歧视行为不仅仅只限于美国社区。这样的人性之恶,恐怕连日本也毫不例外,小说猛烈地抨击了这些人性的阴暗面。

沼野:看到纳迪娅这个名字,让人联想到体操选手纳迪娅·科马内奇。她出生于罗马尼亚,有匈牙利血统,最后来到了美国。

还有一部叫《奇迹》的小说,讲述的是一对白人夫妇生下一个黑人孩子的故事,虽然黑人孩子的命运最后迎来了大逆转,但通过对主人公现实生活境遇的描写,小说揭示了过着和平且富裕生活的美国普通人是如何看待东欧那些贫困国家的移民以及那些被歧视的黑人的真实心理。当然,布德尼茨并没有肯定歧视,只是以偏见为前提,反其道而行之。因此,对于美国读者而言,这是一部非常沉重的小说啊!

岸本:小说中的很多地方,美国人看了会不好受。

沼野:布德尼茨在日本有很高的知名度,这得益于岸本女士的介绍吧!布德尼茨出生于 1973 年,是一位刚刚四十岁出头的年轻作家。从年龄来看，在日本已有翻译作品，而且人气颇高的美国女性作家还有艾梅·本德、凯利·林克，两人都出生于1969年。她们不但年龄相近，而且在擅长的非现实主义的幻想式写作风格上也有共通之处。

只是，在她们之前以雷蒙德·卡佛为代表的简约现实主义写作风格非常盛行。在美国不仅有约翰·艾文那样创作的大型长篇小说，还有简约主义短篇小说，甚至有像贝克创作的极小现实主义小说，就是微写实主义小说。这些在介绍贝克的时候，岸本女士您也曾经提到过。但是给人感觉现在描写现实生活的简约主义风格已经渐渐衰退，描写日常生活琐事的小说在美国已经不再受到欢迎，取而代之的是那些擅长奇幻想象风格的女性作家的作品。

岸本：没错，在美国文学的洪流中，凯利·林克为首的一批作家确实形成了一个新的流派，但我认为这也不是一成不变的。

沼野：林克也好，布德尼茨也好，都十分有趣。但如果一味追求那些与众不同、奇幻独特的东西，也许有一天会因为才思枯竭而陷入困境。那么，也许那时就有人出来反抗，提出现实主义才是文学正道的说法。对于这些您是怎么想的？毕竟岸本女士您翻译的小说很少有现实主义风格的作品吧？

岸本：其实，我的译作中也有像詹姆斯·琼斯①那样彻头彻尾的现实主义作家的作品。比如关于越南老兵的小说、拳击手的小说等。

沼野：是吗！您也在翻译现实主义作品吗？

岸本：我并不讨厌现实主义，也经常阅读现实主义作品，而且我也不认为奇幻小说比现实主义作品更好。之所以更多关注奇幻文学，也许是因为自己与现实世界格格不入，不想在书中再次经历与现实相同的事情……我想如果文字能够带我去一个不一样的世界，我希望走进这个新奇的世界。

沼野：的确，翻译工作也是如此！它可以带你走进不一样的精彩世界，这是译者的特权。

岸本：我并不拘泥于作品的题材，我认为遇到作品时的感动，对文章的感觉往往能成为选择的决定性因素。

推荐给读者的三部小说

沼野：时间过得真快啊！剩下的时间我想把它留给在座的各位，那么，先来总结一下今天的内容吧！

---

① 詹姆斯·琼斯（1921—1977），美国作家。以自然的写实主义和现实主义创作风格著称，代表作《越南日记》。——编者注

这个讲座的内容也可以说是一个系列阅读的指南。首先,我们请岸本女士给我们介绍几部自己的译作,然后再给我们介绍三部您认为值得阅读的翻译作品。

岸本:这是一个以"孩子"为主题的系列讲座,所以首先推荐三部适合十岁左右的小学生阅读的儿童作品。第一部就是《胡萝卜须》,关于这部儿童文学作品我们刚才已经谈了许多,我就不再详细介绍。《胡萝卜须》告诉我们怎样在逆境中生存。从这个意义上讲,我希望每天过得不开心的孩子,或者每天过得很幸福的孩子都来读一读这本书。胡萝卜须是个很难对付的孩子,他任性、软硬不吃,还爱耍小聪明。虽然遭遇悲惨,但能坚强地活下去。孩童时期的列纳尔自己也是个不讨人喜爱的孩子,也许在《胡萝卜须》中可以找到他自己的影子,那里有他非常真实的、没有被理想化的童年。

《胡萝卜须》讲的是一个受人欺负的孩子的故事,更为重要的是它是一幅纯粹的儿童时代的"写生画"。用石头把鼹鼠碾死;专心致志观察暴风雨即将来临的天空;晚上因为害怕不敢一个人上厕所;品尝路边的杂草;去爷爷家的树上摘李子吃;发现李子里的小虫子……童年的每个瞬间就像被拍下的一张张照片在脑海里闪现,非常精彩!

第二本书是米切尔·恩德的《永远讲不完的故事》(上田真而子、佐藤真理子译,岩波书店,1982年)。内容说的是一个被人瞧不起的胆小的男孩因为暴风雨被困在学校,在那里他打开绘本阅读,读着读着进入了绘本世界,幻想中的世界和现实世界并没有两样，喜欢幻想的男孩在那个幻想王国变成了英雄。读这本书时，其实我已经不是小孩了，我很后悔小时候没有读这本书，我希望所有喜欢幻想的孩子读这本书。这部小说后来被拍成了电影，电影名字叫《说不完的故事：魔域仙踪》。电影的最后，胆小的男孩回到现实世界，骑着龙对欺负他的人进行了复仇。我不喜欢电影的结尾，小说的结尾更为深刻，让人感动。所以我希望看过电影的孩子也读一读这本书。

还有一本是丹尼尔·哈尔姆斯的《哈尔姆斯的世界》（增本浩子、瓦列里耶·格雷奇译，乡村书店，2010年）。哈尔姆斯是一位苏联作家，他的超现实主义作品荒诞离奇。早期他是一位前卫艺术家，因为作品过于颓废而遭受批判，之后不得已转向儿童文学创作。他创作的儿童故事荒诞离奇，但也不乏对于成人社会的影射。他的作品荒谬、意义不明，有着说不清道不明的怪诞诡异。比如，某人戴上眼镜，望着松树，他看到松树上坐着一个男人，正朝他挥舞拳头。摘掉眼镜，望着松树，松树上一个人也没有。戴上眼镜，望着松树，松树上还坐着一个男人。如此反复三次，最后以"不愿意相信这一现象，觉得这是视力上的错觉"结束。他的作品往往陷入一种难以解释的复杂和意义不明的故事中，但即使没有什么意义也很有趣。趁孩子还没长大，让他们知道这个世界是不合理的，不过不合理也没有关系，因为文学什么都可以做到。所以，我把这三部儿童文学作品推荐给十岁左右的孩子，希望打开他们内心世界的另一扇窗。

沼野：哈尔姆斯的书在日本已经出版过几本，现在说的是增本浩子女士和瓦列里耶·格雷奇先生共同翻译的小说吧。其实，早在上世纪80年代，日本的俄罗斯文学研究者还不知道哈尔姆斯的时候，我写过一篇介绍他的论文（《遍体鳞伤的诱惑》，沼野充义，《永远的前一站——现代俄罗斯文学指南》，作品社，1989年再刊），但由于学界认为对其的研究为时尚早而被完全忽视了。20世纪80年代末，随着苏联社会的改革变化，哈尔姆斯的作品才得以重新被发掘，一时家喻户晓，他的作品也得到重新评价。

岸本：后来我在别的地方得知，他的妻子曾把他的手稿托付给朋友，那位朋友把它拿到美国出版。

沼野：确切地说，他的手稿最初并没有拿到美国，对于这件事情的来龙去脉我非常清楚。手稿首先被转到了欧洲的某位学者手里，最初在这位德国学者的努力下在德国得以出版，后来一位叫乔治·吉皮安的康奈尔大学俄罗斯文学教授在布拉格从捷克人那里得到了手稿。吉皮安教授得到手稿以后把它译成英语，并于1974年在美国出版。实际上吉皮安教授访问日本的时候，曾经到过我家，从他那里得知了事情的详细经过。

岸本：哈尔姆斯的作品在日本出版大约是在五年前，翻译得很不错。译者是一对夫妻，丈夫是俄国人，妻子是日本人，他们以一种非常特别的方式翻译了这本书。

沼野：他们俩都是我的老朋友，丈夫是俄罗斯人，母语当然是俄语，但不会用日语写作。碰巧这对夫妻都精通德语，夫妻间的对话也都用德语完成。丈夫将俄语翻译成德语，而他的妻子把德语翻译成日语，然后妻子把完成的日语译文读给丈夫听，再由丈夫确认是否正确——两人配合得天衣无缝！

刚才，岸本女士介绍的"眼镜的故事"实际上并不是面向孩子的儿童读物。说起来，在哈尔姆斯生前，他那荒诞的意义不明的作品几乎没有出版。那些儿童文学也是出版社为解决他的生活问题而给他出版的，而且仅限于儿童文学作品。另外，还有一两首诗发表在地下出版物。如今，他的儿童文学以及前卫的、反常理的散文集和诗歌集都被陆续出版。而他的儿童文学作品也好，散文、诗歌也好，差别并不大，都是一样的荒诞离奇，孩子们读起来也会觉得很有趣。

那么，我也来给大家推荐几本书，但因时间关系我只做简单的介绍。小时候我非常喜欢《怪医杜利特》系列丛书，是英国作家休·洛夫廷的作品，由井伏鳟二翻译，岩波书店出版。这个系列丛书的故事虽然陈旧，但翻译相当不错，读起来很有味道。最近该系列丛书的新译本也出版了，虽然我还没有读过，但我想阅读和比较各种版本的译文也是不错的一件事。

还有就是伯内特的《秘密花园》，这是一部儿童文学的经典之作。有漂亮的花园，感觉很适合女孩子阅读，但是我小学时候非常喜欢这部作品。岸本女士的随笔中写过这样一句话："不读名作是世上常有的事情，但那是件丢人的、难以启口的事情。"那么《秘密花园》就是这样一部名著，对于有些人来说，会因为没有读过这本书而感到羞愧。说到这里，岸本女士您在随笔中写着您从未阅读过《罪与罚》这部小说，是这样吗？

岸本：嗯，不久前，但也是四五年前的事了。与作家三浦紫苑女士，还有手工艺商会的吉田笃弘、吉田浩美夫妇一起聊天的时候，有人说起"其实我没有读过《罪与罚》"，于是这个人也说没有读过，那个人也说没有读过，结果发现在场的每个人都没有读过。难得没有读过的一群人聚集在一起，于是在头脑中展开幻想，想象小说中的各种情节。我们让一个人当"裁判员"，他随意翻到哪一页便朗读哪一页，这样反复三次。然后，他会突然问："嗯，要杀了谁？"而大家都或多或少地知道要杀了那个老太太。

沼野：是吗？这些就算不读也应该知道吧！

岸本：开了一次讨论会以后，再去读小说，会由衷地感慨："原来是这样啊！"于是再开一次讨论会，有人说这样岂不是可以写一本书了吗？于是，我就写了一本（《不读〈罪与罚〉》，文艺春秋，2015年）。

沼野：很期待啊！

岸本：但是要在大家面前献丑啦！

沼野：请研究陀思妥耶夫斯基的知名专家龟山郁夫先生写一篇评论怎么样？话说回来，《秘密花园》也是一部曾经有一段时间每个人都在读的儿童文学作品，日本的译本是由龙口直太郎（1903—1979）翻译的。有一个有关龙口直太郎先生译书的逸闻趣事。龙口直太郎先生曾是早稻田大学教授、美国文学研究者。他翻译了许多20世纪的美国文学作品，也是日本第一位翻译卡波特名著《蒂凡尼的早餐》的人。《蒂凡尼的早餐》原著出版于1958年，日语译作则是两年后由新潮社出版，可谓极其迅速。那时，日本国内对美国文学的动向还相当敏感。顺便提一下，塞林格的《麦田里的守望者》最初于1951年出版，其译作也很快于第二年问世，译者是桥本福夫，不是野崎孝。野崎孝的翻译后来在日本成为长期畅销书，并拥有巨大的影响力。那时，桥本福夫把书名译成了《危险的年龄》，作者的名字也译成了萨林格。总之，当时就是那样的一个时期。

那么，我们再回到龙口先生的话题。20世纪50年代末，在美国从事研究和留学的日本人还极稀少，但龙口直太郎则是其中的一位。当时，汇率固定在1美元兑360日元的水平，而且严格限制携带外币出入境美国——的确是一个无法想象的年代啊！卡波特的小说出版之时，他正好在纽约。于是，他决定翻译这本备受关注的作品。但有一件事情一直困扰着他，就是小说书名的含义。他知道在纽约第五大道上有一家名叫"蒂凡尼"的奢侈品珠宝店，但是，他不知道那里是否真的能够吃到早餐。刚才我们也谈到"谷歌"等网络平台，现在大部分的东西可以在网上查到。如果您不知道东西长什么样，总是可以通过搜索找到照片。

但是，当时没有这么方便的东西，为搞清真相，龙口先生特意跑到第五大道的蒂凡尼珠宝店，很认真地问那里的店员："这里能够吃到早餐吗?"关于这些内容，他写在了译作的"后记"中。也许在现在的年轻人看来似乎荒唐可笑，但的确这是那个年代译者所面临的巨大问题。所以，龙口先生很认真地跑去确认了!

岸本："谷歌"真是神通广大啊!

沼野："谷歌"不仅支持英语，还支持包括俄语在内的世界主要语言，确实很方便。那么最后，岸本女士，请您再从自己的译作中给大家推荐几部小说。

敬请期待《孩子的世界》

岸本：想推荐的第一部是斯蒂文·米尔豪瑟的《埃德温·穆尔豪斯》，其实刚才我已经提到这部小说。主人公埃德温·穆尔豪斯是一位天才儿童，童年时期便成了作家，写了一部非常优秀的小说。邻家一位和他同龄的孩子，名叫杰弗里·卡特莱特，此人曾与他形影相随，并在之后以传记的形式写下埃德温的短暂人生。杰弗里虽然只是一个十岁的孩子，但文风酷似三岛由纪夫。这部小说对于小学生来说可能有点难懂，初中二年级左右的学生应该能懂。我觉得小时候阅读的东西，并不一定要懂，也许对于孩子来说反而是件好事，所以我把《埃德温·穆尔豪斯》推荐给孩子们。假设我的翻译作品只能留下三本，那么其中之一肯定是《埃德温·穆尔豪斯》。这是一部既有趣而又发人深省的作品。

我想推荐的另一部是《菲尔短暂而恐怖的王朝》（乔治·桑德斯著，角川书店，2012年）。这是一个寓言呢，还是童话故事？我想可能都是吧。内容说的是某一个地方有一个非常小且只有六个人的国家。它的国土只能容纳一个人居住，一个人住在里面的时候，另外五个人只能站在外面等候。小国家的周边有一个很大的国家，故事从大国家侵略、迫害小国家开始。小说写于"9·11"事件之后，很自然让人联想到美国政府发动的伊拉克战争。书名中的菲尔是大国突然崛起以后，像希特勒那样的大独裁者，小说中残酷的虐杀场面让人联想起纳粹德国对犹太人的大屠杀！有趣的是出场主角不是人类。我应该怎么说才好呢。例如有皮带扣上的圆珠子，长着鹿角的字母"J"等等。

沼野：这让我联想到卡夫卡的《家长的忧虑》中出现的线轴那样的奇怪生物"奥德拉德克（Odradek）"！

岸本：最后要推荐的另一部作品尚未出版。因为在名为《文艺》的杂志上连载《孩子的世界》这个系列的翻译作品，我想把它编成一本以孩子为主题的翻译集，大概会在年内出版吧（《孩子的世界》，河出书房新社，2015年）。

小时候我是一个超级爱哭又没用的胆小鬼，每天都过得很辛苦，像我这样的孩子一般都会逃到文字的世界里。但是，大人们写的儿童文学，通常爱哭又没用的胆小鬼到最后或者找到无可替代的好朋友，或者经过历练成为勇敢的孩子，或者牺牲自己帮助朋友，总之每个人都很优秀！所以，越看越绝望，我想我是如此不可救药，难道在幻想的世界里也没有自己的容身之处吗？那种绝望的感觉至今难以忘怀。所以，我尝试着收集那些没有被美化的、自卑的、懦弱的、变态的、特别不幸的孩子的故事。也许难过的时候，伤感的旋律比欢快的音乐更能让人得到心灵的安慰吧！小时候我是读着这些作品长大的，也正是这样的作品给了我勇气，里面的故事都是以此为基准来选择的。不过，对于幼儿园的孩子来说有点太难了。

《孩子的世界》的书名不是用汉字，而是用日语片假名标记的。一般幼儿园发的书都是《儿童读本》《儿童世界》之类的，当时我上的幼儿园是用平假名标记书名《孩子的世界》的呢！那时每月一发的《孩子的世界》，让我获得心灵上的救赎。书本是正方形的，画着画，还有简单的文字，内容包罗万象、丰富多彩。我清楚地记得有这么一幅画，画中一个人提着灯笼，灯笼一直被提到人的眼睛这么高的位置吧。因为是晚上，灯笼上聚集了很多飞蛾以及各种虫子。可是，仔细一看，可不得了！灯笼周围聚集着鲜花、妖精之类的东西。说起来，其实就是幻觉。但我很开心，因为我看到了奇怪的东西，我至今还清楚地记得当时被救赎的感觉。为对那本书的编写者表达敬意，我给我翻译的这本书也命名为《孩子的世界》，并用片假名书写书名。

沼野：我非常期待岸本女士的《孩子的世界》。接下来我也从岸本女士的作品中给大家推荐几本。岸本女士的作品每一部都很精彩，每一部都值得推荐。但要挑选几本合适的儿童读物，老实说还真没有呢。如果不考虑这点来推荐的话，那么我首先从随笔集中推荐一本。岸本女士的每一本随笔集都很有意思，首先给大家推荐的是《我在意的那些》，因为它让我觉得特别新奇，这本随笔集收录在白水U文库作品中。第二本是确定了岸本佐知子作为翻译家的方向性的作品——尼科尔森·贝克的《夹层》。第三本的书名没有在今天的谈话中出现，是我曾经写过书评的《变爱小说集·日本作家篇》（川上弘美、多和田叶子、本谷有希子、村田沙耶香、木下古栗、小池昌代、星野智幸、津岛佑子、吉田知子、深堀骨、安藤桃子、吉田笃弘著，岸本佐知子编，讲谈社，2014年）。这是岸本女士拜托日本的作家们写的怪异恋爱小说集，是日语原创作品。小说集中的序文有这样一句话——"我无法控制想要翻译这本书的冲动。"连看到日语作品都会有翻译的冲动，我觉得非常有趣，真不愧为翻译家啊！

岸本：当您读一本小说发现它有趣时，只是觉得有趣是远远不够的。你会想"沉浸其中"，沼野先生您是不是也这样？

沼野：在《我在意的那些》中，您也提到："一旦遇到有趣的日语小说，就会有一种想把它翻译出来的冲动。"

岸本：因为喜欢，才想"沉浸其中"，这是欲望的最高层次，而这种欲望会成为翻译的行动。所以，碰到非常喜欢的日语作品，就会萌生"想翻译"的念头。

沼野：从某种意义上说，这是与小说互动的最佳方式啊！

那么，下面我们进入问答环节吧！

提问者1：您好！我曾经在《周刊读书人》中发表过关于布德尼茨《漂亮的美国大宝宝》的文章。我的问题是如果翻译古典的话，您会翻译什么作品？

岸本：实际上，总是有人问我是否可以翻译一些古典文学，我自己也是这么想的。但很惭愧，对于古典我很少涉猎，就像我刚才说的那样，我几乎没有读过古典文学作品，俄罗斯文学作品就不用说了，什么文学作品也没读。当然，我想我也可以翻译第一次读到的古典文学作品，我也找了一些，但是翻译古典文学作品，如果没有对作品有相当的理解和热爱是行不通的。而那些读起来有趣的作品早已有了很好的翻译，已经没有必要再花精力去重新翻译了。在我反复迷茫犹豫之际，看到了光文社出版的古典新译系列，那些优秀的古典作品几乎都已经被重新翻译了。所以，我暂时还没有翻译古典文学作品的计划。

沼野：这的确很让人有点遗憾。不好意思，我插一句，我认为外国文学翻译家应该把翻译外国的新锐作品作为自己重要的使命。因此，重新翻译那些已经多次翻译且读者熟悉的作品，在某种意义上也许是翻译家"堕落"的表现。不，"堕落"这个词是我夸大其词，失言了。总之，我有这种感觉。但随着年龄的增长，这种感觉会有所改变，我过了五十岁之后也有了重新翻译契诃夫作品的想法了,也就是说我"堕落"了。岸本女士请您坚守您的信念,不要这么轻易地"堕落"。说到这里,光文社的古典新译文库的负责人可能要生气了,请不要误会,我想说古典新译文库的译者们都是非常优秀的翻译家,绝不是在"堕落"。

提问者2:今天是第一次看到岸本女士讲话的样子。您在讲话时很认真,比在座的所有人都认真,但是您的作品又是如此新奇和有趣,能给我们谈谈这是为什么吗?

沼野:这个问题请岸本女士自己解释也许很困难吧!

岸本:并非我故意挑选一些离奇、不合常理的东西来写,或者来翻译,是我的兴奋点与普通人不一样,这个在刚才也有所提及。

为什么我写的东西会这样呢?刚才我把责任归咎于尼科尔森·贝克了,但是我认为每个人都会有一些古怪的念头。我的第一本随笔出版时,听到很多读者说:"我也有同样的想法呢!"啊?原来大家也都是这么想的啊!我感觉自己不再孤单了。人活在世上多多少少都会产生一些奇怪的想法,只是大多数人为了有精彩和高效的人生,作为大脑的一种机能,会把对现实生活没有意义的无效思考慢慢忘记。

也许是我天生的缺陷吧。我只记得那些无关紧要的事情,却常常忘记重要的事情。经常有人说:"这么久远的事情都记得这么清楚,您的记忆力真不错啊!"但实际上,那些重要事情、重大的事情,我都已经遗忘。比如,运动会、毕业典礼那样具有里程碑意义的大型活动,我都没有记住,但谁没有给我一块口香糖之类的事,我却记得很清楚。

沼野:波兰有一位叫姆罗热克的荒诞派剧作家,他在他的短篇小说中有这样一句格言:"人们总是思考这个或那个事情,但是大多数时候都是在思考那个。"这里的"那个"指的是什么呢?我想大概是那种不合适的或不应该考虑的事情吧。这与岸本女士说的应该记住的事情没有记住的意思是一样的吧!

提问者3:刚才您谈到上幼儿园时候的事情,能给我们详细介绍一下吗?

岸本:是啊!幼儿园的事情,现在一下子记不起来了……等等,记起来了!幼儿园的时候,老师问大家:"长大了想干什么?"大家都说要成为老师、芭蕾舞演员、棒球选手等等,我的回答是想成为一名护士。老师听了开心地问:"护士吗?真了不起啊!为什么要成为一名护士呢?"我回答:"想看怎么做手术。"在场的老师和同学们都露出了惊讶的神色,我这才意识到我的回答很糟糕。但是,我不知道什么场合应该说什么,什么场合不应该说什么,因为自己不会把它规则化,所以别无选择,只能逐条记住。比如,想当护士的时候不能回答"想看怎么做手术"。我就这样一条条死记硬背,现在也是如此。

提问者4:《永远讲不完的故事》也是如此,小男孩拿起书,摸着书本、看着插画,就能够进入完全不同的幻想王国。我想今后以数字媒体为载体的电子书将逐步取代传统的纸质书,那么两位对电子媒体是怎么看的呢?

岸本: 到目前为止,我的所有作品都还没有做成电子书。说来也巧,昨天刚刚有出版社问我是否把汤姆·琼斯的小说做成电子书籍,我还在考虑之中。我是个守旧的"老古董",现在还在用富士通电子打字机写小说。虽然平时我也在电子书阅读器"Kindle"读小说,但总觉得电子书难以成为自己的东西呢!我认为阅读还是纸质书籍比较好。说出来,也许会被那些读书爱好者责难,我习惯在看到重要的地方折起书页,或者贴上便笺,或者密密麻麻写满一页。不过,我听说"Kindle"也有这个功能可供使用。

沼野: "Kindle"有这个功能,但是很麻烦!因为那不是自己的手去触碰过的感觉。

岸本: 就我个人而言,阅读也好,翻译也好,还是习惯使用纸质书。翻译时我会在行与行的空隙处密密麻麻写上译文,如果不这样就没有翻译的感觉。曾经有一次在"Kindle"上翻译一部短篇小说,但怎么也用不习惯,最终只能用复印机复印"Kindle"屏幕页面了。我到底在干什么啊!自己都觉得很好笑。

电子书便于收藏,哪怕一百本书都能装下,这一点很好。纸质书的话,即使不看内容,也能看到书脊,这个很重要。书架上整整齐齐排列的书脊像是索引，像打开通往另一个世界的窗户。每次看到它们，就会自然而然地想"什么时候读一下这本书吧""啊！这本书原来在这里"。当然，在"Kindle"中的"图书馆"栏目中也能找到图书的目录，但总觉得有些不同。所以，现在我还是属于支持纸质派，至于以后会怎么样，我也不知道。

沼野：我想特别是对孩子而言，儿童读物如果不是纸质书就无法让他们享受到读书的乐趣。但是，我是大学教师，同时也是一名研究人员。搞研究时，研究所需的资料数字化之后，可以立即下载，而且能随时检索所需资料。现在的研究人员如果无法做到这一点就无法生存。所以，纸质资料和数字资料都很重要，只是它们所起的作用不同罢了。

我比岸本女士年长许多，纸质媒介于我来说当然更加方便。同样，在日本作家中，至今还不会使用个人电脑且原稿都用手写的人还大有人在，特别是在年长的一代中。相反，也有像安部公房那样的作家，晚年的写作全部转移到了电子打字机上，这是我们学习的榜样。我想使用新媒介写东西的作家人数将会继续增加吧。

岸本：我希望今后的世界不仅仅只有数字媒介，纸质媒介也不会消亡，就像唱片一样，同时存在。

沼野：还有人在听唱片吗？

岸本：没有吗？可是商店里还在卖唱片机的唱针呢。

沼野：村上春树的《没有色彩的多崎作和他的巡礼之年》(文艺春秋，2013年，后文春文库) 中有一个特意播放唱片来听弗朗茨·李斯特的音乐的场景。那位可是一个相当的唱片狂热爱好者，对普通人来说有点……村上所属的那一代人还用唱片，可现在市场上甚至连音乐光碟都卖不出去了，因为大家都在网上下载了。

时间过得真快啊！已经超过预定时间了。那么，今天的谈话就到这里！谢谢各位聆听！

2015年2月28日，东京新宿，安与厅

第五章
外国人眼中的日本现代文学

——迈克尔·埃默里奇与沼野充义的对谈

文学与翻译的世界性

番外篇——现代日本文学讲义

迈克尔·埃默里奇

1975年出生于美国纽约州。普林斯顿大学毕业后留学日本，获得立命馆大学日本文学硕士学位，后获得普林斯顿大学博士学位，任加利福尼亚大学洛杉矶分校东方语言文学系高级副教授。翻译了川端康成、吉本芭娜娜、高桥源一郎等许多日本现代文学名家的作品。译作《真鹤》（川上弘美著）获2010年日美友好基金日本文学翻译奖。2014年担任第25届早稻田文学新人奖评委。主要译作有《富士山的初雪》（川端康成）、《白河夜船》《鸫》（吉本芭娜娜）、《再见吧，暴徒们》（高桥源一郎）、《大脚趾P的学徒生涯》（松浦理英子）等。著书有《用日语阅读"虚构小说"》。

始于《源氏物语》

沼野： 今天很荣幸邀请到了迈克尔·埃默里奇作为本期对话节目的嘉宾。

埃默里奇作为一名研究《源氏物语》的年轻日本文学专家，同时也作为日本文学翻译家活跃在翻译舞台上。他的研究涉及最前沿的日本文学，已经超越了前一辈传统学院派的日本文学研究者。他翻译了吉本芭娜娜的《鸫》《白河夜船》，松浦理英子的《大脚趾 P 的学徒生涯》，高桥源一郎的《再见吧，暴徒们》。近年来翻译了川上弘美的《真鹤》和古川日出男的《贝尔卡，咆哮吧!》。他对《源氏物语》的研究不同于以往只局限古代文献史料文本的实证研究，把《源氏物语》的现代日语翻译也纳入他的研究视野，并用英语撰写了《源氏物语》在现代日语中被接受和继承的历史的相关论文（Michael Emmerich, *The Tale of Genji: Translation, Canonization, and World Literature*. Columbia University Press, 2013）。

迈克尔·埃默里奇先生还参加了柴田元幸先生在东京大学举办的"多领域交流专题研讨会"，并以当时的系列讲座为基础撰写了《文字之都——世界文学·文化的现在 10 讲》（东京大学出版会，2007 年）。题目"文字之都"摘自埃默里奇先生关于日本现代文学的随笔。就在一周前，由柴田元幸先生策划，在东大集英社举办了"2015 年的源氏物语"的研讨会，埃默里奇先生和角田光代女士、东大文学部的藤原克己先生也参加了专题讨论。

开始的介绍有点长,下面请埃默里奇先生本人多说几句吧。埃默里奇先生的日本文学研究的核心一开始就是《源氏物语》吗?

埃默里奇:没错。很早以前就渴望阅读《源氏物语》了。

沼野:那是什么时候?

埃默里奇:最初是什么时候开始的已经记不起来了。我上大学的时候就渴望学习日本文学,但由于不会日语,就进了英美文学部。虽然在大学上的是英美文学课,却一直渴望学习日本文学。我当时就读的大学是普林斯顿大学,日本文学课不多,而且只有一位老师。老师的名字叫理查德·希迪基·奥格达,他既教日本古代文学也教现代文学。

那时,我参加了这位老师的"日本女性文学"课程,记得刚好是感恩节,老师布置了一个作业,在感恩节前后两星期读完《源氏物语》的英文译本。规定阅读的是赛登施蒂克的《源氏物语》英文译本,但我对亚瑟·威利的《源氏物语》英文译本更感兴趣,于是问老师:"我也不是对赛登施蒂克没有兴趣,如果可以的话,我想读威利的《源氏物语》英文译本。"老师当着大家面回答:"是吗?也不是不可以吧!"于是,另一位中国学生也举手问:"我可以读中文版的《源氏物语》吗?"老师没有说不能读中文版的《源氏物语》，只是说："嗯，可以吧！"但他似乎有点担心。

从这个意义上来说，奥格达先生做事随意，不算严苛。虽然规定阅读赛登施蒂克的《源氏物语》英文译本，但也没有过分严格要求。况且，同样是赛登施蒂克的英文译本，有塔特尔版和克诺夫版。另外，也有分成上下册的，页数也不尽相同的版本。例如，第十七回《赛画》的起始页都各不相同。

还有，亚瑟·威利和赛登施蒂克的英文译本的出场人物名字也不同，更夸张的是亚瑟·威利的英文译本竟然没有《铃虫》这一回。总之，算不上是一部完整的《源氏物语》译本。这样一来，每个人阅读的内容都各不相同，连出场人物的名字也不同。比如，一个人说书中的"某个人物做了什么，感到很震惊"。于是，另外一个人会问："谁？谁？究竟是谁啊？"简直像是喜剧表演。

沼野：一开始就直奔《源氏物语》的翻译问题了，已经可说是在谈世界文学了。

埃默里奇：是啊！因此，在课堂上要搞明白做报告的同学在讲哪一回哪一段话就需要很长时间，根本无法进行讨论。但我也因此阅读了亚瑟·威利的《源氏物语》英文译本，并为之感到震撼。也就是从那时起，我想研究《源氏物语》了。

沼野：还是本科生的时候吗？

埃默里奇：是的，普林斯顿大学毕业以后，我如愿以偿进入了立命馆大学研究《源氏物语》，但是，当时立命馆大学硕士课程中只有我一个外国留学生。大家可能不知道，当时我没有学过日语古文，甚至连日语的草体字、变体假名都不知道。在这种状态下研读《源氏物语》，我第一次上课的情况，大家可想而知。于是，我有点胆怯，就想干脆放弃日本文学去搞英美文学吧。但是，最终还是没有放弃。

沼野：那时您对现代日本文学和翻译同时产生了兴趣吗？

埃默里奇：是啊！第一次翻译的是川端康成的短篇集《富士山的初雪》，那时还在普林斯顿大学。当时作为毕业设计有"创意写作项目"的翻译实践，我以这个形式在作家乔伊斯·卡罗尔·奥茨的指导下翻译了《富士山的初雪》。就这样，对日本现代文学也产生了兴趣。

沼野：您说现代，其实也就是川端吧。

埃默里奇：嗯，不过当时……

沼野：……当时川端是最尖端的吗？

埃默里奇：难道不是吗？

在英美文学圈真正意识到村上春树的短篇小说集《象的失

踪》在美国的出版是1993年。而1993年正是我进入大学的那一年，普林斯顿大学开学晚，一般在9月末才开始上课。那时我已经开始学习日语，那年的12月15日我收到了父母送给我的礼物——《象的失踪》。也就是从那个时候开始村上春树才被大家关注，而当时有相当多的人还在读川端、谷崎以及三岛的作品。

沼野：《象的失踪》的译者是谁？村上春树作品的译者应该不止一个。

埃默里奇：是杰伊·鲁宾和阿尔弗雷德·伯恩鲍姆共同翻译的。

沼野：埃默里奇先生翻译的现代日本文学作品，怎么说呢，虽然不能说以村上的后现代主义作品为中心，但可以说以后现代主义主流作品为中心吧！当然川端康成的是个例外。

埃默里奇：这样的作品可以说"现在"正在翻译，也可以说"过去"曾经翻译过。

沼野：已经是过去式了吗？

埃默里奇：不是，没有成为过去式。最新的是井上靖的三部小说。

沼野：啊！是什么小说？

埃默里奇:《斗牛》《猎枪》,还有一部是《一个冒名画家的生涯》。《一个冒名画家的生涯》这部小说集中还有《芦苇》《古道尔先生的手套》两篇小说。

沼野:是 JLPP① 的项目吗?

埃默里奇:不是,是英国普希金出版社的项目。另外,接下来我打算再翻译两部川端康成的小说,可能是我一时心血来潮吧,我想再翻译一些近代日本文学作品。

沼野:这是否意味着您的兴趣发生了变化?

埃默里奇:说不上是兴趣爱好的变化。

沼野:作为一名大学教师,有没有想过要多放一点精力在授课上?

埃默里奇:嗯,相比之下,我更喜欢翻译。说到翻译,有各种各样的翻译,对于我来说体验各类翻译是一种乐趣。至今我翻译的东西都是现代文学作品,我想偶尔也尝试一下古典文学作品和近代文学作品。另外,与文学无关的商务、美术或者菜单之类的翻

---

① JLPP(Japanese Literature Publishing Project),指 2001 年日本文化厅为促进日本优秀文学作品的海外传播以及普及而出台的日本文学出版计划。

译工作也很有趣。

沼野：您也做这样的翻译吗？是兼职赚钱吗？

埃默里奇：商务翻译能赚一些钱，但对于我来说是一种新的体验，很开心呢！虽说商务翻译，也只是文案之类的翻译，把日语的宣传材料翻译成英语。广告文的翻译近似于诗歌翻译，从某种意义上来说，我感觉它是翻译的最深层面，翻译的精髓，或者说是翻译的核心。

沼野：现在还在做这样的翻译吗？

埃默里奇：是的，偶尔在做。

沼野：在日本，大型广告公司制作广告宣传商品，如果商品大受欢迎的话，会赚到巨额的广告制作费，这比文学翻译更赚钱吧！

埃默里奇：是的，的确如此！

沼野：翻译松浦理英子、川端康成等作家的纯文学作品是赚不了多少钱的。

埃默里奇：是啊！那根本赚不了钱，相反得补贴进去。

沼野：每个行业都一样啊！出书要费用，书出版了要送给朋友，书一本一本出版，钱也一点一点少下去了。

《源氏物语》——超越时间的世界文学

沼野：关于现代文学我们留到后面再谈，我想先接着《源氏物语》的话题继续谈下去。

《源氏物语》是一部有相当难度的文学作品，读原文的日本人也寥寥无几吧。即使读了，但由于原文很难理解，像我这样实际上是在完全不懂的情况下阅读的。那么，这样也算是真正的阅读吗？说起来有点微妙啊！对于日本人来说，古典文学虽然古老且难懂，但毕竟是日语，虽然读不懂，但可以从语音语调中感受其意。不认识手写稿的草书文字，看铅字印刷品，参照现代文翻译多少也能理解。总之，日语还是日语。那么，我们应该把现代日语视为千年前的日语的延续，还是把《源氏物语》中的日语视为外语那样的存在？对此您是怎么看的？

提起世界文学，一般认为不仅有日语和英语之类的语言差异，还有欧洲、美洲、亚洲、非洲那样地理空间上的差异。这些广阔的地理空间中同时存在的文学总体就是世界文学。如果说千年之前的文学和现代的文学同时存在的话——而千年以前的《源氏物语》现在确实存在——那么可以说世界文学也存在于漫长的时间中。也就是说世界文学既存在于空间维度中，也存在于时间维度中。

埃默里奇：沼野先生刚才所说的这些非常重要。

我刚进入立命馆大学时,看不懂日语的古文,甚至不知道有变体假名和草书文字的存在。因为学的是《源氏物语》,第一次的讲课内容是《十帖源氏》,那是江户时代的《源氏物语》的简编本。那时也没有翻刻本①,只能用草书文字、变体假名阅读,我想现在的大学课堂也是如此吧!讲义结束后,老师布置作业说:"下周请田中君和某人一起做报告""下下周请埃默里奇和某人一起做报告"。然后给我们一叠复印的资料,要求在两周之内完成报告内容。可是我不懂古文,连草书文字、变体假名都没有见过,一下子陷入了恐慌和焦虑之中。唉!既然必须得做,也只能硬着头皮做了。

沼野:真是天才啊!两周就学会了。

埃默里奇:有一本预科学生使用的教材,里面有语法表格,我就用这个学习语法。在草书文字边上标注着变体假名,感觉只要记住变体假名,就可以勉强应付。于是,买来变体假名的词典,复印之后剪下那些常用的假名,制作字母卡片。这种方式现在已经不太有人做了。然后双手拿着一大叠字母卡片学习,像美国西部片电影里面的场景一样。

沼野:一只手握一把手枪那样的!

---

① 翻印,指抄本、刻本等按照原典编成铅字重新出版。

埃默里奇：非常辛苦。总之，我很努力地去做了，两个星期记住了变体假名，就去上课了。然后，到了课堂上才发现我周围有许多学生是学近代文学的，事实上是所有人都不会读草书文字和变体假名。早知道这样，我再多花点时间肯定会学得更好，那时有些懊恼……

然后，当我能够阅读变体假名时，我发现用变体假名书写的东西与铅字印刷的东西有很大的不同。也就是说，铅字印刷文字、手写文字，还有木刻版印刷的文字有着天壤之别，这是我当时的印象。

因此，即使您阅读的是现代印刷的古文《源氏物语》，我想那也是翻译的一种了。那是一种为了方便自己理解的阅读形式，与阅读原文还是稍有不同的。就《源氏物语》来说，现代印刷的《源氏物语》是否可以称之为原文或者原作，这很难说。总之，当时紫式部周围那些贵族阅读的东西和现在我们阅读的铅字印刷物是完全不同的。我想如果那时的贵族看到我们现在阅读的铅字印刷物也许会说："太丑了！真是岂有此理！"

因此，首先我认为文学作品"书写"的形式，也就是变体假名、草书文字的世界与现代印刷品的世界完全不能一概而论，不能轻易地认为铅字印刷的东西就是原文。

沼野：在某种意义上来说，这就像跨媒介翻译吧。但是，现代日本人认为他们读的就是原文。

埃默里奇：这么说来，从一开始就是一个大错误。

沼野：刚才我在问千年前的日语和现代日语是不是同一种语言这个问题的时候，我想到的不是原文和书写的问题，而是语法的问题。现在大部分日本人阅读古文时觉得大致意思是可以理解的，但是对于语法的理解并不正确。丸谷才一那样人文修养很高的人，也许能把古语中的所有语法理解得很透彻。可是，我等才薄学浅之人阅读古文，碰到难懂之处，只能凭借日语的发音感觉文中之意了。因此，有时会想这也算得上是真正意义上的阅读吗？

埃默里奇：许多专家阅读时，会对某个词语的意思进行议论。而不知道一般读者阅读时，往往只会简单推测这个词语的大概意思，而实际上这个词到底是什么意思才是个大问题。从书、文字层面上来看，《源氏物语》属于和现今世界完全不同的一个世界。不仅如此，无论是语法还是行文都与现代作品相去甚远。另外，从文化的角度来看，它属于贵族文学，属于我们无法接近的那个世界。因此，从这个意义上来讲，我想还是把它视为完全不同的东西为好吧。

沼野：毕竟，它有着千年的历史呢！这也是值得我们引以自豪的事情。也许在这一点上，美国是无法与我们相提并论的。但是，由于历史久远，当然以前很多事情连日本人自己也无法理解，而且很多东西也许已被遗忘了。就《源氏物语》来看，仅注释本就不计其数，而且明治末期以后的现代文译本的数量也相当可观。这么说来，实际上不仅仅是千年前的原文，在历史的长河中，它被一次又一次地接受、读解、评价与再评价，所有的这些也许都可以视为《源氏物语》这部作品的一部分。而埃默里奇先生您不仅研究《源氏物语》的接受和翻译变迁的历史，还著书探讨《源氏物语》现代文翻译问题。那么，也许可以认为《源氏物语》并不是作为某一个"点"的单独存在，而本身就是一幅悠长的"历史画卷"呢。

对于《源氏物语》，我完全是个门外汉，也很少读它的研究文章，我想也没有必要因此而感到羞愧吧。我读过本居宣长的《源氏物语玉小栉》，但只是挑着读了些，至于《湖月抄》①则根本没有翻阅。《湖月抄》是原文的注释本，比本居宣长的《源氏物语玉小栉》还要早吗？

埃默里奇：因为《湖月抄》是注释本，所以全部原文都在。我第一次接触到的《源氏物语》原文就是通过读1673年出版的《湖月抄》，花了整整两年时间才把它读完。

沼野：也就是说，《湖月抄》是在《源氏物语》原文上加注解的文本，所以阅读《湖月抄》就意味着阅读整部《源氏物语》。说起来，也有要读《源氏物语》只需读《湖月抄》这样的时代吧？

埃默里奇：的确如此！

---

① 《湖月抄》，《源氏物语》注释书，北村季吟著，日本延宝元年（1673年）出版。

沼野：历经千年，现代日本人已经无法看懂《源氏物语》了，或者说在没有注释的情况下已经无法阅读原著了。于是，明治时期以后，与谢野晶子、谷崎润一郎、圆地文子、濑户内寂听等多位作家开始着手《源氏物语》的现代文翻译工作。那么，如今到底有多少部《源氏物语》的现代文译本了呢？已经很难估算了吧？

埃默里奇：明治时期以后的就有 90 种以上了！

沼野：有这么多吗？

埃默里奇：全译本、摘译本全部加起来有 90 种以上。

沼野：光是有名作家翻译的、有较高知名度的也有 10 种以上吧！我们往往把两种不同语言之间的翻译和同一种语言内的翻译视为不同的东西。那么，从刚才我们探讨的情况来看，在翻译这一点上可以说是一样的吗？

埃默里奇：我认为是一样的。但是圆地文子等一些作家认为："古文不可能翻译成现代文。普通的翻译是可能的，但是古文翻译成现代文是不可能的。"但我不这么认为，就我个人的感觉来说，最好还是把同一语言内的翻译与两种不同语言之间的翻译视为同一个概念的东西为好。

沼野：今天我还想听听您对《源氏物语》英语翻译的看法。亚瑟·威利翻译的《源氏物语》英语表达很地道，但就翻译来说，罗耶尔·泰勒①给读者呈现了与威利风格迥异的《源氏物语》英语译本。就原文的学术正确性来讲，现在可以说已经进入了与威利所处的时代完全不同的崭新时代。

埃默里奇：威利的翻译出版于1926年至1933年之间，从加注的情况来看，当时威利在翻译《源氏物语》时，参考的资料并不多。那么，他以什么为依据进行翻译的呢？对于这个问题最近已有研究可以证明。总之，威利在翻译《源氏物语》时，并没有参考很多的资料。因此，这与泰勒、赛登施蒂克的英译本完全不同。但是，我把威利的译文与原著做了对比，却意外发现译文非常忠实于原著。仔细阅读就会发现译者在翻译时非常注意语言的锤炼，字斟句酌、力求精准，这和我想象中的完全不同。有时原文字句在的位置，而英语的译文字句或许就在对应的位置了，一开始我并没有注意，但是仔细阅读以后就能发现。当然，原文和译文的顺序也会有所改变，形式也会发生变化。总之，具有很强的独创性，但从结果来看，他的译文与原文非常接近。

---

① 罗耶尔·泰勒（1936— ），出生于英国的美籍日本文学家、翻译家。在就读哈佛大学期间习得日语，获哥伦比亚大学博士学位，师从唐纳德·基恩。继亚瑟·威利、爱德华·赛登施蒂克之后，于2001年完成《源氏物语》英译，是第三种《源氏物语》英译本（第二种《源氏物语》的全译本），由哥伦比亚大学出版社出版。

沼野： 威利的确是个天才。说起来，那个时代把日语和中文的古典作品读到了这种程度本身就使人敬佩。但是，大概威利对现实中实际使用的日语并不了解。有一种说法，说他完全不会说日语，也从未与人讲过日语。

埃默里奇： 亚瑟·威利从未到过日本。据说川端康成因为参加"国际笔会"的项目去伦敦的时候，晚餐会上他们相邻而坐，当时他们用笔谈的形式进行了交流。

沼野： 威利也翻译中国诗歌，但在翻译《源氏物语》时，对于作品中出现的诗歌翻译得不多吧。

埃默里奇： 翻译了一些，但大部分选择了删掉。

沼野： 从学术意义上来讲，文学水平有其时代性差异，以后辈同样的评价标准对威利进行评论也没有意义。从另一个角度来看，他也不失为一位在翻译之路上做出过杰出贡献的先驱者。毕竟，那个时代的日本在欧美人看来是个遥远的异域之地，有些东西在他们看来是不可理解的。因此，威利作为一个有教养的英国文学翻译家，创作了一部能被有教养的读者所接受的作品。这是我的理解。

换句话说，在谈到他的翻译作品是忠于原著，还是对读者友好这个问题时，也许对读者友好的这一说法并不恰当。但是比起对原文的忠实性，他更倾向于将其作为英语作品来创作。这只是我个人的拙见,埃默里奇先生您是怎么看的?

文部科学省不了解世界语言现状

埃默里奇:也许可以这么理解,但是我认为这是一个相当难的问题。作为实际问题,就像刚才提及的那样,我在大学第一次接触《源氏物语》的时候,读的是亚瑟·威利的翻译。但是,如果让现在的大学生读亚瑟·威利翻译的《源氏物语》,他们大概是读不懂的。首先,对英语感觉发生了很大变化。其次,像在我工作的加州大学洛杉矶分校,英语为母语的学生大概只有半数,我想能读懂亚瑟·威利的译文的学生不会很多吧。

沼野:变化这么大吗?

埃默里奇:嗯,变化很大。1993年和1994年我在普林斯顿大学学习时的环境和现在我在加州大学洛杉矶分校教授日本文学的环境完全不同。因此,在我的课上,如果想把亚瑟·威利的翻译作品作为教材是完全不可能的。

沼野:下面,我想问一下我的专业——关于俄罗斯文学——的英译问题。20世纪初英国有一位名为康斯坦斯·加内特的俄罗斯文学翻译家,她像超人一样翻译了许多俄罗斯文学著作,其数量之多,常人难以企及!虽然译作水平算不上是最高的,但在保证数量的同时,也能保证一定的质量,她的能力非同凡响。但是,也有人说她的英语已经过时了,有维多利亚时代英语的痕迹,是古老的英语。纳博科夫说她的翻译太"过分"了,按约瑟夫·布罗茨基的话来说,英语文学圈的读者都在骂加内特,他们把英语文学圈分不清陀思妥耶夫斯基和托尔斯泰的原因都归咎于加内特差劲的英语翻译上。埃默里奇先生读过加内特的翻译吗?

埃默里奇:大学时代读过她翻译的《契诃夫全集》,一共十册。

沼野:您也认为她的英语很古老吗?

埃默里奇:嗯,是古老的英语,但没有威利的那么难懂。

沼野:在网上,加内特翻译的作家作品全集的精装礼品套装十分畅销。但是也有人批评她,说她把陀思妥耶夫斯基原著中那些畸形和扭曲的东西翻译得太过流畅,以至于失去了陀氏原著的风格。最近,由皮果瓦和果洛霍斯基联合翻译的新译本已经出版,两位译者其实是一对夫妇,妻子果洛霍斯基是俄罗斯人,感觉他们的翻译更接近原文。按照韦努蒂①的归化异化理论来说,他们采用的是异化翻译法。我认为亚瑟·威利的翻译更接近于归化翻译,或者说更接近于有修养的英国人的文化价值观。

---

① 劳伦斯·韦努蒂(Lawrence Venuti),坦普尔大学教授。在著作《译者的隐形——翻译史论》(*The Translator's Invisibility:A History of Translation*)中提出了翻译的归化(domestication)、异化(foreignization)理论。在欧美,采用哪种翻译理论因地区的不同而不同。传统上,英美文学界重视翻译的自然性,因此采用归化理论是主流。以民族主义为中心且多产浪漫主义流派的德国与法国文学界则倾向于异化理论。

埃默里奇：要判断这一点的确很难，就现在来看，要判断亚瑟·威利的英语到底是怎样的英语已经越来越困难。为准确了解当时的情况，我认为有必要进行一定的研究。

《源氏物语》中的人物是不可能坐在椅子上的，但是译著中出现了椅子，不得不说这是归化翻译。原本在日本文学很少被介绍到外国的时代，代表日本古典文学高峰的《源氏物语》丝毫不逊于欧美文学作品，搞不好还算是世界名著了——这种态度进行的翻译是归化翻译吗？我认为有必要对此重新思考。从某种意义上来说，也许它确实属于归化翻译。但是，我也发现亚瑟·威利的译文中有很多会让欧美人的世界观产生动摇的东西。

韦努蒂认为，异化与归化未必在正负两极的二元中对立，为了达到异化必须使用归化。如此说来翻译只能采用归化方法，也许存在着应该归化到什么程度，或者说能够异化到哪里的问题，但归根结底，完全没有归化的翻译是不可能的。

沼野：的确如此！本来翻译的定义中就包含了归化的含义，把一种语言信息转变成另一种语言信息的行为本身就是一种归化。

埃默里奇：所以，亚瑟·威利的翻译到底归化到什么程度，或者异化到什么程度，还是很难判断啊！

沼野：我理解您的意思，这一点很微妙，也很重要。我认识许多俄罗斯和东欧的日本文学研究者，在与他们的交流中，我深切地感受到威利是个大天才，但由于所处时代的限制，他根本无法接触原生态的日语,也没有机会讲日语。另一方面,虽然现在像埃默里奇先生这样日语比我说得好的日本文学研究者不是很普遍,但也不少。在不到一个世纪的时间里发生了如此大的变化,怎么样,是不是很令人惊讶?

埃默里奇: 嗯。前几天与一个哥伦比亚大学的学弟聊天的时候,谈到一件事情,让我很吃惊。就是如果现在学习日本文学的话,只懂日语已经不行了,这已经成为一种普遍的共识。说起来,现在的加州大学洛杉矶分校也一样。在我攻读博士学位期间有一个不成文的规定,就是学习日本文学就必须学习古代汉语和现代汉语,虽然这样的要求在某种程度上可以理解,但说实话是很难做到的。可是现在,比如,我的学弟学妹,或者加州大学洛杉矶分校的研究生中有很多人是中国人,他们不仅日语讲得好,而且经常去韩国,韩语也讲得不赖。那么,当他们毕业时,汉语作为母语自然很好,日语从一开始就会,而且韩语也相当好。这种情况在我读研究生的时候是不可能的,即使有的话也是凤毛麟角,而现在已经非常普遍了。

沼野: 的确如此!哈佛大学比较文学系的卡伦·桑巴教授运用中日韩三国的知识开展东亚文学研究。在东京大学,也有许多年轻的日本学者精通多国语言。《杂草之梦》(世织书房,2012年)的作者丹妮契·加布拉科娃不仅精通保加利亚语、俄语、日语,现在在中国香港用英语和汉语讲授日本文学。

过去,普遍认为搞日本文学只要会日语,搞法国文学只要学法语就行了。但是，令人惊讶的是在人文领域，这种多语言能力已经变得司空见惯。另一方面，纵观世界形势，英语作为事实上的世界通用语的趋势越来越强，学好英语可以走遍世界的全球化时代已经来临。也就是说，在日本的大学，越来越多的人认为只要有英语一种语言的单语能力就行了，我认为这样的世界趋势与人文学科重视多语言能力的趋势之间存在着尖锐的冲突。

埃默里奇：同时，这个"世界"也是根据具体情况而有所不同，那么美国会怎样呢？我现在住在洛杉矶，在这里在家说英语的只有42%，英语已经是少数派了！

沼野：还是西班牙语系的人多吗？

埃默里奇：西班牙语也是42%，与英语一样，剩下的是其他国家的语言。再过一段时间，说英语的人就比说西班牙语的人少了。虽然并不是说整个美国都是这样，但是如果大城市的话，说英语的人的比率基本差不多。也就是说，实际上英语正在成为一种普通的语言。

沼野：但是，日本文部科学省的官员们认为日本人不学英语是不行的，他们命令在大学增加英语课程的比例。结果，本来就不会说多少英语的老师们不得不用英语上课，让人惊讶不已，真是莫名其妙。

　　关于语言的话题暂时先放一放，再回到《源氏物语》翻译的话题吧！我想再问一个有关现代文翻译的问题。《源氏物语》是千年以前的古典文学，用原文进行阅读极其困难。所以对于现代的日本人来说，现代文翻译是有实际意义的，那么英语的情况又是如何呢？比如，英国最古老的史诗《贝奥武甫》是八九世纪的作品，原文用与现代英语相差甚远的古英语书写，所以英语为母语的读者如果不好好学习也很难读懂吧。从英语史的角度来看，莎士比亚的英语是现代英语的开端，但也有400多年的历史了。那么，对于以英语为母语的读者来说，莎士比亚的现代英语翻译不是也很有必要吗？

埃默里奇：这取决于您如何定义现代文翻译。比如，有一些书有很多注释，那么这些注释也就是现代文翻译。把莎士比亚的作品全部翻译成现代英语不是没有，但的确不多。但是我认为如果注上大量的注释，也是一种现代文翻译吧！

沼野：您说得有道理。的确，注释也是翻译的一种形式。另外，对于现在日本国内的古典文学现代文翻译的趋势您是怎么看的？最近，小说家角田光代女士将重新翻译《源氏物语》(《池泽夏树　个人编辑　日本文学全集》第四卷至第六卷，河出书房新社)，听说上周在东京大学举行的"2015年的源氏物语"研讨会上她也提到了这个话题，角田女士是怎么说的？

埃默里奇：似乎还没有太大的进展。

沼野：《源氏物语》全译是一个很大的工程，那么有人气的一个大作家在时间方面没有周详的计划可能不行，还真有点担心呢。

埃默里奇：好像还没有开始。我想上周参加会议的各位都清楚，角田女士本人对《源氏物语》的翻译并没有多大兴趣，但因为是她的崇拜者池泽夏树先生的委托，盛情难却只能答应了。

沼野：她是这么说的吗？盛情难却只能接受，有这个必要吗？这么大的工程！

埃默里奇：很了不起！我很佩服她的胆量和气魄！换作其他人可能做不到。

沼野：这也许是我们日本人的做事风格吧。别人让我做我就做，写小说也是如此。说起来，在日本，许多作家写小说是因为有约稿才写，而欧美或者俄罗斯的一流作家通常不会接受小说约稿。特别是俄罗斯作家，他们认为被约稿写作的作家不是真正的文学家。埃默里奇先生，您会接受约稿吗？如果有人请您翻译《源氏物语》，您有信心超越罗耶尔·泰勒吗？

埃默里奇：超越罗耶尔·泰勒可不是那么简单啊！其实马上就有《源氏物语》的新译本要出版了，译者是丹尼斯·沃什本（丹尼斯·沃什本的新译本于 2015 年 7 月，即此对话活动正在进行的时候，由美国 W. W. 诺顿出版社出版）。

沼野：这部新译作品的卖点是什么？有什么创新吗？

埃默里奇：我还没有仔细阅读，据说和罗耶尔·泰勒的翻译有许多不同的地方。比如，小说人物的所谓的"思考"部分用斜体字表示，好像一般情况下，都是在正文中加入注释来表示。

沼野：唉……是吗？那埃默里奇先生您的翻译译本要在他之后了吧。

不相信"文学进步"的男人

沼野：下面我们来谈谈现代文学作品。刚才也提到过，埃默里奇先生在研究《源氏物语》的同时，也翻译了很多现代作家的作品。在这方面，我和埃默里奇先生之间确实存在一些共同点，因为我也从事现代日本文学的俄语翻译工作。当然，就我而言，我不是自己翻译俄语版，而是参与现代日本文学俄语翻译的出版策划，现代日本文学集俄语版的编辑工作，另外还写一些序言和评论。最近我担任了加贺乙彦先生的长篇小说——《宣告》（吉彼里昂出版社，2014年）的俄语译本的出版协调工作，那是一部厚厚大作！

我手上拿的这本是由日本国际交流基金会赞助，俄罗斯伊诺斯特兰出版社出版，我参与编辑的现代日本短篇小说集（《突变理论——现代日本小说》，伊诺斯特兰出版社，2003年）。

在俄国，人人都知道村上春树，但其他的日本作家却鲜为人知。为填补空白，我参与编辑了这本日本短篇小说集。小说集中收录了奥泉光、江国香织、岛田雅彦、保坂和志、河野多惠子、玄侑宗久、川上弘美、石黑达昌、山田咏美等作家的作品。实际上，在此之前的2001年，已有两部小说集在俄罗斯出版。两部小说集分别收录了1980年以后具有代表性的日本12位男性和12位女性作家的作品，题目是《他》和《她》。这次出版的小说集是我与翻译过三岛由纪夫小说的日本文学专家、俄罗斯人气作家阿库宁共同编辑的。小说集出版时，在莫斯科举行了一次新闻发布会，在会上我做了演讲。演讲结束以后，一位俄罗斯的记者突然出来刁难我。怎么说呢，也许这种情况在欧洲是很普遍吧。但在日本，这种场合一般人都会说一些恭维或者祝贺之类的话，可是这位俄罗斯的文艺媒体记者突然提出了很尖锐的问题。

这位记者首先说："我读了这次出版的日本文学选集，里面有吉本芭娜娜的《厨房》，但是完全不知道它有什么有趣的地方！"也许也有翻译的问题，从俄罗斯人的文学品位来看，《厨房》确实是一部让人难以理解的作品。这位记者紧接着毫不客气地问："《源氏物语》是一部古典文学名著，日本文学跨越千年时间从《源氏物语》到现在吉本芭娜娜的小说，这样的日本文学可以说在进步吗？既然您是日本新文学的推广者，那么您认为吉本芭娜娜的小说比《源氏物语》好吗？"

这是一个意料之外的问题，而且是用俄语提的问题，一瞬间我竟不知所措，有点语无伦次。但最后，我还是把脑海中浮现的想法用俄语简单做了说明，我说："不，我认为问题不是这样的，您提的问题本身就很奇怪。简而言之，就是每个时代都有每个时代不同的文学，拿不同时代的文学来比较是没有意义的。"

但是，这样的解释确实略显牵强，不知道普通读者是否能够接受。专家的话另当别论，普通的俄国读者或者美国读者阅读日本文学时，眼前既有《源氏物语》，也有吉本芭娜娜的《厨房》，所以可以比较和选择。本来一般的读者就没有义务按照时间顺序系统阅读从古到今的作品，先读千年以前的小说，再读五百年以前的小说，只要觉得有趣，什么都可以同时阅读。那么，通过比较而选择小说也是正常的吧。"我认为没有必要考虑文学是不是进步的"这一回答也是模棱两可，但是，好歹应付过去了。事实上，至今我仍然不知该如何回答这个问题。

不久，我说的话几乎原封不动地被刊登在俄罗斯报纸的文化专栏里，题目是《沼野充义——不相信进步的男人》，同时还附有照片，事情搞得很大。

埃默里奇："不相信进步的男人"，很酷嘛！可以把它印在名片上。

听了您的故事，我在想如果碰到那些相信"文学进步"的人，我最好是赶紧逃走。如果我被问同样的问题的话……幸亏我不会俄语，因此也不理解问题的意思，所以不需要回答。

沼野：但是，在英语文学圈可能也会有人提同样的问题吧？

埃默里奇：如果用英语提问的话，我也许会这么回答："啊！是吗？是《源氏物语》好吗？这个我也知道。但是吉本芭娜娜的《厨房》也很棒，为什么不再读一遍呢？"相反，也许也有读了两页《源氏物语》就觉得无聊的人,他们会说:"《源氏物语》的内容很长,拿着书很重,手很累。吉本芭娜娜的《厨房》很有趣呢!"我认同这个观点,但反过来我可能会说:"我觉得《源氏物语》也很有趣,现在读不下去没有关系,十年以后再读一次,你觉得怎么样?"

沼野:不管大家有没有兴趣读《源氏物语》,它已经被公认为世界文学史上重要的杰作之一。然而,就在不久前,赛登施蒂克的译本出来以后,英语文学圈也没有多少人读《源氏物语》。也就是说,大家还没有意识到这是一部可以列入世界文学的经典文学作品。以前,我曾经邀请罗耶尔·泰勒来东京大学讲学,在与他闲谈时谈到著名文学评论家乔治·斯坦纳。罗耶尔·泰勒说他第一次碰到斯坦纳时曾自我介绍说:"我是《源氏物语》的研究者。"斯坦纳听后露出了惊讶的表情。泰勒又问:"您觉得《源氏物语》怎么样?"他的回答是:"那是一部 long and remote 的小说啊!""long and remote"是"又长又远"之意,大概指小说不但很长,而且是发生在与自己无关的遥远世界的意思吧!斯坦纳以博学著称,关于欧洲文学,从希腊、拉丁文学到英、德、法、俄、意、西的文学几乎无所不知,但对《源氏物语》的认知仅此而已。这件事情让我印象非常深刻。

埃默里奇:真想知道斯坦纳读了哪个版本的译本啊!如果是读了"威利版"的译本后感到"long and remote"的话,那么我想亚瑟·威利的翻译也算不上是归化翻译了。

沼野：有道理，可惜没有问。不管怎样，斯坦纳的回答让我感到他的欧洲中心主义倾向。也就是说，像他这样博学多才、修养深厚的评论家，也只是局限于欧洲文学，任何不符合欧洲文学规范的东西，对他来说都很难评价或无法评价。但是，现在情况发生了很大的变化，美国的大学使用的教材——《世界文学选集》里已经有《源氏物语》的摘选章节了。

埃默里奇：《源氏物语》对世界文学来说是重要作品的这种意识在威利之前已经有了，我在刚才提到的《源氏物语：翻译、经典和世界文学》的论著中也有论述。1882年，一位名叫末松谦澄的日本人把《源氏物语》的前十七回翻译成英语并在英国出版，他的译本在当时受到了广泛关注。虽然作为文学作品并未得到很高评价，但是因为是900年前女性创作的作品，大家都认为这部作品很了不起，甚至也出现了认为《源氏物语》是世界文学史上重要作品的声音，并得到普遍认可。

此后，威利的英译本出版以后，人们普遍认为把《源氏物语》作为文学作品来看显得很有趣，这种情况一直持续到战后。但是，因为威利的译本出现在1933年，而赛登施蒂克的译本出现在1976年，两者间隔时间太长。如此一来，也许就像斯坦纳所说的那样阅读起来并不有趣了，我想赛登施蒂克的译本要是出现得再早一点就好了。

译者幽灵说

沼野：埃默里奇先生于去年（2014年）秋天担任早稻田文学新

人奖的评审委员,去年的评审结果①将在最近发表。去年秋季刊登这则公告的《早稻田文学》中,有一篇以演讲为基础撰写而成的有关翻译的随笔②,很有意思。人们常说翻译是不同文化之间的桥梁,可埃默里奇先生说这种说法是一个谎言,他认为译者是同属于两个世界,却又不完全属于任何一个世界的如幽灵般的存在。这个比喻让我留下了深刻的印象。

说到幽灵,日本的幽灵没有脚,所以就算想把脚放在任何一边也无处可放吧。但是您所说的这个幽灵似乎是有脚,一只脚放在英语文学圈,另一只脚放在日语文学圈,也就是说译者具有摇摆不定的特性!

埃默里奇:刚才您说的幽灵是有脚的,其实没有脚的日本幽灵则更为形象。如果一只脚踩在这边,另一只脚踩在那边,看起来还是和认为译者是桥梁的想法一样吧。日本的幽灵不是半透明的吗?如果说它是半透明的,那是因为它一半属于这个世界,另一半属于那个世界,所以我们只能看到存在于这个世界的幽灵,因此看起来是半透明的。一半属于死者的世界,另一半属于生者的世界,意味着这并不像是属于英国和日本那样的不同的地方,而是属于同一时间的同一世界。总之,重叠在一起,像摄影中的双

---

① 评审结果在2015年8月出版的《早稻田文学》秋季刊中发表。获奖作品是中野睦夫的《祭献之时》、桝田丰的《小恶》。
② 指刊登在《早稻田文学》2014年秋季刊的《我是迈克尔·埃默里奇》这篇随笔。埃默里奇在早稻田大学文化构想学部文艺与文学创作评论系同国际日本文学与文化研究所主办的学术会议中发表了"关于翻译的困境"的演讲,随笔以此为基础修改而成。

重曝光那样，活着的人只能看到照片上"一半"的影像，就是其中的一个层次的影像。

沼野：也就是说，译者是具有这种特殊视觉的人。

埃默里奇：是的，他们可以看到两个重叠着的影像。

沼野：按常理来讲，译者如果没有脚，这对他们来说是个问题。在日本文学研究中也经常使用"越境"这个词，最近也有人用"跨境"这种难懂的说法。因为有"分界点"，有两条腿，因此叫"跨境"。所以，很多人认为翻译也是一种"跨境"行为，是两种语言之间的桥梁。

埃默里奇：从这个意义上来说，幽灵是个令人困惑的存在，也是个危险的存在，因此，译者就像幽灵的这种比喻也是行不通的。

沼野：埃默里奇先生年轻时就从事翻译工作，并且很早就开始翻译川端康成的小说了。至今已有多部译著出版，在翻译方面取得了显著成果。您喜欢翻译这个工作吗？

埃默里奇：喜欢啊！

沼野：这一点您和柴田元幸先生完全相同啊！但是，在美国学术界，翻译作为学术成果的评价不是很高吧？

埃默里奇：是啊！感觉在慢慢改善，但总体说来评价不高。

沼野：2010年，您的川上弘美《真鹤》的英文译本获得了大奖吧？那是美国的大奖吗？

埃默里奇：是日美友好基金日本文学翻译奖，是哥伦比亚大学唐纳德·基恩研究中心设立的奖项。

沼野：这是否意味着现代文学翻译也可以作为一项学术业绩被表彰了呢？

埃默里奇：说明情况正在向好的方向发展，但是我想每个大学情况是不同的。我曾经换过一次工作，最初我在加州大学圣塔巴巴拉分校工作，那里的人文系系主任在评价我的业绩的时候，清楚地写着："对于埃默里奇在翻译中取得的业绩应给予进一步的肯定和认可。"话虽如此，也并非所有美国大学都如此重视翻译业绩，所以不能一概而论。

沼野：这和翻译什么作品有关吧！如果是《源氏物语》的翻译，那是一项伟大的成就。可是，翻译村上春树的作品恐怕还不一定能被重视吧。

埃默里奇：听说泰勒先生因为《源氏物语》的翻译不被认可而非常恼怒，一气之下想退出翻译界。不过，这也是道听途说，也许是我记错了。

沼野：如此巨大的成绩都不被承认的话，是有点令人失望的！这么说来，现代文学翻译要得到学术界的认可并不是一朝一夕之事。埃默里奇您正在翻译古川日出男的《贝尔卡，咆哮吧!》，听说翻译这样的作品也不能成为晋升教授的条件啊。

埃默里奇：靠翻译作品晋升职称是不可能的，但可以成为加分点。

沼野：至少能赢得大家的尊重。

埃默里奇：或许能加点工资。例如每月增加 1 日元或者 1.5 日元。哈哈！

沼野：与美国不同的是，在日本，虽说文学翻译的工作也只局限于少数的几个人，但却是一个相当引人注目的工作。以柴田元幸先生为首的一些著名翻译家在媒体上很活跃，深受大家欢迎和尊敬。柴田先生的译作大概已经超过百册，在美国，如果说是东京大学的教授翻译了百册现代美国文学作品的话，与其说是令人尊敬，不如说是令人吃惊吧。因为按照美国学术界的常识来考虑，大学教授做那么多的翻译工作是绝对不可能的。

因村上春树作品的英译本而闻名的杰伊·鲁宾先生曾抱怨说，在美国，现代文学翻译作品出版时，封面很少出现译者的名字，即使出现了也被放在很不起眼的地方。因此，在美国，有很多翻译作品不知道是谁翻译的。读者也不会以译者的译笔好坏来判断翻译作品的好坏，不会因为是埃默里奇翻译的所以想读，或者因为是鲁宾翻译的就不读了。

埃默里奇：没错，的确如此。但与我上大学时相比似乎已经大不相同了。而在上世纪90年代，人们根本不在乎作品是谁翻译的，而且也一直没有注意到世上还有译者的存在。

沼野：那译者是真正的"透明人"了！

埃默里奇：这些情况在最近十年慢慢发生了变化。如今，越来越多的人选择自己喜欢的译本积极阅读。每当发行新刊物时，他们都会买来阅读。在美国，很少有译者的名字写在封面上，但川上弘美《真鹤》的英译本封面上却写着译者的名字。实际上，有一个人制订了一个有趣的计划，计划在一年里每天阅读一本翻译作品，这个人在他的博客里回顾一年读过的翻译作品时，提到了封面上是否写着译者的名字。他说他所读之作品中有几本封面上是写着译者名字的，只有一本不仅封面，连封底也写着译者的名字，这本书竟然就是《真鹤》的英译本。按常理，译者的名字是不可能出现在封底的，但不知为什么，只有这本小说的封底出现了译者的名字。我想大概是没有人告诉书籍装帧设计师说译者的名字是不允许出现在封底的吧。

沼野：封底不能出现译者的名字，怎么会有如此不成文的规定呢！确实在英语文学圈对译者名字的处理还很糟糕，比如，在网上书店"亚马逊"的美国网站上浏览翻译图书的信息，书的信息中一般不会有译者的名字，这个很不方便。可是，我想确认译者的名字以后才买，一生气就给"亚马逊"写了一封投诉信，希望介绍译者的信息，但是完全没有回复，当然网站页面上的信息也没有改善。顺便说一下，在日本的网上书店的图书信息中，很多时候连出版社的名字都没有，也许对于网上买书的年轻一代来说，出版社的名字有没有都无所谓，因为没有出版社的名字书也可以订购。但是，对于我们这一代人来说，这是一件令人气愤的事，像我这样的人是不会买不知道出版社名字的书的。

再回到译者地位的问题上，在日本，如果是村上春树翻译的小说，那么他的名字会写在非常显眼的地方，甚至比原著作者还要显眼。以前有一个我非常尊敬的美国文学专家——一个性情有些乖僻的人——在村上春树翻译的雷蒙德·卡佛小说的书评中抱怨说："翻译的确很精彩，但封面上村上春树的名字比卡佛的名字还要大，这样可以吗？"这是一个比较特殊的例子。但是，最近在美国，译者的地位也发生了很大的变化吧？

埃默里奇：嗯。虽然只是一点点，至少比20世纪90年代后半期要好得多。

沼野：再回到译书出版的话题上，美国给人以世界图书第一翻译大国的印象，但实际上美国翻译图书在整个出版中所占的比率非常小，据统计大概不到3%，而文学作品的翻译就更少了，好像不到1%。据调查，除了出版数量偏少，还有一个问题，就是美国读者一般认为翻译小说的水平低于原创小说的水平。大概美国人认为美国人撰写的英语小说水平是最高的，而用他们不懂的外语写的东西本来水平就很低。那么，问题就来了，就是有没有必要把这些外语作品特意翻译成英语作品？

据说村上春树作品的英译本刚刚在美国出版时，美国读者根本不知道村上春树是何方人士，也没有心情去关心是谁的译作。据说甚至有人误以为是一位名叫"春树·村上"的日裔美国作家用英语撰写的小说。这也许是玩笑吧！我想不可能有那样的事吧！

埃默里奇：关于村上春树是日裔美国作家的这种说法我倒没有听说。但是，好像吉本芭娜娜的小说有时会被误认为是亚裔美国文学作品。

沼野：以为她是移民作家吗？

埃默里奇：详细情况不得而知，但是好像确实有过这样的事情。我父母一直订阅《纽约时报》，那份报纸每周周日有一个书评栏目，但是报纸栏目的目录上绝对不会出现译者的名字。有一次，我刚开始学日语，当时是大学一年级的时候，对翻译和译者是多么"透明"这件事情还没有多少思考，突然有一天看到书评栏目的目录中有一篇作者署名为"Junichiro Tanizaki"的小说，因为没有译者的名字,看到题目的一瞬间还以为是谷崎润一郎本人用英语写的小说呢。

令人气愤的是,美国笔会中心这一知名文化团体组织主办的文学杂志,其作品目录上也没有刊登译者的名字。

沼野:这不是美国笔会主办的杂志吗?美国笔会是一个重视和保护语言权利的组织,连他们的杂志都这样,真令人想不通啊!

关于《真鹤》序言的译文

沼野:关于川上弘美女士的《真鹤》这部长篇小说和其英译本存在着有趣的语言和文体问题,我想稍微花点时间来讨论。

《真鹤》是一部非常杰出的作品,是川上女士优秀的作品之一。小说以"走在路上,后面总跟着什么"开始。从日语的文体方面看,这是部非常有趣的小说。在讨论之前,首先来看一下小说开头部分的日语原文和几种外语翻译。

(日语原文)

走在路上,后面总跟着什么。

离得很远,不知是女人、还是男人。女人也好、男人也罢,都没有关系,我并不在乎,继续往前走。

(英语译版,迈克尔·埃默里奇译)

I walked on, and something was following.

Enough distance lay between us that I couldn't tell if it was male or female. It made no difference, I ignored it, kept walking.

(俄语译版,吕德米拉·米罗诺夫译)

Я шла, а за мной кто-то следовал. Издалека было непонятно, женщина это или мужчина. Не обращая внимание, я продолжала идти вперёд.

(波兰语译版,芭芭拉·斯沃姆卡译)

Cały czas idzie za mną.

Jest jeszcze daleko. Więc nie rozpoznaję. Czy to kobieta czymę z czyzna. Wszystko mizresztà jedno, idę dalej, nie przejmują c tym.

(法语译版,伊丽莎白·斯诶古译)

Tandis que je marchais, j'ai senti que je n'étais par seule.

La distance était trop grande, je ne pouvais pas savoir si c'était un home ou une femme qui se trouvait derriè re moi. Sans me poser dvaantage de questions, j'ai continué à advancer.

川上女士的原文开头两句话充分体现了日语语言表达的特征。"走在路上",但不知道谁走在路上。从这里可以看出,即使没有主语,句子也能成立。"后面总跟着什么"这句话用日语平假名书写,显得柔和。那么"跟着"的到底是什么东西呢?

感觉语义非常模糊。英语的翻译怎么来体现呢？应该很难吧？

读到这里，如果不理解开头部分这两句话对整个作品的意义，就很难翻译，再说日语原文中本来句子就没有主语。从语法的角度来看，是否使用主语则根据语言的不同而有不同的处理方式。俄语、波兰语即使没有主语，句子也可以成立。可是英语就不同了，没有主语的句子是错误的句子。

对此，埃默里奇先生的英语翻译是"I walked on"，句子一开始就用了"I"。但在日本人看来，"I"这个视点一旦设定，感觉就是"我"在看这个世界。就是说，英语一开始就明确了"镜头"的位置。那么，日语原文的独特韵味——没有表明镜头在哪里的模糊感消失了，变得清晰直接了。但是，这并不是译者的水平问题，而是语言本身的问题。

那么，再来看一下俄语的翻译，出现了与英语不同的问题。俄语开头部分的译文是"Яшла（yaa syuraa）"。"Я"是第一人称单数代词，不分男女，但"шла"是女性单数的过去式。实际上，俄语的过去式中男女的区分是非常明确的，所以在语法上无法表达日语的模糊性。因此，只要看这两句话，就知道主语是第一人称"我"，而且是女性，这是俄语语法特征所决定的。但是，日语的情况就完全不同了，说得极端一些，可以写得让人分不清是男是女，甚至根本不用第一人称的代词就能搞定。实际上，《真鹤》这部小说中"我"这个人称代词基本没有出现。

所以，《真鹤》的开头两句话虽然非常简单，但对于译者来说却是很大的挑战。

埃默里奇：读到"后面总跟着什么"这里，感觉已经有点明白正在说话的人大概是在用第一人称叙述。也就是说，基本可以确定不是第三人称。但是，单凭"走在路上"这个信息却根本无法知道说话人是谁。也就是说，小说用第一人称写的，还是第三人称写的，还不是很清晰。

但是，在英语中这一点必须很明确，这种情况只能用"I"。我们再来看一下英语使用"I"的情况，一般来说英语中第一人称说话时会反复出现"I"，如此一来，"I"的意思反而弱化了。但日本人会认为经常使用"I"是极其自我中心主义的表现。实际上，英语中如果反复出现"I"，那么它的重要性反而会被弱化。而日语恰恰相反，如果反复出现"我怎么怎么"，"我"的分量会越来越重。况且，日语中有诸如"在下""我""俺""鄙人"等许多第一人称的称呼，而不同称呼使用的场合也不同。但英语中，第一人称的称呼只有"I"，非常透明。

事实上，关于《真鹤》开头两句话的翻译，我们已经谈过多次。沼野先生您刚才也谈到读者读到"走在路上"这里根本无法知道主语是第一人称还是第三人称。其实，还有一个问题，就是到底是现在时还是过去时的问题。我提出的这个问题，对于以日语为母语的人来说，大多会表现出"怎么都行吧"的反应。但对我来说，这非常有趣，因为这句话很好地体现了日语语法特征。

"走在路上"没有时态，所以不能断定是在过去还是将来，但确确实实是正在进行中的动作。后半句的"后面总跟着什么"同样没有表明是在现在还是过去，但"后面总跟着什么"这里却能感觉到有一种明确的判定。总之,"走在路上"这一模糊的表达,与"后面总跟着什么"的明确判断之间形成了鲜明的对比。

因此,我个人认为《真鹤》开头两句话的对比手法对整部小说来说十分重要。其中的原因,我想读过《真鹤》的读者应该明白。小说中主人公常常去真鹤见幽灵——就是跟在后面的东西,为此,她进入了一个虚幻的、类似时钟被破坏而时间已经停止的世界。某一天主人公"京"的丈夫"礼"突然失踪,就是说,"礼"已经成为过去之人,但他作为一种模糊的存在依附在"京"的身上,一直与"京"在一起。因此,不能确定正在讲述的事情"到底是现在发生的事情,还是过去的事情"是这部小说的重点,这也是作者在小说的开头设下的伏笔。那么,怎么用英语来表达这个意思呢?在译文中我努力试着表现出这种氛围,但不知道是否已经成功。

我是这样翻译的——"I walked on, and something was following"。"walked on"表示过去,那么整个句子变成了过去式。"walked on"的"on"让人不清楚具体的时间,但是却蕴含着动作的持续性,有"继续走下去"的意思吧。"I walked on"有在那以前已经在走了的意思,这一点与原文不同,是我擅自添加的,这样就有了从那时走过来的意思。然后紧接着出现的是"and something was following"。"was following"确实是正在进行的动作,但是是过去进行式。整个句子非常复杂,一般会翻译成"I walked on and something followed"或者"I was walking and something was following"。而我把它翻译成了"I walked on, and something was following",虽然语法前后不一致,但这是我大胆的尝试。

沼野:英语的表达是有点怪呢!

埃默里奇:虽然读的时候没有很明显地感到"好奇怪啊",但总觉得与原文意思有点不同。

沼野:非常有趣的话题。也许有人会认为,只对小说的开篇进行讨论,不对整部小说进行讨论显得过于草率简单。但是,小说的开篇往往是全文的基调,因此也是作家倾注全部精力进行精心雕琢的部分。而《真鹤》的开篇颇具特色,值得我们花时间深入探讨。

在翻译理论方面,川端康成《雪国》的开头部分经常被拿出来讨论。"穿过'国境'长长的隧道,便是雪国。"这里的"国境"到底应该读"kokkyou"还是"kunizakai",学者们经常为此争论。在课堂上,我总是让学生突然朗读这一句,并一个一个确认。暂且不说这个,我们先来看赛登施蒂克翻译的《雪国》的英译本,他的这部译作在国际上获得了很高的评价。小说开头部分的译文是这样的——"The train came out of the long tunnel into the snow country",日语原文中的主语还是模糊不清,"穿过'国境'长长的隧道"的是谁?是主人公,还是第三者,抑或是列车,完全不知道。像这种地方,大概日本人会很自然从日语所表现的"语言世界"中看到人与人乘坐的列车浑然一体,处在一个没有分别的世界。我想应该是这样的感觉吧！但是，赛登施蒂克直接把主语定为了"The train"，这大概是英语语法特点所决定的吧！

我们再来看一下《真鹤》的法语翻译。原文的"后面总跟着什么"译成了"我发现我不是一个人"，然后用"我不知道背后的那位是男还是女"来补充第一个句子中省略的"后面总跟着什么"。

我手里这本是《真鹤》的波兰语译本，那真是下了很大功夫。波兰语在语法上接近俄语，动词过去式有男女性别之分，但译者不希望开头的句子中马上出现主语是女性的信息，没有翻译为"走在路上"，而是以"一直（有什么）跟在我身后"的现在时态突然开始，而且连"跟过来"这个动词的主语也省略了。今天研究日本俳句的波兰留学生埃尔吉贝塔·科罗娜也在聆听我们的讲座，我们来听听她的意见吧！你好！科罗娜女士！你觉得《真鹤》的波兰语译本的开篇"Cały czas idzie za mną"翻译得怎么样？是不是有点奇怪？

科罗娜：是啊！省略了主语，译文显得有点僵硬且不自然，是一种相当实验性的表达吧！

沼野：没错。虽说波兰语在语法上是允许省略主语的，但这样表达的确很不自然。译者芭芭拉·斯沃姆卡是一位精通日语的学者，她非常正确地抓住了川上弘美作品的文体特征，我想在这一点上她是下了很大功夫的。

关于英语研究论文"日本文学"的日语翻译

沼野：下面进入提问与评述环节。柳原孝敦①先生是拉丁美洲文学专家，也是著名文学翻译家。柳原先生您一定有很多想说的吧？

柳原：我想向埃默里奇先生请教一个今天没有谈到的问题，是关于村上春树先生的。有一个 NHK 的《用英语阅读村上春树》广播节目的文本连载，每一期我都很认真地读了。前些日子读了《且听风吟》的评论文章，评论文章中写着《且听风吟》是由"鼠"先生写的，让我觉得这个观点十分有趣。《且听风吟》《1973 年的弹子球》《寻羊冒险记》是村上春树的"青春三部曲"，如果按照埃默里奇先生的观点来考虑，感觉把它们作为"三部曲"作品不是很合适。如果是这样，那么您对于《1973 年的弹子球》和《寻羊冒险记》的解读是否有所改变？

埃默里奇：作为"三部曲"来考虑也可以，但是是比较松散的"三部曲"吧。我感觉没有必要过分拘泥于此，但非要解释的话，撇开《1973 年的弹子球》不说，《寻羊冒险记》中最后以"鼠"的死结束，小说中有死去的"鼠"与"我"背靠背坐着聊天的场面，那时"我"才发现"原来是鼠策划的"，是"鼠"在控制一切。这和我认为该小说由"鼠"所写的观点非常吻合，

---

① 柳原孝敦（1963— ），西班牙语文学、思想文化论研究者。东京大学大学院人文社会系研究科、文学部现代文艺理论研究室准教授。作为评论员曾参加当天的对话活动。

退一步说,即使不是这样,我觉得这部作品类似是一种变奏曲,我想以后也会反复碰到同样的问题。本来打算每部作品的解读通过两次广播节目完成,但我改变了主意,下次的节目将改成《世界末日与冷酷仙境》。

《世界末日与冷酷仙境》的日语版是怎样的不得而知,我想不同版本情况也有所不同。今天我来谈一下英语版的《世界末日与冷酷仙境》,英语版小说的开头会出现一张地图。这是一张被揉搓得皱巴巴的地图,边上的一角已经破损。之所以如此,是因为它不是属于小说外部的、单纯是为了说明世界末日地形的抽象地图,而是属于故事中的、是小说人物经常拿在手里的地图,这张地图原本是"影子"要求"我"画的。小说的最后,我们来到一个池塘或者说泳池的地方,正要跳进池塘准备逃离的时候,叙述者"我"做了留下的决定,让"影子"独自拿着地图逃走。那时"影子"大概把地图揉成一团,塞进口袋跳进池塘,去了另一个地方。去了哪里呢?简而言之,就是那边的世界吧。

那么,为什么这张地图会出现在眼前呢?作为叙述者的"我",在"世界尽头"这一节中,进入了世界尽头已经无法出来,那么地图是谁画的呢?那只能是"影子"了。因此,在《世界末日与冷酷仙境》中,是不是也有一位隐藏着的作家呢?那是不是"影子"呢?我想这样的解释也未尝不可。而事实上,如果隐藏着另一个作家的假设一旦成立,那么就会找到许多这样的例子。所以,我认为这是村上春树的一种写作策略,或者说是他划分两个世界的方法。这种在小说表层看不到的、隐藏着另一个作者的结构模式,实际上在小说《且听风吟》《寻羊冒险记》

《世界末日与冷酷仙境》都可以看到，在这一点上三部作品非常相似……我的回答可能不能令您满意，不好意思！

柳原：不不，谢谢您！很期待接下来的续篇。

沼野：那个连载已经有多长时间了？

埃默里奇：有一年半了。

沼野：我担任过《用英语阅读村上春树》广播讲座开始时第一年的讲师，您上这个广播讲座节目是那之后吧？

埃默里奇：是的，是您的讲座结束之后开始的。

沼野：在那个节目中，我邀请了杰伊·鲁宾等多位村上春树作品的外国翻译家作为嘉宾来到演播室，共同探讨村上的作品，非常开心！
那么，接下来，我们把提问的机会留给学生吧。

学生1："后面总跟着什么"的英语翻译不是"something"吗？而俄语直接翻译成了"人"。用日语表达的情况下，这个"跟着的东西"既不能说是人也不能说是物，我认为这本来与我们把幽灵看作物还是人有关。那么，您为什么要把它翻译成"something"呢？

埃默里奇： "something" 这个词很有意思。比如在森林中漫步，说"I heard something move"的话，就不清楚这是生物还是其他东西。当然并不是说生物不能用"something"这个词，而是用了这个词会更让人捉摸不透，也许会是浮现心中的一个影子，或是某种感觉。因此，我用了"something"这个词。

沼野： 我喜欢的小说中有一部是雷·道格拉斯·布莱伯利的 *Something Wicked This Comes*（日语译名是《当幽灵来临》，大久保康雄译，创元推理文库，1964年），好像里面也有一个来历不明的东西呢。英语单词"thing"的确是"物"之意，但有时也指某种生物，像是一种来历不明的妖怪之类的东西吧。因此，英语单词"something"的词义有时与日语的"幽灵"之义竟意外地相近。

学生2： 刚才提到明治以后出版的《源氏物语》现代文译本有90余部，那么请问，明治以前的情况是怎样的？另外，"源氏绘"之类的作品的情况怎么样？是明治以前多还是明治以后多？其原因是什么？关于这些您能否从文化接受史的角度给我们梳理一下？

还有一个问题是，作为里程碑式或者说作为文化遗产的文学，和所谓的现代文学——就是具有商业性的、脱离上下文语境的、以自由的语言为前提撰写的文学是同样的东西吗？

埃默里奇： 你的第一个问题是《源氏物语》的现代文译本在明

治以后就有90多个,那么明治以前怎么样,有很多"源氏绘"之类的作品,那么这些作品怎么样呢,这些是相当复杂的问题。首先来谈一下"源氏绘",说起来关于"源氏绘"的定义,专家们一直都有分歧。"源氏绘"实际上是日本天保年间(1831—1845)及之后非常流行的浮世绘,也有人主张用来指代版画。虽然被叫"源氏绘",实际上并非是从《源氏物语》衍生出来的作品,而是一位叫柳亭种彦的人衍生创作出的"合卷"①,通称《田舍源氏》,正确的说法是《偐紫田舍源氏》。该书在天宝年间开始出版,非常受欢迎,"源氏绘"就是在这样的情况下出现的。因此,它与《源氏物语》本身并没有直接的关系。那么就产生了一个问题,即它是否可以作为《源氏物语》被接受文化的一部分而被大家认可呢?

进入近代自不必说,其实近世②后期就出现过现代文译本。另一方面,18世纪初期存在大量基于《源氏物语》创作的作品,例如所谓"梗概本""浮世草子"等,但这些作品与现代文译本有所不同。所以,我认为现代文译本基本上是明治以后的东西,还是与以前的作品区分开来比较好。

那么,它们的最大区别是什么呢?就说现代文译本吧!因为原著冗长,又用古文书写,如果不通晓古文就无法阅读,所以需

---

① 合卷,宽文时期至江户时期出版的草双纸类的最终形态,始于1804年。把五张[五丁(丁为书页纸的张数)]一册分别装订的书籍改为集中装订,此法一直延续至明治初期。
② 近世,此处指日本近世这一历史时期。关于其具体时期的划分,目前学术界仍有争议。大致为1603年至1869年,即江户幕府的建立到明治维新迁都东京这一时期。——编者注

要现代文翻译。江户时代的人读《田舍源氏》，并不是为了读《源氏物语》，而是《田舍源氏》本身非常有趣。所以，从这个意义上来说，我想进入近代以后的《源氏物语》文化接受史或许可以说已经发生了很大的变化。

关于具有商业性的现代文学作品与《源氏物语》是否相同这个问题，可以说取决于您如何看待这个问题，这也是文学的有趣之处。我认为这与"作品到底是世界文学还是日本文学"的问题相同。我认为这是日本文学，基本上只是对文本的看法，与书的本质完全无关。文学也是如此，是否应该区别商业性文学作品和《源氏物语》，说到底只是看法的问题，我认为不是本质的问题。

沼野：埃默里奇先生主编的英文版《论〈源氏物语〉》是一部非常优秀的学术著作，是否有计划把它翻译成日语？

埃默里奇：有个出版社让我先做个策划方案。

沼野：您想请谁翻译？您自己翻译吗？

埃默里奇：这可不行！自己翻译还是有点难啊！

沼野：这是一部用英语撰写的近五百页的论著，以我的英语能力很难把它读完，所以我只读了最开头的部分。虽然只是开头部分，已经为埃默里奇先生深厚的学识、现代的文学研究的方法论意识以及敏锐清晰的思路所折服。迄今为止,有许多用日语或外语写的《源氏物语》研究著作,但如此精彩的研究论著并不多见。论著的开头部分特意阐述了用英语撰写此作的意义,这一点特别吸引我。因为在英语文学圈,无论你研究什么文学,用英语撰写文章已经成为惯例。因此,通常不会对用英语撰写文章的原因特意进行自我反思。我把此作开头的部分翻译成了日语,最后就用我拙劣的译文来结束今天的访谈吧!

本书完成于2008年,这一年正是《源氏物语》诞生1000周年之际,世界各地都在举行与《源氏物语》相关的纪念活动。在把自己的研究成果用英语和日语展现给专家学者或广大听众时,我不得不对讲述《源氏物语》、研究《源氏物语》所具有的社会以及政治事件的诱发性这一点比平时更敏感。同时,我也深切地感受到了在怎样的语境下,如何讲述《源氏物语》的重要性。就是说不仅是讲什么本身很重要,而且是用什么语言讲也很重要。如今《源氏物语》的研究者可以在学术语境下通过英文进行构思,而关于此种情况如何产生,本身也是一段历史。从某个层面上讲,本研究正是这一历史的集中体现。

(本次对话是"现代文艺理论研究室"沼野充义教授的正式授课内容,时间是2015年7月10日)

2015年的思考
——以此文作为后记

"读书是一件有趣的事情"

在第四次系列对谈结束之际,我重新思考了每次对谈的内容,并记录所感所悟作为本书后记。

首先,在这个世界上文学有用吗?也许有人会说,你怎么现在才来谈这个问题。但最近我在想,作为在大学教文学的人,这是一个无法回避的问题。这个话题一开始就很不轻松,之所以如此,其原因是今年(2015年)6月日本文部科学省面向全国的国立大学发布了《国立大学法人等组织及其整体工作改正的相关通知》,通知要求设置师范类专业、人文社会科学专业的本科和研究生院的大学要"积极开展评估工作","废除此类专业或积极尝试向社会需求较高的领域转变"。

简而言之,是社会对人文社科类人才需求降低,也就是说这些专业对社会贡献度不高，对经济发展所起的作用不大，所以应该废除吧。对此，我很受打击。那些政商界的重要人士大概老早就在这么想了吧。但万万没有想到，率先主动提出改革的竟然是文部科学省！可是，文部科学省不是应该以传承学问、发展学问，提高国民整体文化素质为己任吗？文学虽然不能赚钱，对功利主义没有多大作用，但文学可以滋养我们的心灵。如果文部科学省能抵御功利主义的世界潮流，站出来大声说"我们要保护好文学"，那才是酷呢！

但是，受到打击的不仅仅是像我这样的不谙世故之人。对于文部科学省的通知，社会各界反响强烈，就连日本科学界的大本营——日本学术会议这样的组织，也对此提出了严厉的批评，认为这样实在是太过分了。

文部科学省的这个通知在国际上也引起了强烈的反响。《华尔街日报》等新闻报纸也对此提出了批评。有人指出，日本以政治为主导，摒弃人文社会科学，只推进对产业、经济有直接帮助的这一政策，从长远来看不但不会对日本产生积极影响，反而会导致整个国力以及国际竞争力的下降。

对于这样的批评，文部科学省大概也着急了吧。极力辩称没有舍弃人文社会科学专业的意图，并解释说是由于制作文件的负责人写作能力不足造成的误解。但是此后，既没有取消通知，也没有修改通知。于是，全国各地的国立大学为求生存，积极开展重组——从人文社会科学领域向社会需求更高的领域转变。为此，那些人文社会科学专业很有可能首先被废除吧。但是，这并不是说只要谴责文部科学省就可以了。在那些政商界人士的施压之下，整个世界都在朝着这个方向发展。此时，作为从事文学相关工作的我思考了很多。文学虽然带有一个"学"字，但究竟能不能称之为学问还不得而知。我生性孤僻，就我个人而言，我觉得文学没有什么用处也没有关系。但是，既然世界已经改变，如果说文学已经没有什么用处，或者只应把文学作为兴趣爱好，那么我就有愧于我的学生以及还有漫长道路要走的那些年轻人。我想说文学这一短时间看起来毫无用处的东西，其实它不仅有用，而且很重要，这是我到了这个年纪开始思考的问题。因此，本书中的对话内容，一直都在传递着文学为何如此重要的信息。

但是，从现实情况来看，很多年轻人根本不读文学书。他们甚至连陀思妥耶夫斯基、莎士比亚都不知道。而我们这一代，在读初中、高中的多愁善感的青春期，阅读了大量的文学名著并思考人生，但我担心这种阅读体验现在似乎正一点点地消失。

造成此种现象可能是媒体环境的急速变化吧。个人电脑、互联网、智能手机的不断更新换代，也许已经不是阅读纸质文字的时代了吧。连漫画书的销售量也在下降，漫画被当作"旧事物"的时代也已经来临。前些日子，《咯咯咯的鬼太郎》的作者水木茂先生去世，先生的离世是否也意味着一个时代就此终结呢？也许白土三平、手冢治虫、水木茂、柘植义春的漫画作品，会和小说、诗歌一起作为重要的古典文学作品被收录在下一部日本文学全集中。

即使在大学任教，我仍然感到人们对文学作品的阅读已经变得越来越少。托大家的福，前来聆听讲座的读者并不算少，但从整体来看，对文学抱有浓厚兴趣的人，已经成了少数派。文学这个东西凭借兴趣去阅读才是最好的,在学校被老师逼着去读只会觉得无聊。我不想说得太过分,但是在日本的教育体系中,大学另当别论,在小学、初中、高中的初等、中等教育阶段,是情操教育最重要的时期,其他学科都被挤得满满的,但是为什么没有文学科目呢?

学校教育中,有音乐和美术科目,却没有文学科目,这不是很奇怪吗?说到原因,恐怕是因为已经设置了"国语"科目了吧。那么,这样就可以了吗?"国语"毕竟只是"国语",教科书中虽然有经典文学作品的片段摘抄,但是不能代替对整部长篇小说的阅读体验。因此,除非暑假才会有写读书感想的作业,否则学校的课堂上是不会要求读整本书的。

这是一个大问题。初高中没有开设学习文学的课程,因此大学入学考试也不用考文学。而在国语课中,作为"古文"的代表性作品《源氏物语》也只被讲解其中短小的一节,芥川龙之介的小说也只有短短一篇,仅此而已。我不喜欢拿外国的例子来对日本的情况说长道短,但据我所知,在欧洲的中学,的确是经常让学生读书的。

说起来,前几天,一个俄罗斯人来到我这里,他的头衔是俄罗斯国家电视台和电台的东亚分局局长,他邀请我参加诵读《战争与和平》的特别节目。

2015年是俄罗斯的"文学年",这一年中他们开展各种文学活动以示庆祝。据说这个特别节目是"文学之年"的重头戏,将由一千五百人从头到尾接力诵读托尔斯泰的长篇小说《战争与和平》,这让我非常吃惊!一千五百人轮番登场诵读《战争与和平》,在俄罗斯国家电视台专门播放的文化节目上连续播放六十个小时,真是太精彩了!我佩服于他们对文学的热爱和执着,欣然接受邀请,在东京大学本乡校区三四郎池边、银杏林旁,站在摄像机前诵读了《战争与和平》的内容片段。在日本,用四天四夜播放一场诵读《源氏物语》的马拉松式朗诵会,这样的策划,我觉得很有意思,但我想在日本这是不可能实现的吧!

拍摄期间,与这名东亚分局局长闲聊时,谈到中学时代他也被学校强逼阅读将近4500页的《战争与和平》,虽然有些不情愿,但也从此明白了阅读文学作品的重要性。

在欧洲,许多国家的大学考试制度与日本不同,都有大学入学的国家考试。例如,法国的毕业会考"baccalaureate",德国的毕业会考"Abitur",还有意大利以及中欧其他国家的毕业会考"Matura""Maturit"等等。尽管各国差异很大,但每个国家对文学问题的书面考试时间都很长。其中,德国最长,需要四到五个小时。在法国,除文学之外,也会对哲学问题进行书面考试。而且,并不是死记硬背就能回答的简单问题,而是"过去如何造就了现在的我"之类的论述题。为回答这样的问题,必须花上四个小时来论述。那么,如果没有相当多的阅读量来培养思考问题的能力,我想是回答不好的。

波兰的毕业会考大约是三小时,需要论述相当高度的文学问题。作为前提,参加会考的学生有必读书目单,内容涉及从波兰国民诗人密茨凯维奇①的代表作到 20 世纪的贡布罗维奇、舒尔

---

① 亚当·密茨凯维奇(1798—1855),波兰国民诗人,浪漫主义诗人,革命家。

茨的作品，需要有铁杵磨成针的毅力才能读完。那些毕业会考中关于波兰文学的优秀解答，已经达到优秀文艺评论文章的水平。

总之，上述每个国家都非常重视文学教育。文学不是以对错来评分的。因此，阅读大量文学作品，对其进行论述，是普通人的基本教养。阅读文学书籍已经成为人类的基本活动。

本来，把书当作书来读，思考问题是人文系的基本工作，所以当权者要废除人文系等于说没有必要读书。即便不是这样，我认为在现代日本社会，把书当作书来读的人已经越来越少，思考问题的能力也不断弱化。换句话说，即使是读书，也只是将其作为参考书或工具书来阅读，以获取必要的知识和信息。如此，读书文化还会持续多久呢？所以，即使是逆势而行，我也要大声疾呼："读书比什么都重要！读书是一件有趣的事情！"这是我辈之职责。这是我想在这里说的第一件事。

搞文学的人才有出场的机会

读书是一种和平的行为，但另一方面，最近世界日益动荡不安。"伊斯兰国"的得势在某种意义上是具有象征性的，但"9·11"之后，世界一直处于恐怖主义威胁的危险之中。这不是谴责恐怖分子们不好就可以解决的问题，因为世界的格局和手握权力的西方发达国家已经为恐怖主义准备了生根发芽的土壤。

如今，以"反恐"为名义的战争与正在发生的战争正在世界范围内蔓延。在这种情况下，宣传和发扬民族主义爱国精神是必不可少的，不服从多数意见的少数人有被镇压的危险。今天的日本正在朝着非常危险的方向发展，不遵循多数人意见的少数派会被"贴上不爱国的标签"。

因此,要说当权者为什么要舍弃人文社会科学这个专业,不仅仅是因为没有用处吧。对于政商界的动向,提出批判意见的多是人文社会科学专业的人。虽然也有例外,但是理科的人是不会提出这些的。引起政商界人士不快的是人文社会科学专业的人,对他们而言,这些人不仅做着无用的事情,甚至经常对社会现状进行批判。

正因为如此,我想现在人文社会科学专业的作用反而在提高。我无意呼吁文学家参与政治,也不希望文学家聚集在反核能的集会上。但是,以柔和的语言为根本的文学具有看穿"蔓延"于世间的谎言的能力。因此,在大家被政治和经济话语中的谎言操纵而向着某个方向"横冲直撞"时,文学可以发挥其相对应的潜在力量。当下世界形势很是不妙,趁我们生活的日本还未卷入战乱,炸弹还没有在头上乱飞,我想我们应该从事和平的文学工作,通过从事真正和平的文学工作,获得与当下世界"抗衡"的力量。

现在,倒不如说是搞文学的人才有出场的机会。在大学里研究文学的年轻人也在担心这个世界今后会变成什么样。如果人文系被废除,研究生院的研究生将找不到工作。从这个意义上说,文学工作者生存艰难的时代已经到来。但是,正因为如此,我们才有应该做的事。如果世界变好了,没有任何问题了,大家都幸福了的话,其实没有文学也没关系。如果这样,我要告诉年轻人,我为此感到高兴。虽然坚持做自己喜欢的事很难,但我想这是一个值得我们去努力的时代。

具体来说，文学有着怎样的可能性呢？我认为其中重要的一点就是，在本书收录的对话内容中小川洋子女士极力主张的"故事的力量"。总而言之，小说就是与现实对峙的同时，用故事的形式替代从现实中产生的想法。村上春树时常会把批评自己的批评家放在心上，提出"聪明的批评家们不懂故事"这样的反批判理论，但确实存在着超越逻辑的根本性的"故事的力量"。也就是说，小说家的工作就是把那些触及灵魂深处的，内心深处涌现的意识挖掘、呈现出来。从创造故事这一点来看，可以说小川女士是与村上春树齐名的天才吧。

关于写小说，村上春树是这么说的，写小说就是"一直下降到灵魂的最深处，在黑暗中摸索着什么，然后再回来。这样，就变成故事了"。因此，写小说难免让人疲劳困乏，需要充沛的体力和顽强的毅力。这也是村上春树和心理学研究者河合隼雄①先生关系如此亲密的原因了。

斯维特拉娜·阿列克谢耶维奇——2015年诺贝尔文学奖获得者

接下来谈一个应时的话题吧！2015年获得诺贝尔文学奖的是白俄罗斯的斯维特拉娜·阿列克谢耶维奇，对于这个结果也许日本的村上春树的书迷们很失望，因为他们对村上春树的获奖充

---

① 河合隼雄（1928—2007），心理学家。京都大学名誉教授、国际日本文化研究中心名誉教授。曾任日本文化厅厅长。日本第一位在荣格研究所取得荣格派心理分析师证书的心理分析师，在日本荣格学派精神分析的普及和应用方面做出很大贡献。第一位把沙盘治疗从欧洲介绍到日本乃至亚洲的心理学家。与村上春树合著《村上春树去见河合隼雄》（新潮文库）。

满期待。而且,阿列克谢耶维奇也不是那么有名的人气作家,甚至有人问:"啊!阿列克谢耶维奇是谁啊?"况且,她的小说也只有四五部,且都是基于采访的纪实文学,怎么看也不是一般意义上的小说。刚刚我们谈到了"故事的力量",可是,这样的纪实文学作家和"故事派"代表村上春树竞争,却得奖了。让我不得不思考:这难道是"文学"的另一种形式的力量吗?

我认为阿列克谢耶维奇获奖是一件很棒的事情。在与村上春树式"故事"不同的层面上,她以事实雄辩地证明了文学能起作用的另一条道路。我在这里对她的作品做一下简单的介绍,她第一部作品是《战争中没有女性》(1984年出版,2008年三浦美翠译,群像社,岩波现代文库版,2016年)。在第二次世界大战中,苏联最终战胜了德国。但是,这场战争使三千多万人失去了生命,苏联人民付出了巨大的牺牲,为战胜德国法西斯而感到无比自豪。

在战争史上,勇敢战斗的士兵一般都是男性。但是,据阿列克谢耶维奇计算,实际上有上百万名的苏联女性在第二次世界大战中战斗,她们并不是守在后方,而是和男人一样拿枪战斗在最前线。在苏联,甚至还有女性狙击手,她们像男人一样拿枪杀敌。

这些经历战争痛苦的女性,在战后艰难地回到以前和平的生活。她们隐瞒过去,悄然隐身于市井之中,结婚生子。因此,虽然女性在战争中英勇奋战,打败纳粹德国也有女性的功劳,但被视为英雄的最终多只有男性。阿列克谢耶维奇说:"男人偷走了女人的功劳。"阿列克谢耶维奇找到这些隐藏过去,安静过着市井生活的女性，努力打开她们的心扉，倾听她们可怕的经历。

阿列克谢耶维奇的厉害之处，就是认准了就干下去。说得不好听一点，可能有点显得千篇一律，但我觉得她能坚持做一件事就很了不起。第二部作品写的是许多白俄罗斯的孩子在第二次世界大战时的战争经历。阿列克谢耶维奇到处寻找那些战争幸存者，倾听他们小时候的战争故事。于是，那些没有印刷在书本上的、难以言表的可怕的心灵创伤又复苏了。这就是《我还是想你，妈妈》（1985年出版，2000年三浦美翠译，群像社，岩波现代文库版，2016年）。

第三部是《阿富汗退伍兵的证言——被尘封的事实》（1991年出版，1995年三浦美翠译，日本经济新闻社）。以苏联武装入侵阿富汗为故事背景，这场战争类似于美国打越南战争。大国如果以压倒性的武力攻打小国，小国注定无法抵挡外来强大的迅猛进攻。但奇怪的是，事实并非如此。外部力量反而促使小国进行游击战抵抗，使大国陷入战争泥潭，最终大国被迫收手，停止战争。在阿富汗的苏军也因陷入战争的泥潭之中而被迫撤兵，但对于苏联的年轻人而言，这也是一场不知道为何而去的战争。于是，许多幸存下来的士兵，他们即使从战场上返回祖国，也会像越南战争中的美国士兵那样因心理创伤，无法融入社会。

小说的俄文原名是《锌皮娃娃兵》。"锌皮"指的是用锌皮做成的棺材，那时，那些战死沙场的士兵的遗体是被放进锌皮棺材运回苏联的。虽说是遗体，但大多已被炸得支离破碎、惨不忍睹，他们的遗体被装在密封的锌皮棺材中最终安葬在家乡的墓地中。阿列克谢耶维奇采访那些死去士兵的母亲和活着回来的年轻人，忠实地记录了他们不愿提起的经历。

阿列克谢耶维奇《锌皮娃娃兵》的写作风格类似村上春树的《地下》（讲谈社，1997年，后收录于讲谈文库），以听和记录为主，丝毫不夹杂作者的主观情感，95%的内容是被采访者口述的原话。如果没有任何预备知识而去阅读阿列克谢耶维奇的作品，您也许会认为这是访谈录而不是文学作品。那么，也许有人会说这算得上是她本人的著作吗？毫无疑问这是她的著作，收集这么多的采访内容也许比虚构小说的创作来得更加困难。

为了走进被采访者的心灵而写下此书的阿列克谢耶维奇，就这样把这些被采访者本人不愿提起的经历公之于世。她原本不是一个反思型的斗士，她只是通过揭露事实真相，告诉大家侵略战争不是应该被称颂的，而是悲惨和卑劣的。

尽管如此，在撰写有关第二次世界大战的纪实文学时，可以说她已经是一个爱国主义者了。她的书很明确地告诉我们，阿富汗战争是苏联政府发动的错误的战争，这很自然让她成为了一名反思型作家。《阿富汗退伍兵的证言——被尘封的事实》出版以后，曾经接受采访的许多士兵的母亲愤怒了，觉得自己孩子的名誉受到损害，她们无法接受自己的孩子在一场被作者认为是"错误的战争"中失去生命的事实，把阿列克谢耶维奇告上了法庭。这场官司的审判记录被收录在了新版俄文版原著中，遗憾的是没有收录在第一版中，要是谁能把它翻译出来，那就好了！

就这样，阿列克谢耶维奇寻找那些隐遁避世的无名小人物，打开他们的心扉，把他们的"心声"编成自己的采访集。如果有人问："这是文学吗？"我想说这还是文学，而且是非常好的文学。在她的作品中出场的每个"小人物"都在内心留着深深的伤痛,讲述着"生命的故事"。虽然这些都是基于真实的事件,但终究还是"故事"啊!这些小人物的故事编织在一起,就成为了大国沙文主义失败的故事。诺贝尔文学奖评审委员会把这个奖颁给了阿列克谢耶维奇,我认为他们非常有见识和眼光。文学不仅仅是有趣的怪诞小说,或是辞藻华丽的诗歌,阿列克谢耶维奇这样的"复调式书写",扩大了文学的概念,也是现代文学所必要的。

总之,文学拥有的并不仅仅是作为虚构的"故事"的力量,有时也有像阿列克谢耶维奇的作品那样,走进人们的心灵,挖掘出因心灵创伤而被封存的个人故事。往往通过那样的积累,甚至可以获得重新审视文明本身的力量。这和日本的石牟礼道子女士的观点也有相通之处。听说池泽夏树先生在自己编辑的《世界文学全集》中,将石牟礼道子女士选为唯一一位日本文学代表人物。这可以说是十分大胆之举。这与阿列克谢耶维奇获得诺贝尔文学奖有些相似之处。我承认石牟礼道子女士是一位非常重要的作家,她的小说《苦海净土》是一部堪称奇迹的作品。但在《日本文学全集》中,她的名字与紫式部、夏目漱石、森鸥外、大江健三郎甚至村上春树等文学各家相提并论,的确让人难以理解。通常认为因为是纪实文学,所以肯定是有价值的优秀作品,但如果要评价的话,那应该另当别论。而池泽先生却敢于挑战这种常识。

"文明的误译"的问题

刚才是我对于所谓的纪实文学所具有的文明批判性特征的思考，在这里我想再次对"9·11"以及"伊斯兰国"得势为代表的全球性对立和冲突事件进行思考。发生这种对立和冲突的原因可能是现在世界上还没有哪个译者能够走进被归类成恐怖分子阵营的"小人物"的内心世界，并将他们的心声直接翻译成我们能够理解的语言，于是产生了巨大的误译，也可以说是一个翻译失败的例子。也许可以这么来比喻吧！一方面是穆斯林的语言、思维方式和世界观，另一方面是以美国为代表的西方语言、哲学和世界观。很明显，这两个阵营之间语言是不通的吧。

并非是我个人的想法与众不同，其实美国新锐翻译理论家艾米莉·阿普特在她的《翻译领域：一种新的比较文学》（Emily Apter, *The Translation Zone: A New Comparative Literature*, Princeton University Press, 2005）中早有论述。阿普特分析了"9·11"事件之后英语国家的言论，批判了美国的英语中心主义和使用单一语言的"单语主义"（monolingualism）。特别有意思的是她根据克劳塞维茨的《战争论》给战争下了具有刺激性的定义："所谓战争就是把极度的误译和不一致，通过另一种手段加以延续""所谓战争就是翻译不可能性和翻译失败状态达到最暴力的顶点"。换句话说，也就是我们现在所面临的世界局势，从某种意义上说是"文明的误译"的结果吧。

我们再回到阿列克谢耶维奇的话题。刚才我们谈到有关战争的文学，在日本最深受读者喜爱的还是她的第五部纪实文学作品《切尔诺贝利的悲鸣》（1997年出版，松本妙子译，1998年译，岩波书店出版，后收录岩波现代文库）吧！这部纪实文学作品是在切尔诺贝利核电站事故发生后，她用了大概十年的时间采访写成的。通常情况下，如果发生核泄漏事故，记者会调查事故发生的原因、核电站的构造问题、管理人员和工作人员的技术及设计问题，或者管理方可能会掩盖的事实真相的问题，然后把调查结果公布于世。但令人意外的是阿列克谢耶维奇没有这么做。

那么阿列克谢耶维奇做了什么呢？总之，她在听普通人的故事。这些故事中，有受害者自己讲的故事，也有治疗这些受害者的医生和其他相关人员讲的故事。比如，最先赶到事故现场而受到大量辐射不治而亡的消防员的新婚妻子的悲惨回忆。这位新婚妻子一直陪伴在消防队员丈夫身边，直到他死亡。这不是一两年就可以轻松完成的工作。至于核电站是好是坏，她一句也没有提及，因为那是多余的。

福岛核泄漏事故至今也不过五年，我想日本的记者们今后应该还会有出场的机会。日本人很健忘，也许有人会想过了十年，对事故的记忆会淡化，但这不是十年就可以遗忘的问题。或许要到30年、40年后，影响才会显现出来，从小就遭受内部辐射，即使是受到少量辐射的人患癌症的概率也比普通人更高。所以，现在关于核电站"完全被控制"、核辐射污染问题"已经解决"等言论都是巨大的谎言，但如果只是指出这是巨大的谎言，那只能是空洞的话语。所以，在踏实地追寻事实真相的同时，细致追踪人们怀着怎样的心情生活下去这一问题也是不可或缺的。希望日本的记者继续阿列克谢耶维奇所做的工作。

翻译有很多种类

那么，关于在世界上多发的恐怖活动，刚才我谈了"翻译的失败""文明的误译"的问题。在本系列对谈中，翻译一直是一个很大的话题，所以在这里我想再来谈一下翻译的问题。首先是"文明的误译"，这句话让人联想到不久前流行的塞缪尔·亨廷顿的《文明的冲突与世界秩序的重建》（铃木主税译，集英社，1998年）。

亨廷顿很像一位对国际形势进行战略性思考的美国政治家，他指出，不同文明相互接触时，它们之间在"断层线（fault line）"上发生冲突的危险性很高。作为事实，这种论断本身并没有错，那么为了不引起那样的冲突，怎样做才好呢？不同文明之间以及不同文化之间互相理解的努力是徒劳的吗？伊斯兰教徒、俄罗斯人，因为有着不同性质的文明，所以有冲突是难免的。那么，不同性质的文明是危险的这个信息，说得简单一点，是在亨廷顿的书中得到的。但是对这种信息处理得不好可能会助长彼此的对立和仇恨，因为在他看来有着不同文化背景的人之间是无法相互理解的。

另一方面，产生"文明的误译"是因为我们对异文化之间的相互理解、相互交流的努力不够。为什么会产生这样的"误译"呢？这是一个问题。它与亨廷顿的"文明冲突"理论是大相径庭的。所谓"翻译"常常是被难以翻译的东西所困扰——以相互理解为目标的产物吧。

原本翻译就有很多种类，在社会或文化的各个领域发挥着作用。这次与池泽夏树先生的对话中，谈到了《日本文学全集》

的编辑方针是以古典文学进行现代文翻译为原则的。当然,对日本古典文学的现代文翻译至今已不在少数。比如,对《源氏物语》的现代文翻译就有过数次尝试,这在我和埃默里奇先生对话中已经提及。如果是《枕草子》的话,桥本治的桃尻语版①译文非常有名。那么,为什么需要现代文翻译呢?其原因是日本文学拥有1300多年的悠久历史,又加之地域狭窄——这在世界也属罕见。那么经过如此漫长岁月,语言当然也会改变。所以,以前的东西对现代人来说——如果不好好学习古典语法的话——是无法理解的。

因此,日本古典的现代文翻译也有其必然性,而池泽先生的《日本文学全集》就是很好的证明。在他编辑的《日本文学全集》中,原则上江户时代以前的文学作品全部被翻译成了现代文,而且翻译这些作品的译者并不是年长的古典文学研究者,而是活跃在当今文坛的年轻作家。说到翻译,我们通常认为翻译是从外语到日语的翻译,其实不然,也有如此这般是在同一日语间的"语言内的翻译"。

从理论上来讲,翻译的确有很多种类。出生在俄罗斯的语言学家罗曼·雅各布森把翻译分为语内翻译(intralingual translation)、语际翻译(interlingual translation)和符际翻译(intersemiotic translation)。"语际翻译"是指从英语到日语这样的翻译,就是人们通常所指的严格意义上的翻译。"语内翻译"可能

---

① 指日本作家桥本治用其小说代表作《桃尻娘》的语言风格翻译的《源氏物语》。因翻译中广泛使用上世纪80年代至90年代年轻女性的语言而备受瞩目。

大家还不太熟悉,但其实在日常生活中很是常见。比如,把"吾辈乃猫也"这种古老的说法换成"我是猫"。那么,古代日语和现代日语是否可以说是同一种语言呢?这的确有点微妙。但如果是同一种语言的话,那么古典文学的现代文翻译也就是"语内翻译"吧。"符际翻译",指的是不同符号体系之间的翻译。比如说把人类的自然语言译成计算机语言,还有所谓的"小说改编"(Adaptation)等等,文学作品的电影化实际上也是"符际翻译"。

村上春树先生和小川洋子女士把普通人所经历的"故事"改编成小说,从某种意义上来说,这也是翻译的一种。

进一步说,读一部文学作品,读者能够理解作家所写的语言,即使这是在同一语言中的行为,也可以说是每个读者以自己的方式"翻译"作品的行为。如此说来,实际上在所有的地方——两个主体之间发生交流的地方一定会发生翻译。假设有一个A,还有一个使用完全相同的语言且想法也完全相同的B,这两个人之间的交流是不需要翻译的。但在通常情况下,A和B不可能完全相同,在一般的交流情况下,彼此之间达到百分之百的相互理解是不可能的,所以总是都需要"翻译"。因此,翻译这个过程,是因为人与人之间交流的不完全而产生的,但正因为如此,翻译才成为了让人感到有趣的探索领域。

因此,作家和读者、作家和评论家、作家和阅读翻译作品的外国读者之间存在各种层次的交流,这些都是广义上的翻译。说到翻译,在外国文学研究的学术世界里,很多时候被认为是没有必要的。如果想要真正欣赏和理解外国文学,就应该阅读原文。

但在看不懂原文的情况下,一般认为只能通过翻译来阅读,很多时候人们不承认翻译本身具有的自律性价值。

但是,现在普遍认为广义上的翻译就文学而言是一种本质性的东西,如果没有翻译,世界文学的概念就无法成立。

因此,我说翻译有很多种类,但是从另一种角度来看,翻译可以说是"旅行"。如同作品也从一个语言圈旅行到了另一个语言圈,从俄罗斯旅行到了日本,读者也因此而改变。乘坐"翻译"这种交通工具旅行的话,周围的景色会发生变化,读者也会随之改变,最后作品本身也会有所改变。如果你的旅行很长,则必须扔掉多余的东西以减轻重量,因此你可能会失去原本拥有的东西。与之相对,你会在旅途中得到各种各样的东西,并将这些新的东西添加带上。当代优秀世界文学评论家大卫·达姆罗什曾经说过:"世界文学是通过翻译增加价值的文学。"

虽然这和一般的见解不同,但也是一种有趣的说法。其实他反向化用了美国诗人罗伯特·弗罗斯特说过的一句话——"诗乃翻译中失去的东西",这句话现在成了有名的格言。总而言之,他主张文学(尤其是诗歌)的翻译会失去原文的所有优点,并且从诗人的角度对诗歌的翻译表示怀疑,认为诗歌的翻译是不可能的。但是,达姆罗什却反驳说诗歌的翻译并不仅仅是失去,还有通过翻译增加的新意义和价值。

旅行并非仅是在空间里移动。虽然不是时光机器,但是阅读遥远过去的古典文学,然后把它翻译成现代文,这也是一种时间旅行吧。翻译之旅是空间之旅加上时间之旅,所以是四维的。这不是很神奇吗?世界文学不仅在空间上能自由移动,在时间上也能自由移动,所以不管是 2500 年前的希腊,还是 1200 年前的中国,只要乘坐"翻译"这个时光机器就可以前往。

青山南先生说"翻译家是乐天派"。总之,就是什么都可以翻译的意思,这一点我也很清楚,但我自己总是在乐观主义者和悲观主义者之间徘徊。心情乐观的时候,无论是詹姆斯·乔伊斯的《芬尼根的守灵夜》,还是陀思妥耶夫斯基的《卡拉马佐夫兄弟》,觉得什么都能翻译。相反,情绪低落时,有时觉得连简单的问候语都翻译不出来。但是,我想也许只有当这矛盾的两面像镜子那样重合在一起时,文学才可能存在。如果僵化到只认定其中一个是正确的,那就是"法西斯主义"了。和人与人之间的交流一样,翻译也没有唯一正确的答案。在翻译的不可能性和可能性之间摇摆不定的人,才是好的翻译家。如果您以"我的翻译很完美"这样的态度进行翻译,那么读者也会无法忍受。"翻译得不好,真伤脑筋啊!"如果读者可以从您的译文中隐约感受到惭愧之情,那么这种译文才是细腻严谨的好译文啊!

同样,在了解外国以及外国文化时也是如此。像我这种人,明明几十年来一直从事俄语相关的工作,但是有时甚至连俄罗斯孩童说的简单俄语都听不懂,便会感到很绝望。另一方面,有时换一种思考方式就会发现我也能弄懂这么难的东西,而感到心情激动。中国人、俄罗斯人、美国人——明明大家都不同,为什么会如此互相了解呢?我对此感到很惊讶。明明都是人类,为什么不能互相理解呢?我认为拥有这两种极端的想法很重要。接受不会翻译、不能理解对方这个事实,认真思考为什么不会翻译和为什么不能理解。此时,翻译和理解异文化也就开始了。

所以，一直在这样的可能性与不可能性之间摇摆不定的我希望今后继续与各种各样的人对话，继续更加地摇摆不定。如果不摇摆了，那也就不是人了。

本书编写的对话内容是根据以下演讲撰写而成

池泽夏树

"文学构筑世界——10岁开始的翻译文学指南《新·世界文学入门》，与沼野教授一起阅读世界的日本、日本的世界"特别篇"现在，文学才能做到的事情"。由日本出版文化产业振兴财团（JPIC）与光文社共同主办，2014年10月12日在千代田区一桥讲堂第三会场和第四会场举行。

迈克尔·埃默里奇与沼野充义的对话

"世界文学入门"番外篇公开课程"外国人眼中的日本现代文学——文学与翻译的世界性"。由日本出版文化产业振兴财团（JPIC）和光文社共同主办，东京大学现代文艺理论研究室协办，2015年7月10日在东京大学文学系3号馆斯拉夫语斯拉夫文学馆举行。

以下均由日本出版文化产业振兴财团（JPIC）主办。

"文学构筑世界——10岁开始的翻译文学指南《新·世界文学入门》，与沼野教授一起阅读世界的日本、日本的世界"中的"文学作品中的孩子"系列讲座。

"文学作品中的孩子"第一回　小川洋子 2014年12月20日"新宿安与厅"

"文学作品中的孩子"第二回　青山南 2015年1月31日"御茶水天空城"

"文学作品中的孩子"第三回 岸本佐知子 2015年2月28日"新宿安与厅"

© Mitsuyoshi Numano[2016]
Editorial Cooperation: Tetsuo Konno
All rights reserved.
Original Japanese edition published by Kobunsha Co., Ltd.
Publishing rights for Simplified Chinese character arranged with Kobunsha Co., Ltd. through KODANSHA LTD., Tokyo and KODANSHA BEIJING CULTURE LTD. Beijing, China.
本书简体中文版权为浙江文艺出版社独有。
版权合同登记号：图字：11-2018-439号

图书在版编目（CIP）数据

东大教授世界文学讲义.4/（日）沼野充义编著；严红君译.—杭州：浙江文艺出版社，2021.7
ISBN 978-7-5339-6528-0

Ⅰ.①东… Ⅱ.①沼… ②严… Ⅲ.①世界文学—文学研究 Ⅳ.①I106

中国版本图书馆CIP数据核字（2021）第114713号

统筹策划	柳明晔
责任编辑	邵劼
责任印制	吴春娟
封面设计	人马艺术设计·储平
营销编辑	张恩惠
数字编辑	姜梦冉

东大教授世界文学讲义4

［日］沼野充义 编著 严红君 译

出版发行	浙江文艺出版社
地　址	杭州市体育场路347号
邮　编	310006
电　话	0571-85176953（总编办）
	0571-85152727（市场部）
制　版	浙江新华图文制作有限公司
印　刷	杭州富春印务有限公司
开　本	850毫米×1168毫米 1/32
字　数	206千字
印　张	9.25
插　页	6
版　次	2021年7月第1版
印　次	2021年7月第1次印刷
书　号	ISBN 978-7-5339-6528-0
定　价	84.00元

版权所有　侵权必究

（如有印装质量问题，影响阅读，请与市场部联系调换）